Nena Siara wurde 1971 geboren und lebt mit ihrer Familie und ihren Hunden in Deutschland. Sie genießt es, als leidenschaftliche Autorin, junge und erwachsene Menschen mit Romanen unterschiedlicher Genre zu unterhalten, und als Kunst- und Glückslehrerin, diese auf ihrem Lebensweg zu begleiten. Als Teilzeityogi strebt sie daher danach, in jedem Werk die Liebe als Schlüssel zu entdecken.

Nena Siara

Du, ich und ein Winterwunder

Roman

Überarbeitete Neuausgabe Dezember 2023

Copyright © 2023 dp Verlag, ein Imprint der
dp DIGITAL PUBLISHERS GmbH
Made in Stuttgart with ♥
Alle Rechte vorbehalten

Du, ich und ein Winterwunder

ISBN 978-3-98778-783-6
E-Book-ISBN 978-3-98778-786-7

Copyright © 2022, dp Verlag, ein Imprint der
dp DIGITAL PUBLISHERS GmbH
Dies ist eine überarbeitete Neuausgabe des bereits 2022 bei
dp Verlag, ein Imprint der dp DIGITAL PUBLISHERS GmbH erschie-
nenen Titels Derselbe Tag im Dezember.
(ISBN: 978-3-96817-981-0).

Covergestaltung: Grit Bomhauer
Umschlaggestaltung: ARTC.ore Design
Unter Verwendung von Abbildungen von
shutterstock: © Lana_marcy_art, © Vik Y, © Professional Bat, ©
VictoriaMay, © 4LUCK, © Midstream
Lektorat: Daniela Guse
Satz: dp DIGITAL PUBLISHERS GmbH
Druck und Bindung: Books on Demand GmbH, Norderstedt

Für alle Menschen, die mit dem Herzen sehen.

Ach, und für Fenja, die mich durch ihren Haar-
schnitt zu Elsas Persönlichkeit inspiriert hat.

Vorwort

"As a visually impaired person there are challenges I have to face. Navigating from place to place, media content being inaccessible or dealing with stereotypes of what a visually impaired person is capable of are a few. My goal is to bring awareness to these challenges and make things more accessible in my community. There is a lot more to me then my lack of vision. I am a student, an actress, an advocate, an inspiration and a human being just like you.
As I go through life I will grow and lead the way for positive changes. My impairment doesn't define me, I will define myself."
Abby Waltz

Abby ist mir während des Lektorats zugefallen. Eine junge Kanadierin, die ihre Erblindung interessanterweise als Beeinträchtigung und nicht als Behinderung sieht. Das ist typisch kanadisch, denn dort ist niemand 'disabled' (behindert), sondern 'impaired' (beeinträchtigt).

Nahezu überfällig war es daher, einen eigenen Abschnitt des Themas Inklusion in den Koalitionsvertrag zu integrieren und die Gleichberechtigung für Männer und Frauen als Ziel für dieses Jahrzehnt festzulegen. Immerhin schreiben wir das Jahr 2022 und sollten die Basics beherrschen.

Würde sich die gesamte Menschheit als intelligentes globales Netzwerk verstehen, würden sich wahrscheinlich die Regierungen untereinander austauschen und gut gelingende Regelungen für ihre Bevölkerung flächendeckend einführen. Immer im Hinblick auf das Lernziel Wohlbefinden, dem Glücksbarometer einer Gesellschaft im optimalen Fall. Denn auch wenn sich jeder Mensch vom anderen unterscheidet, kulturell, körperlich, geistig oder rein äußerlich, haben wir psychische Grundbedürfnisse, die sich decken: Freiheit, Sicherheit und Sinn.

Wir alle suchen nach dem Weg ins Glück und es wäre wünschenswert – jenseits aller Bestimmungen, Unterschiede und Regelungen, die von außen getroffen werden – den Weg im Vertrauen und der Verantwortung in uns selbst zu finden. Umso dankbarer bin ich für Persönlichkeiten wie Abby, die mit ihrer positiven Einstellung inspiriert und Mut schenkt.

Zum besseren Verständnis hat meine Lektorin Daniela Guse Abbys Worte hier übersetzt:

„Als sehbehinderter Mensch muss ich mich täglich Herausforderungen stellen. Mich von Ort zu Ort zu bewegen, mir unzugängliche Medieninhalte zu erschließen oder der Umgang mit stereotypischen Vorstellungen anderer, wozu ein sehbehinderter Mensch fähig ist, sind nur einige davon. Mein Ziel ist es, das Bewusstsein für diese Hürden zu schärfen und in allen Lebensbereichen die Zugänglichkeit für Menschen wie mich zu verbessern.

Ich bin so viel mehr als nur sehbehindert. Ich bin eine Schülerin, eine Schauspielerin, eine Fürsprecherin, eine Inspiration – ein menschliches Wesen wie Sie.
Ich werde mit jedem Schritt in meinem Leben wachsen und den Weg für positive Veränderungen ebnen. Meine Beeinträchtigung definiert mich nicht, ich bestimme selbst, wer ich bin und sein werde."
Dem ist nichts hinzuzufügen ... außer nun Elsa und Kit Raum zu geben, mit ihrer Geschichte zu berühren.
Nena Siara

1

„Können Sie nicht lesen? Das ist die Herrentoilette", schnauzte mich aus nächster Nähe eine donnernde Männerstimme auf körperlicher Augenhöhe an. Ich befand mich auf dem New Yorker Flughafen auf dem Weg zu meinen Eltern nach Paris. Dem ersten Besuch nach meiner emotionalen Flucht aus der Heimatstadt. Anders als in Frankreich war die Brailleschrift in Amerika verbreiteter. Schon bei meiner Ankunft vor einem knappen Jahr war ich von der Inklusivität begeistert. Hier, in der Nähe des Gates Richtung Paris, schaltete ich auf den angelernten Gehörmodus und war einer Kinderstimme gefolgt, die ihrer Mutter signalisiert hatte, vor dem Flug dringend auf die Toilette gehen zu müssen. Leider hatte ich mich sowohl im Alter und dazu im Geschlecht des Kindes getäuscht und war geradewegs auf dem Männerklo gelandet.

„Doch, ich kann lesen. Tut mir leid. Ich bin einer Stimme gefolgt, statt die Brailleschrift zu lesen", antwortete ich so gelassen wie möglich. Es war nicht das erste Mal in meinem einundzwanzigsten Lebensjahr, dass ich auf dem Männerklo gelandet war und hatte sozusagen einen Übungsvorsprung in Sachen Fehltritt.

„Wenn es schon für sämtliche Handicaps Lösungen gibt, solltet ihr sie auch nutzen", warf er mir vor und betonte das Wort ihr, als seien Blinde eine Kategorie. Wasser rauschte. Er wusch sich die Hände. Gott sei Dank. Solchen Unsympathen war auch zuzutrauen, nach dem Toilettengang ohne Handhygiene den Raum zu verlassen. Wenngleich er mit seinem Vorwurf recht hatte.

„Ich werde mit dem Flughafenservice sprechen. Vielleicht bringen sie auch eine Anleitung für Freundlichkeit an, damit Menschen wie Sie diese auch nutzen können", konterte ich mit Betonung auf dem Wort Sie und fügte hinzu: „In dem Fall ist meine Erblindung ein Vorteil, weil ich nichts von Ihren Tätigkeiten sehen konnte." Ich hielt meinen Blindenstock Richtung Ausgang. „Ist die Damentoilette links oder rechts, wenn ich aus der Tür gehe?" Die eintretende Millisekunde Stille deutete eine Einsicht an, die mit Sicherheit nicht bis in die Tiefen seines Herzens wandern würde.

„Links", sagte er mit deutlich sanfterem Ton.

„Danke. Gute Reise", wünschte ich ihm und wandte mich ab. Es gab zwei Arten von Menschen. Die einen nahmen ihre Fehler gelassen hin, die anderen waren wie Mister Motzbacke.

Der New Yorker Flughafen war in Sachen Lautstärke kaum zu überbieten, und je lauter es war, desto weniger konnte ich mich auf mein Gehör verlassen. Das waren die Momente, in denen ich meistens in Fettnäpfchen wie eben trat und gefordert war, meine Mitmenschen um Unterstützung zu bitten. Hier in Amerika gab es viele erleichternde Mittel, die mich in meiner Selbstständigkeit unterstützten. Ich versuchte alles, um dieses Ziel meiner Eltern zu erfüllen, und mittlerweile war es zu meiner persönlichen Passion geworden.

Der zweite Toilettengang verlief fettnäpfchenlos, weil ich mich am Eingang über die Brailleschrift vergewisserte. Am Waschbecken verharrte ich, kontrollierte mit den Händen, ob sich alle Haare an Ort und Stelle befanden und einen perfekten, hellblonden Pagenkopf mit kurzem Pony abgaben. Zufrieden setzte ich die schwarze Baskenmütze auf. Glücklicherweise wusch sich neben mir jemand die Hände, damit ich nach den Sitzplätzen fragen konnte.

„Könnten Sie mir kurz beschreiben, wo sich die Sitzplätze vor dem Gate befinden? Ich bin blind."

„Ja, natürlich. Wenn Sie den Waschraum verlassen, sind es etwa zehn Schritte auf zwei Uhr", hörte ich eine freundliche Stimme sagen.

„Das ist eine sehr präzise Antwort. Vielen Dank", lobte ich die professionelle Unterstützung.

„Gerne. Ich kann Sie auch hinführen, aber ich vermute, Sie lieben die Selbstständigkeit."

„Erraten", gestand ich.

„Na, dann guten Flug", wünschte sie mir und ich erwiderte den Wunsch.

Zufrieden verließ ich den Waschraum, folgte der Beschreibung und steuerte mit dem Blindenstock voran auf die Sitzplätze zu, die sich als dunkle Silhouette vom hellen Untergrund abzeichnete. Hier entschied ich, den erstbesten Passagier nach einer freien Sitzgelegenheit zu fragen. „Entschuldigung. Ist der Platz neben Ihnen frei?"

„Ja, der ist frei", antwortete eine kindliche Stimme. Dieselbe, die mich in das verdammte Männerklo geführt hatte. Trotz des schreienden Bauchgefühls entschied ich mich, dem Jungen noch eine Chance zu geben. Jeder hatte eine zweite verdient. „Danke", sagte ich deshalb, tastete und ließ mich nieder, nur, um direkt wieder aufzuspringen, weil ich schnell erkannte, dass es ein besetzter Platz war. „Tut mir leid. Ich hatte die Information, dass der Platz frei ist", entschuldigte ich mich in die Richtung des Betroffenen. Ein Kichern ertönte. Dieser Frechdachs hatte seine zweite Chance genutzt. Für sich. Eine dritte gab es garantiert nicht.

„Das war jetzt aber nicht so nett von dir", wandte ich mich an den Jungen. „Ich verstehe, dass es für dich lustig ist, Kontrolle über jemanden zu haben, aber ich muss dir im Gegenzug vertrauen. Das auszunutzen ist keine Glanzleistung."

Stille herrschte. Wo waren nur die verdammten Eltern von dem verzogenen Bengel?

„Vielleicht meinte er den Platz auf seiner anderen Seite. Der ist frei", sagte eine Stimme, die aus der Richtung kam, auf die ich mich gesetzt hatte. Sie war sanft und mitfühlend und von der Höhe her etwa einen Kopf über mir. Also ein Meter fünfundsechzig plus Kopf. Bevor ich etwas erwidern konnte, trat er näher an mich heran. Er roch wie ein frisches Mango-Sorbet. Mir lief augenblicklich das Wasser im Mund zusammen und ich träumte mich an einen Strand in der Karibik.

In Sachen Vertrauensperson mangelte es meistens in einer fremden Umgebung. Vom Taxi bis zur Sicherheitskontrolle war mir eine Begleitperson der Fluglinie zur Seite gestellt worden. Danach hatte ich mich noch bis zum Gate bringen lassen. Nur war es mir ein Anliegen, die letzte Stunde im Wartebereich ohne fremde Hilfe zu verbringen, was mir heute eher schlecht gelang. Ich hatte Hunger. Das spürte ich jetzt. Ein Mango-Sorbet käme mir gerade recht.

„Danke. Ist vielleicht der linke Platz neben *Ihnen* frei?", bat ich um Auskunft, in der Hoffnung, in dem Mango-Sorbet auf zwei Beinen keinen Verbündeten des Bengels gefunden zu haben.

„Ja, links neben mir ist frei. Warten Sie, ich stelle meinen Rucksack beiseite, damit Sie nicht stolpern", meinte er und schien sich zu bücken, denn das Mango-Sorbet nahm Fahrt auf und wirbelte durch die Lüfte. „So, jetzt können Sie sich setzen."

Das tat ich, faltete meinen Blindenstock zusammen und bedankte mich.

„Ich bin Kit und wir können uns übrigens duzen. Ich denke, wir sind ungefähr gleich alt", meinte er mit heiterer Stimme.

„Ich bin Elsa. Du fliegst auch nach Paris?" Irgendwie wollte ich mehr von diesem erfrischenden Duft, der jedes Mal intensiver wurde, wenn er ein Wort sprach. Andererseits läuteten augenblicklich die Herzsirenen, Unverbindlichkeit hieß die Devise. Mehr Schmerz verkraftete ich nicht und war dankbar, während meiner Gesangsausbildung in New York zur Ruhe gekommen zu sein.

„*Oui*", meinte er und wechselte in die französische Sprache, auf die ich sofort einging, und die er wie ich perfekt beherrschte.

„Wohnst du in Paris oder machst du einen Weihnachtsurlaub mit der Hoffnung, den Eiffelturm an

Weihnachten im Schnee glitzern zu sehen?" In meinen Gedanken tauchte der Geschmack von Eisen und Geruch von Schnee auf. Ein Tag, an dem ich mit meiner Schwester Emma und meinen Eltern am Eiffelturm war, flackerte in meiner Erinnerung auf. Schnee vom Stahl lecken, Eisen und Kälte waren die Bausteine, die ich mit dem Turm verband. In meiner Welt gab es keine romantische visuelle Eiffelturmszene.

„Nein, ich wohne nicht in Paris, sondern auf Haiti. Aber der Eiffelturm im Schnee wäre das Beste, was mir passieren könnte", schwärmte er augenblicklich. „Solche Fotos sind absolute Lottogewinne. Normalerweise wäre ich erst nach Weihnachten geflogen, aber der Wetterbericht hat tatsächlich Schnee zu den Feiertagen vorhergesagt. Also habe ich umgebucht und hoffe auf meinen persönlichen Jackpot."

Derartige Begeisterungsfähigkeit war beim männlichen Geschlecht selten. Er klang wie ein kleiner Junge, der das beste Spielzeug der Welt geschenkt bekam. Erfrischend und positiv.

„Ich drücke meine persönlichen Glücksdaumen für dich. Wozu brauchst du die Fotos?" Ich wusste natürlich, dass sich Sehende durch Fotos ein inneres Bild entwickelten und auf diese Weise einen persönlichen Eindruck des fotografischen Ortes oder der Person bekamen. Trotzdem hielt ich sie für überbewertet. Außerdem vergaßen die meisten Menschen mit Sehkraft, dass Bilder das Ergebnis aller fünf Sinne sein konnten und erst durch ihr eindrucksvolles Zusammenspiel ein Bild im Gehirn zauberten. Ergo Foto gleich Farbzusammenstellung. Es gab andere Wege etwas kennenzulernen und nicht selten täuschte das Auge. Meine anderen

Sinne funktionierten famos und zauberten mir ebenfalls Eindrücke. Nur waren diese nicht multispektral, sondern ein Fünf-Sinne-minus-Sehen-Cocktail.

„Ein Pariser Hotel hat mich gebucht, um neue Fotos für deren Website zu schießen. Ich führe einen Blog im Internet und nehme auch Aufträge an“, erklärte er mir.

„Cool. Den muss ich mir zu Hause mal ansehen“, sagte ich.

„Was kannst du denn noch sehen, oder ist dir die Frage unangenehm?“

„Nein, das ist in Ordnung. Ich sehe nur dunkel und hell, aber das Wort Sehen gehört dennoch in meinen Wortschatz. Sehen bedeutet für mich viel mehr als das, was das Auge vermag. Sehen kann man auch mit dem Herzen. Für eine Vorstellungskraft benötigt man keine Augen.“

Für einen kurzen Moment spürte ich seinen Blick auf mir haften, oder war es sein Herz, das einen Satz in meine Richtung machte? Im Hintergrund verschwand das Gemurmel des Flughafens, bis er sich räusperte und der Lärm zurückkehrte.

„Du benutzt sicher eines dieser elektronischen Geräte, die den Computerinhalt auslesen. Sind die zuverlässig?“ Ehrliche Neugier lag in seiner Stimme. Die Leichtigkeit, mit der er über meine Erblindung sprach, schenkte mir eine angenehme Form der Gelassenheit, die ich selten gegenüber Sehenden fühlte.

„Die nennen sich Braillezeilen. Nach dem Erfinder Louis Braille benannt“, erklärte ich kurz und fügte hinzu: „Für Sehende liest der Reader vielleicht etwas schnell. Ich kann ja nicht vergleichen, aber das, was ich lese oder von meinem Sprachprogramm übersetzt bekomme, kann ich mir gut vorstellen. Und wenn ich nicht weiterkomme, bitte ich jemanden, mir die Bilder zu beschreiben. Von Menschen, die ich kenne, oder mit einer App, die *Be my eyes* heißt. Mittlerweile gibt es über fünf Millionen Mitglieder, die per Zufall angerufen werden. Es bleibt demnach recht anonym, ist aber oft eine ideale Hilfe.“

„Super Erfindung. Die werde ich mir gleich runterladen und mich anmelden. Stell dir vor, du gerätst eines Tages an mich. Wäre das nicht verrückt?“

Ein Moment der Stille trat ein, weil ich darauf nicht antwortete, mir die Situation aber vorstellte. Den Mangoduft würde ich in einem solchen Fall vermissen.

„Hast du Lust, dass ich dir meine Fotos beschreibe? Ich wäre an deiner Meinung interessiert. So ganz ohne App.“

Sollte das sein Ernst sein? Mir war noch nie in den Sinn gekommen, Bilder als Blinde bewerten zu können. Aber gut. Meine Neugier war geweckt. Mehr an Kit, als an seinen fotografischen Talenten. Mein Mut, Nähe zuzulassen, erwachte.

„Okay“, antwortete ich nur knapp und hörte, wie Kit mit seinen Händen in einer Tasche wühlte und dann auf einem Gerät, ich vermutete einem iPad, tippte. Wenn ich auf meinem iPhone herumdrückte, sprach es mit mir und nannte die einzelnen Apps. Aber sein elektronisches Gerät hinterließ nur einen leisen Tippton. Die eintretende Ruhe zwischen uns weckte in mir den Wunsch, ihn mit der Spitze meines kleinen Fingers zu berühren. Ob er warme, weiche Haut hatte? Elsa, schalt ich mich, was ist nur mit einem Mal mit dir los? Obwohl die meisten Sehenden vermuteten, wir würden alles mit den Händen erkunden, fassten wir beim Kennenlernen von Menschen nicht gleich an deren Nase, um herauszufinden, ob sie wie ich ein Septum trugen. Bei Kit zwang ich meine Hände, sie nicht an ihm entlanggleiten zu lassen. Und zwar von Kopf bis Fuß. Und ich erwischte mich bei dem Gedanken, ob ihm Frauen mit einem Septum abschreckten. Blindheit schien für ihn keine Hemmschwelle zu sein. Ein ungewohntes Gefühl, ihm gefallen zu wollen, machte sich in meiner Brust breit, und ich spürte Röte in mein Gesicht steigen.

„Mal sehen. Welches Bild könnte ich dir beschreiben?" Erneutes Klicken und Drücken ertönte.

„Fang oben an. Dann kann ich dir meinen Eindruck von deinem Blog sagen", ermutigte ich ihn.

Die nächsten Minuten entführte mich Kit in eine neue Welt. Hitze und Kälte rauschten durch meinen Körper, als er mir die Bilder beschrieb. Die Überschriften tanzten wie Balletttänzer vor dem inneren Auge, Gerüche katapultierten mich aus meinem Plastiksitz vom New Yorker Flughafen geradewegs auf eine Hängematte zwischen raschelnde Palmen auf die Seychellen. Mir wurde ein Cocktail aus Kokosnuss und Mango serviert und eine Riesenschildkröte trottete zum Guten-Tag-Sagen vorbei. In meiner Vorstellung lag Kit natürlich neben mir und strich mir meine vom Meersalz zerzausten, blonden Haare aus dem Gesicht. Innerhalb weniger Minuten war ich zu einer Süchtigen mit Fernweh mutiert, die Brief und Siegel auf die Authentizität der Reiseberichte samt Fotos gab. Gerade, als Kit mir

Bilder einer Südafrikareise beschreiben wollte, wurden wir unterbrochen. Das Boarding begann.

„Kit, das tut mir jetzt leid. Ich werde meist zuerst aufgerufen. Wir werden also gleich voneinander getrennt. Vielleicht kannst du nachher kurz an meinen Platz kommen. Ich würde mir gerne deine Internetadresse aufschreiben." Etwas in mir sträubte sich, mich von seiner Stimme und dem Karibikduft zu lösen. Keine Sekunde später legte ich meine Hand dorthin, wo ich seinen Arm vermutete. War ich von allen guten Geistern verlassen? Ich wusste doch genau, wohin zu viel Nähe führen konnte. Zudem fasste ich niemals einen Fremden an, es sei denn, ich war verletzt und benötigte Hilfe. „Es war schön, dich kennengelernt zu haben, Kit." Abschied lag in meiner Stimme. So war es besser für uns und mein Herz bereitete sich ebenfalls darauf vor.

„Wir sehen uns später. Du wirst gerade abgeholt", erwiderte er. Gewissheit lag in seiner Stimme.

Abgesehen davon, dass Google bei der Eingabe des Begriffs *Handicap* eine Kennzahl beim Golfen auswirft, die das Spielpotential eines Spielers ausdrückt, erscheinen zahlreiche Synonyme für diesen Begriff. Irgendwie treffen sie wahrscheinlich alle auf Blinde, wie ich eine bin, zu, wenn man einen Perspektivwechsel vornimmt. Bin ich beeinträchtigt? Ja, ich kann die Welt nicht mit meinen Augen sehen. Bin ich behindert? Ja, ich habe eine Inklusionskarte, die mir die Notwendigkeit einer Blindenbegleitung bescheinigt. Zudem beziehe ich nach meinem Behinderungsgrad anteiliges Blindengeld. Wird mir das Leben erschwert? In allen Ländern gibt es Arschlöcher, die Blinde mit Müll vergleichen. Ist

Blindsein ein Hemmschuh? Da bin ich mir nicht sicher. Ich bin von der äußeren Erscheinung nicht geblendet. Kenne die Welt ohne visuelle Bilder durch meine Augen. Aber tatsächlich bin ich des Öfteren gehemmt, um Hilfe zu bitten. Habe ich Nachteile? Ja. Alles dauert viiiiel länger. Ist Blindsein ein Stolperstein? Mir werden einige in den Weg gelegt. Nicht zuletzt reale in Form von Gegenständen wie diese verdammten E-Scooter, die mich stolpern lassen. Ist Blindsein eine Bürde? Auf keinen Fall. Mein Leben ist ein Geschenk und meine Erblindung ermöglicht es mir, die Dinge so zu erleben, wie ich sie erfahre. Mit dem Herzen. Ich rieche Verbranntes, bevor es andere bemerken. Ich spüre Wut, bevor ein Ton gesagt wird. Regen, Schnee oder die Frühlingsknospen wittere ich Tage zuvor. Und wenn es jemand wagt, in meiner Nähe zu lügen, kann er sich direkt verpissen. Ich bin mein eigener Herr und nur ich entscheide, ob mich mein Handicap vom Leben abhält. Meiner Meinung nach haben ganz andere Menschen Schwierigkeiten. Und die meisten davon haben gut funktionierende Augen im Kopf. Deshalb würde ich sagen, ich bin ein normaler Mensch, der nur ein wenig abhängig von der Freundlichkeit seiner Mitmenschen ist und mutiger sein muss. Muss. Darin liegt eine große Portion persönliche Freiheit, denn ich *muss* mich, wenn ich nicht ständig im Dreck oder Krankenhaus liegen möchte, auf das Urteil und die Augen der anderen verlassen. Das heißt nicht bindend, die freundlichste Frau im Universum sein zu müssen. Ich bin wütend, wenn mich jemand auf den falschen Weg führt, bin traurig, wenn ich jemandem zur Last falle, und glücklich, wenn ich Tätigkeiten selbstständig erledige. Aber am wohlsten fühle ich mich, wenn mich Menschen normal behandeln. Ohne Mitleid, nur unterstützend.

Der Gedanke, jenen Menschen entgegenzufliegen, erfüllte mein Herz, als ich auf die von Kit angekündigte Stimme wartete.

„Mademoiselle Elsa Moreau?" Ich nickte. „Ich bringe Sie an Bord, in Ordnung?" Ich nickte erneut und griff nach meinem Rucksack und dem Stock. Nachdem sie sich an der Passkontrolle mein Ticket und den Pass zeigen ließ, steuerte sie mich achtsam durch den Finger in den Flieger. In der Regel bevorzugte ich die erste Reihe und den Gangplatz. Nachdem ich einige Male mit voller Breitseite den Vordersitz gegen meinen Kopf bekommen hatte, weil es sich mein Vordermann bequem gemacht hatte, bevorzugte ich einen Sitz ohne Frontmann. Der Weg zum Klo und zum Bordpersonal war nah und ich konnte mich ein wenig ausbreiten. Wenn Kinder neben mir saßen, war der Flug meist lustiger. Kinder verhielten sich natürlicher im Umgang mit Handicaps und fragten drauf los. Ich konnte gut mit Kindern und sie mit mir. Wenn sie mich nicht wie der kleine Scheißer auf den Hocker nahmen.

Nachdem ich mich auf dem Sitzplatz bequem eingerichtet hatte und meine Tasche verstaut worden war, füllte sich das Flugzeug mit den übrigen Passagieren. Geräusche von Taschen, Jacken, hohen Schuhen, Zigarettenduft, Parfum und Mister Motzbacke, der Gott sei Dank nicht neben mir saß, zogen an mir vorüber. Sehnsüchtig wartete ich auf den Duft von Mango-Sorbet, aber er ließ gefährlich lange auf sich warten. Nervosität befiel mich. Warum eigentlich? Nur wenige Minuten hatten wir geteilt und trotzdem überkam mich die Sehnsucht. War ich am Ende wieder bereit für Nähe? Der Platz neben mir wurde von einer schrillen Frauenstimme besetzt, die eine halbe Ewigkeit benötigte, bis sie ihr Ei legte. Sie schnaufte tief und mein Sitz ruckte unter ihrer Last, als sie sich fallen ließ. Der Lärm lenkte mich fast vom vorüberziehenden Mango-Sorbet ab.

„Hey Elsa. Du sitzt hier vorne. Ich ganz hinten. Ich komme dann später, wenn wir über dem Großen Teich sind, in Ordnung?", flüsterte er mir zu und kam ziemlich nah an mich heran. Mir lief das Wasser im Mund zusammen, als wäre er allen Ernstes ein Fruchteis.

„Hallo, Sie da", rief meine Sitznachbarin. „Nein, nicht Sie, sondern der Mann mit dem dunklen Teint vor Ihnen. Würden Sie mit mir den Platz tauschen? Bei meiner Buchung war hinten alles belegt. Es ist viel ruhiger dort." Offenbar hatte die Frau keinen Anstand. Wie konnte man einen Menschen rufen, in dem man die Hautfarbe thematisierte? Was für Menschen gab es auf diesem Planeten? Sofort fantasierte ich Definitionen, die ich in ihrem Wortschatz einnehmen würde, wenn sie nach mir rufen würde. Die ohne Augen im Kopf? Die mit dem Blindenstock? Sie mit der Erblindung?

Mich schüttelte es, den ganzen Flug neben dieser Person sitzen zu müssen, und wartete auf Kits Antwort. Kit hatte einen dunklen Hautton. Mir war, als ob er inmitten meiner persönlichen Dunkelheit eine Silhouette bekam und näher rückte. Augenblicklich krampfte sich mein Herz zusammen. Wow. Wenn er jetzt Ja sagte, würde ich meine Hände wie eine Verurteilte festbinden und mich ernsthaft mit den Ketten, die ich mir um mein Herz gelegt hatte, unterhalten müssen.

„Nur wenn es Ihrer Sitznachbarin recht ist", antwortete Kit gelassen und wohl unbeeindruckt der Kränkung. Eine Sekunde wurde es still. Die beiden warteten auf meine Antwort. Aber es war nicht der Inhalt, der mir Sorgen bereitete, sondern eine stille Ahnung, wo das hinführen könnte. Und dass der Ton in meiner Stimme kein mieser Verräter war.

„Ist in Ordnung", antwortete ich, bemüht nüchtern. Innerlich focht mein Herzmuskel einen Kampf gegen seine beiden Kammern. Außerdem wusste ich jetzt schon, wohin ich meine Arme verbannen würde. Festgeschnallt am Sicherheitsgurt.

Erneut ruckelte mein Sitz vom Aufstehen meiner rassistischen Nachbarin. Manch ein Zeitgenosse vermag mit nur einem Satz seine Überzeugungen zu verkünden und damit gleichzeitig eine Barriere zwischen mir und ihm zu schaffen. Ein leichter Geruch von Schweiß und frisch entronnenem Pups lag in der Luft, als sie mit ihrem Hinterteil gegen meine Armlehne stieß. Erleichtert, ihr und allen weiteren körperlichen und wörtlichen Entgleisungen entkommen zu sein, wünschte ich ihr einen guten Flug und bedankte mich bei ihr. Miss Glück war auf dem Flug wohl an meiner Seite. Chakka.

Kit fuchtelte an der Gepäckablage und ließ sich sanft auf den Sitz nieder. Sofort hüllte mich sein Mangoduft ein und katapultierte mich in seine ganz persönliche Welt voller honigsüßer Früchte und salziger Luft, warmer Sonnenstrahlen und buddelwarmen Wasser, das mich trug. Ein kleines Paradies, gleich neben mir für die ganze Strecke zwischen New York und Paris.

„Mister Happy ist auf unserer Seite", meinte Kit und ich schmunzelte über den gleichen Gedanken.

„Bis nach Paris wäre ich von der Rassistin vergast worden", kommentierte ich meine vorherigen Aussichten.

„Wie meinst du das?"

„Ach nichts. Ich denke, ich habe mal wieder laut gedacht. Eine meiner suboptimalen Angewohnheiten", gab ich zu und drückte meine Hände fest um den Gurt.

„Besser als seinem Gegenüber alles aus der Nase ziehen zu müssen. Die Direkten sind mir lieber."

„Hört, hört. Dann ist heute wirklich unser Glückstag." Kit hätte auch den Grund in meiner Erblindung sehen und ansprechen können. Nach dem Motto, *Kann ich mir vorstellen, ihr könnt ja nicht sehen, wie jemand reagiert, deshalb müsst ihr alles erklären.* Stattdessen behandelte er mich wie einen Normalo mit gängigen Hindernissen.

„Warst *du* schon mal in Paris?"

Das war mein Stichwort. Während die Passagiere im Hintergrund ihre Platzsuche kommentierten und das Bordpersonal seiner Arbeit nachging, gewährte ich Kit einen Einblick in mein junges, bewegtes Leben als Blinde.

„Meine Zwillingsschwester und ich hatten gute Vorbilder. Unsere Eltern entschieden schon früh, ihr eigenes Leben durch unsere angeborene Blindheit nicht einschränken zu lassen. Bei Frühchen, wie wir es waren, können Elemente des Sehapparates fehlen, und dann ist die rasche Akzeptanz dieses Umstands die klügste Entscheidung. Unsere Eltern übernahmen Verantwortung für die Herausforderung und schickten uns in unsere", plapperte ich wie in einem Vortrag los.

„Aber war das bisweilen nicht gefährlich für euch?" Kits Frage hatte ich erwartet und die passende Antwort parat.

„Anstatt uns in Watte zu packen, kommunizierten unsere Eltern die Gefahren und Regeln glasklar und versorgten uns neben allen Hilfsmitteln vor allem mit einer wichtigen Essenz: Zuversicht."

„Hm. Wirkt logisch. Ihr habt gelernt, euren Fähigkeiten und Eltern zu vertrauen", schloss er.

„Mit jeder Menge Blessuren als Wegweiser."

„Kann ich mir vorstellen", meinte Kit. Konnte er nicht.

„Meinst du? Bist du schon mal blind eine Wendeltreppe hinabgerutscht und hast dich in der Kurve auf eine Matratze fallen lassen?" Ich konnte mir bei dem Gedanken an unsere Rutschpartien das Lachen nicht verkneifen.

„Nicht dein Ernst?"

„Wohl. Unsere Eltern erklärten uns, dass wir von unserer Maisonette-Wohnung auf den Eiffelturm spucken könnten, und sie nicht bereit wären, die Wohnung aufzugeben, nur weil wir weniger als ein Prozent Sehkraft hätten."

„Hört sich ein wenig schroff an."

„War es auch, aber es war und ist eben exakt diese Balance zwischen Vertrauen und Verantwortung, die aus uns das gemacht hat, was wir sind."

„Du meinst, es ist eine Sache, blinden Kindern das Rutschen über ein Geländer zu erlauben, und die andere, ihnen eine Matratze in die Kurve zu legen?", fragte Kit.

„Ja. Ich würde sagen, du bist blindentauglich", ulkte ich, um die Dramastimmung einzudämmen.

„Das höre ich gern."

„Wir haben gelernt, uns nicht auf diesen einen Mangel, nicht sehen zu können, zu konzentrieren. Stattdessen trainierten wir alle anderen Fähigkeiten. Meine Schwester Emma war sogar die Erste, die uns eine neue Form der Abstandsmessung beibrachte, nachdem sie Fledermäuse imitierte und Klicklaute aussandte."

„Kein Scheiß?"

„Ehrlich. Den Trick hatte sie von einer blinden Profisportlerin gehört und mir voller Stolz präsentiert. Sie meinte, wir würden weniger fallen, weil wir uns besser orientieren könnten."

„Und? Hat's funktioniert?"

Ich lachte in Gedanken an das wochenlange Klicken in der Pariser Wohnung, das unseren Eltern gehörig auf die Nerven gegangen war, auf. Aber natürlich hatten sie auch diese Art der Selbstständigkeit unterstützt.

„Ja, hat es. Aber glaube mir, du willst keine zwei blinden Töchter klickenderweise durch die Wohnung laufen haben."

„Ich finde, das habt ihr prima gelöst. Für mich zählt Herz und nicht die Funktion der Sehkraft."

Stille trat ein. Kit hatte sich als einfühlsamer und taktvoller Mensch bewiesen, dennoch war ich mir sicher, eine kleine Rundumerzählung half ihm, adäquater auf mich einzugehen. Allerdings entfachte dies in mir ein Verlangen, ihm mein ganzes Leben erzählen zu wollen. Inklusive meiner tiefsten Sehnsüchte und Geheimnisse. Seltsam. Als hätte er mit einem Schlüssel ein Tor geöffnet, das meine Zunge zum Reden ankurbelte.

„Deine Eltern würde ich gerne kennenlernen. Sie scheinen grandios zu sein." Kein Wort des Mitleids oder eine der typischen Floskeln. Was für eine Erleichterung. Fragen nach meiner Erblindung waren für mich die Basis einer sich entwickelnden Kommunikation, dennoch wünschte ich mir von meinem Gegenüber ein Gefühl von Augenhöhe. Leider fielen jedoch die meisten Menschen, an die ich geriet, in einen Ich-will-es-ihr-rechtmachen-Modus. Eine unangenehme Situation, aus der meist kein Entkommen war.

„Vielleicht lässt sich das einrichten", antwortete ich spontan und war damit ein indirektes Versprechen meine Eltern kennenzulernen eingegangen. Ups.

Neben uns gab ein Steward die Sicherheitshinweise, denen ich aufmerksam lauschte und wahrscheinlich eine Haltung einnahm, die einer Salzsäule ähnelte. „Ich bilde mir ein, dass nichts passiert, wenn ich gut zuhöre", erklärte ich meine Starre, obwohl Kit nicht gefragt hatte.

„Und ich spreche währenddessen ein stilles Gebet. Wir haben alle unsere Macken", gab er nüchtern zu.

„Jetzt enttäuscht du mich aber kolossal. Ich dachte, du praktizierst Voodoo und könntest mir das Augenlicht am Ende der Reise anknipsen", ulkte ich.

„Mist. Jetzt hast du meine Absichten erkannt. Aber noch nicht ganz. Es fehlt der Teil, bei dem ich die

Schlange aus der Tasche hole, mich bis auf meinen Lendenschurz ausziehe und einen Tanz im Mittelgang vorführe. Das Augenlicht will sicher eine spektakuläre Einladung, oder?"

Kit war herrlich unkonventionell und saukomisch. Wir lachten beide laut auf.

„Entschuldigung, Mademoiselle Moreau. In dem unwahrscheinlichen Fall, dass wir Sicherheitsmaßnahmen ergreifen müssen, können Sie auf meine Hilfe zählen", erklärte die Stimme des Stewards in meine Richtung.

„Danke, sehr freundlich."

„Darf ich nun auch Ihr Gepäck verstauen?", wollte er wissen.

„Ich mach das. Versprochen", wandte Kit ein.

„In Ordnung. Wenn Sie zusätzliche Hilfe benötigen, geben Sie mir bitte Bescheid."

„Ja, mach ich", versprach ich in seine Richtung und flüsterte dann in Kits: „Man darf die Sehenden nicht gänzlich in ihrer Hilfsbereitschaft ignorieren. Die Balance macht's", erklärte ich meinem Sitznachbarn.

„Oh, *merci.*"

Grinsend öffnete ich meinen Rucksack und ertaste meine Kopfhörer. Sie waren in einem wattierten Seidentäschchen verstaut, das sich von den anderen unterschied.

„Das war Rekordzeit. Ich habe noch nie eine Frau kennengelernt, die derart schnell das Gewünschte in ihrer Handtasche findet. Respekt, Madame. Sind Sie sicher, dass Sie nicht selbst Voodoo praktizieren?"

Wieder lachte ich aus vollem Hals. „Ertappt. Die anderen Beutel bestehen aus Knochen, Zähnen und Haaren. So ertaste ich die Unterschiede“, erläuterte ich heiter den wohlsortierten Inhalt. „Vorsicht beim Entgegennehmen. Da sind jede Menge Geheimverstecke mit Giftpfeilen versehen“, ergänzte ich und hielt den Rucksack dorthin, wo ich seine Beine vermutete.

„Dagegen bin ich mittlerweile immun. Außerdem habe ich immer ein wenig Gegengift parat“, konterte Kit, stand auf und verstaute den Rucksack im Gepäckfach. Herrlich.

Das Flugzeug hatte sich seit einigen Minuten in Bewegung gesetzt und ich fieberte dem Start entgegen.

„Was machst du in New York?“, wollte Kit wissen.

„Ich bin auf der Manhattan School of Music.“

„Du bist Musikerin?“

„Nein, ich werde in Gesangskunst ausgebildet.“

„Eher klassisch oder rockig?“

„Mir liegt die Jazzkunst sehr am Herzen. Mein Lehrer meint zwar, ich gäbe eine gute Stimme im Operntheater ab, aber ich folge meinem Herzen.“

„Ist nicht dein Ernst. Ich steh auf Jazz, mehr als alles andere auf der Welt“, schwärmte Kit.

„Wirklich?“

„Wirklich. Wann bist du fertig?“

„In etwas mehr als einem Jahr, und dann werde ich sehen, wo die Reise hingeht.“

„Jetzt geht die Reise in den Himmel. Wir starten jeden Augenblick.“

Das Gefühl der Schwerkraft war atemberaubend und hatte mich bereits auf meinem ersten Flug in die Staaten süchtig werden lassen. Wenn Passagiere neben mir vor Flugangst schwitzten oder zitterten, genoss ich die Kraft der Maschine und mich in die Hände des Piloten zu geben.

„Ich liebe den Start", schwärmte Kit. Das Flugzeug war stehen geblieben und mein Sitznachbar outete sich.

„Ich auch", äußerte ich ebenfalls begeistert. Jetzt mussten wir jeden Moment losrollen. Zu gerne hätte ich seine Hand gehalten und meine Emotionen geteilt.

„Darf ich deine Hand halten?", fragte Kit. Ernsthaft?

„Ja gerne", gab ich zögerlich zu. Mit hüpfendem Herzen.

„Ist meine sentimentale Ader." Er griff nach meiner Hand. Seine Finger setzten mit der Außenseite in meiner Handfläche an, öffneten sich streichend bis zu den vier Zwischenräumen und schoben sich sanft bis zum Anschlag. Dann drückte Kit zu. Kräftig, als wolle er etwas besiegeln. Im gleichen Moment wurde es unter unseren Sitzen mörderisch laut. Die Motoren brüllten und die Schubkraft presste uns in das Polster. Glücksgefühle feierten in meiner Brust. Wenn dies der letzte Moment meines Lebens wäre, dann war ich einverstanden. Wenige Sekunden später hörte das Donnern der Räder auf der Startbahn auf und das Fahrstuhlgefühl setzte ein. Unsere Hände waren immer noch miteinander verflochten, bis sie sich langsam lösten.

„Tut mir leid. Das war wahrscheinlich übergriffig von mir. Aber seit dem Erdbeben in meiner Heimat weiß ich, wie schnell alles vorbei sein kann. Deshalb mache ich manchmal komische Sachen", entschuldigte er sich.

„So wie halbnackt mit Schlangen im Flugzeug zu tanzen. Verstehe. Wirklich bedauerlich, dass ich mir das nicht angucken kann", heiterte ich die Situation auf.

„Exakt. Sehr beklagenswert."

Kit war köstlich. Ein Mann, der nach Mango-Sorbet roch, sentimental beim Flugzeugstart wurde und Humor auf eigene Kosten betrieb. Verdammt, wo war der Haken bei diesem Mann? Das Flugzeug war nach wie vor im Steigflug, aber das Bordpersonal hantierte bereits in seinem Arbeitsbereich.

„Erzähl mir etwas aus deiner Heimat. Lebst du dort oder in New York? Hast du Bilder von New York auf deiner Internetseite? Wie lange bleibst du in Paris?"

„Wowowow. Langsam. Eins nach dem anderen. Händchenhalten ist eine Sache, private Fragen beantworten eine andere."

Fuck, Fettnäpfchen. Da hatte ich mich weit aus dem Fenster gelehnt. „*Sorry.* Ich denke, ich habe einen anderen Rhythmus, was Informationen und Kennenlernen angeht. Du brauchst nicht zu antworten. Vergiss meine Fragen", sagte ich beschämt und wandte mein Gesicht dem Fenster zu. Hatte ich mich doch in seiner Offenheit geirrt?

Eine Berührung am Arm ließ mich erschaudern. „Das war 'n Scherz. Gerne beantworte ich dir alle deine Fragen und bin voller Erwartung auf jene, die noch folgen. Ich habe nur schrecklichen Hunger. Du nicht? Im Flugzeug ist das wie eine Krankheit. Kaum sitze ich auf meinem Platz, knurrt mein Magen", jammerte er voller Inbrunst.

„Klar kenne ich das. Geht mir genauso“, stimmte ich ihm zu, war jedoch leicht verunsichert. „Nur zur Erklärung. Scherze erkenne ich manchmal nicht sofort. Nur wenn die Tonlage eindeutig ist oder ich die Person sehr gut kenne und weiß, wann sie wie reagiert“, versuchte ich einen Bruchstein meiner komplexen Welt zu beschreiben. „Das Einzige, was ich heraushöre, egal, wie der Tonfall ist, sind Lügen. Keine Ahnung, wie, aber mir kommt es vor, als könne ich sie riechen.“

„Okay Elsa, dann steht fest, dass wir niemals Freunde werden können, denn ich bin ein notorischer Lügner mit Voodoo-Potential. Soll ich Miss Rassistin nach vorne holen?“ Seine Tonlage war sarkastisch, provokant und humorvoll zugleich. Kit hatte meine Lektion verinnerlicht und bravourös umgesetzt.

„Wenn du so weiter scherzt, dann schaffe ich es nicht bis Paris und bin vor Lachen explodiert“, sagte ich halb prustend und hielt mir die Hand vor den Mund. Im nächsten Moment spürte ich seine Finger, die sich um mein Handgelenk schlossen.

„Zeig deinen schönen Mund beim Lachen. Es gibt nicht viele Menschen, die derart bezaubernde Lippen besitzen“, hauchte er mir entgegen, führte meine Hand und legte sie sanft auf meinem Oberschenkel ab. Etwas Sinnliches lag in seiner Stimme. Wow, die sieben Stunden Flug würden den Himmel an Bord bringen.

Für etwa eine Minute herrschte Stille zwischen uns. Sah er mich an? Oder aus dem Fenster? Wie sah Kit aus? Farbig, okay, aber wie dunkel war er? Hatte er krauses Haar? Kurz, lang, einen Afro? Was trug er? Jeans und Sweatshirt? War er kräftig oder sportlich? Würde er zu mir passen? Verlegen aufgrund des

Schweigens, griff ich nach meinen Kopfhörern und wollte sie gerade in die Ohren stecken, als ich seinen Atem neben meinem Gesicht spürte.

„Schon genug Informationen bekommen? Ich dachte, du wolltest etwas von meiner Heimat erfahren?"

„Stimmt, das wollte ich", sagte ich und verstaute die Kopfhörer wieder in dem Seidentäschchen. Von meinem Gefühl, mich anderen nicht aufdrängen zu wollen, sagte ich nichts. „Erzähle mir bitte von deiner Heimat. Wie ist das Leben auf Haiti? Gibt es dort Mangos?"

„Yepp. Sogar im Hotelgarten meiner Eltern."

Aha. So viel zum Mango-Sorbet. Vielleicht gab es dort jede Menge Hygieneprodukte, die nach Mango dufteten, und die er täglich benutzte. „Deine Eltern haben ein Hotel?"

„Ja, nein, also", druckste er, fing sich aber wieder. „Meine Eltern hatten ein idyllisches Hotel direkt am Strand, aber das Erdbeben von 2010 hat Haiti schwer getroffen. Das Hotel wurde ebenfalls erheblich beschädigt. Allerdings wurde der Teil, in dem sich unser Zuhause befand, verschont. Glück im Unglück. Mein Vater hat den Tag bis heute nicht verwunden. Er dachte, uns alle verloren zu haben."

Gänsehaut lief über meinen gesamten Körper. Was für ein Schicksal. Das Leben war voller Tiefschläge und hielt vor keinem Haus inne. Es war eine Illusion. Aber das Leben hielt auch Wunder bereit, wie den Wohntrakt der Familie zu verschonen, oder mir meine Eltern als Begleitung an die Hand zu geben. Was hatte Kit in all den Jahren durchgemacht?

„Ihr hattet Glück im Unglück." Im Zuge eines solchen Schicksals gab es keine Patentantworten.

„Es hat Jahre gedauert, alles wieder aufzubauen. Ich war damals zehn Jahre alt und half mit. Unsere Eltern haben uns ihren wahren Kummer nie gezeigt, aber viele Jahre später gab mir mein Vater ein Notizbuch." Kit unterbrach seine Geschichte.

„Was hatte es damit auf sich?"

„An einem Tag in der Woche half mein Vater seinem langjährigen Freund auf der Arbeit. Statt diesem mit Bargeld unter die Arme zu greifen, half er ihm unentgeltlich in seinem Betrieb. Das Erdbeben fand an einem jener Tage statt und mein Vater war daher nicht bei uns."

„Das muss die reinste Folter für jeden von euch gewesen sein", fühlte ich mit.

„Uns saß der Schrecken noch lange in den Gliedern, aber unsere gemeinsame Anwesenheit gab uns Halt. Eines Tages sah ich meinen Vater vor diesem Notizbuch sitzen und schreiben. Die Schreie in der Nacht wurden seltener. Bis sie schließlich verstummten. Auch das Schreiben hörte auf, nicht aber das Sinnieren über dem Buch. Immer wieder holte es mein Vater hervor und las darin. Anschließend verstaute er es in seiner Schublade."

„Hast du nicht mal reingesehen?" Neugier lag in meiner Stimme.

„Nein, erst als er es mir vor meiner ersten Reise überließ. Aus Respekt vor meinen Eltern hätte ich niemals in ihrem Privateigentum geschnüffelt."

Dass ich mit meiner Schwester Emma den gesamten Privathaushalt meiner Eltern durchforstet hatte, verschwieg ich in diesem Augenblick.

„Mein Vater hat den Tag des Erdbebens in dem Notizbuch festgehalten. Was er getan und erlebt hat. Seine Ängste und Handgriffe. Die Angst um seine Familie muss furchtbar gewesen sein."

„Bestimmt."

„Wenn ich gelegentlich melancholisch bin, dann lese ich mir seine Zeilen durch. Danach geht es mir meist besser. Ich bin froh, dass er es mir überlassen hat", erklärte er. Seine Tonlage veränderte sich zum Positiven.

„Schaurig schön. Hast du es tatsächlich dabei?", fragte ich. Meine Neugier hatte gesiegt.

„Yepp. Es ist mein stummer Begleiter."

„Kompliment."

„Eines Tages werde ich es als Kurzgeschichte auf meine Homepage stellen. Mir fehlt noch der Mut."

„Du willst mir jetzt nicht sagen, dass ich einen Feigling neben mir sitzen habe. Jemand, der einer Blinden beim Flugzeugstart die Hand hält, ist das glatte Gegenteil."

Mein Kommentar brachte ihn zum Lachen und seine Regung hinterließ augenblickliches Wohlbehagen. Dass Lachen ansteckend war, hatte ich schon oft erlebt, aber seine Freude war anders. Sexy und anziehend. Je öfter er amüsiert war, desto größer wurde mein Verlangen, ihn mit meinen Händen abzutasten. Würde ich den zarten Kit, den ich in meiner Dunkelheit vermutete, auch erfühlen?

2

Der Flug war ein einziger Rausch. Kit erzählte von seinen Reisen und dem Grund, warum er Blogger geworden war. Ein edler, der mich berührte. Das Geld war für seine Eltern, die immer noch finanziell unter den Folgen des Erdbebens litten. Zuerst galten seine Berichte nur dem Werbezweck, Touristen wieder nach Haiti zu locken. Aber dann bekam er immer lukrativere Angebote, weil seine Bilder eine Mischung aus Romantik und Authentizität widerspiegelten. Reisende vertrauten seiner Meinung und empfahlen seine Website, was für ihn die beste Werbung darstellte.

„Hast du deine Bilder auch offline? Dann könntest du mir noch ein paar mehr beschreiben." Meine Neugier war schon seit Stunden geweckt und ich wollte sie unbedingt befriedigen.

„Ja, natürlich. Hast du einen konkreten Wunsch?"

Ich überlegte kurz, dann entschied ich. „Zeig mir das mit den wenigsten Likes."

„Das ist leicht. Selbst ohne Internet." Er wurschtelte neben mir, dann spürte ich seine Nähe deutlicher.

„Dein Sommertag war anstrengend und heiß. Das Kleid auf deiner Haut klebt und dein Gesicht fühlt sich erhitzt an. Du atmest schwer und sehnst dich nach Erfrischung, die dich abkühlt und aufatmen lässt. Im Hintergrund rauscht Wasser. Du schließt die Augen und lässt dich vom Salzgeruch leiten. Unter dir wird es weich. Du entblößt deine Füße, lässt die warmen Sandkörner zwischen den Zehen rieseln. Schritt um Schritt rauscht es lauter und zarter Wind streichelt deine heißen Wangen. Von der Sonne aufgewärmte Früchte versprühen ihren Duft zu dir herüber. Du bleibst stehen und breitest deine Arme aus, während sich der Wind durch dein Kleid schlängelt. Berührungen einer Liebesaffäre gleich. Deine Hände wandern entlang der Stirn, streifen durch die Haare und sinken neben deine Hüften. Eine Welle bricht laut vor dir und spült warmes Wasser zwischen die Zehen. Über dir ficht die Kühle der Nacht ihren Kampf mit dem Tageslicht und gewinnt. Wieder berührt dich das Nass des Ozeans, lädt dich ein, näher zu kommen, und du setzt einen Schritt vor den anderen, bis deine Füße umspült werden. Endlich löst sich dein hauchdünnes Kleid vom nackten Körper. Wieder breitest du deine Arme aus und atmest tief ein. So fühlt sich Freiheit an. So fühlt sich Liebe an. So fühlt sich Glück an. So fühlt sich Leben an."

In den seltensten Augenblicken meines Lebens habe ich etwas anderes als dunkel und hell vor meinen Augen wahrgenommen. Je mehr Kit sein Bild beschrieb, desto bunter wurde das, was sich vor meinem Gesichtsfeld abspielte. Flackernde Erscheinungen waberten vor meinem fehlenden Augenlicht, hinterließen Sehnsucht und Frieden gleichzeitig. Feuer und Wasser, Himmel und Erde. Kit vermochte, ein Bild aus Gefühlen zu zeichnen, das sich tief in mein Herz brannte. Und zwischen meine Beine. Seine Stimme hauchend an meinem Ohr war dermaßen sexy, ich verlor mich gänzlich in der Illusion seiner Erzählungen.

Als er fertig war, wurde es für einen Moment still zwischen uns, bis ich mich fing. Ich schluckte hart. „Wenn das die wenigsten Likes hat, was erzählst du mir von den anderen Fotos?" Ich räusperte mich.

„Du zitterst", raunte Kit.

Verlegen nahm ich rasch einen Schluck Wasser, das mir vor lauter Hektik teilweise aus den Mundwinkeln lief.

„Warte", meinte Kit, als ich mich verteufelte und den Handrücken zum Mund führen wollte. „Ich mach das", entschied er ungefragt und schon spürte ich seinen Finger über meine Lippen wischen. In meiner Fantasie war es sein Mund, den ich verlangte. Mit sanftem Druck strich er an der Unterlippe und dann Richtung Kinn entlang, bis die Haut trocken war. „Ich steh auf dein Septum", sagte er mit einer verfluchten Anmacherstimme. Entweder lief das hier auf die besten Pariser Tage, die ich jemals erleben würde, hinaus, oder er war ein berechnender Schauspieler, der sich ein dreistes Spiel mit einer Blinden erlaubte. Für ein solches Theaterstück würde ich auf jeden Fall alle Eintrittskarten aufkaufen.

„Möchten Sie noch etwas trinken?", unterbrach uns die Stimme des Stewards. Drei, zwei, eins, tot. Idiot.

„Nein, danke", erklärten wir gleichzeitig und hatten beide eine gereizte Stimme.

„Wir landen bald. In etwa fünfzig Minuten", nervte der Steward erneut.

„Lässt du mich mal durch", bat ich Kit, weil ich auch Wasser auf meiner Hose spürte und ohnehin vor der Landung die Toilette aufsuchen wollte. Außerdem war die Situation sowieso zerstört.

„Klar, kein Ding."

Der Anschnallgurt klackte und Kit schälte sich aus dem Sitz. Ich tastete mich langsam zum Gang und drehte mich Richtung Cockpit. Von den vorherigen Flügen wusste ich in etwa, wo sich der Waschraum befand, doch mit einer unglücklichen Bewegung stieß ich etwas in meine Richtung um. Millisekunden später ergoss sich eine warme Flüssigkeit über meinen Pullover inklusive Hose. Und einen Augenaufschlag darauf durchdrang die warme Kaffeebrühe den Stoff bis auf meine Haut. Bingo.

An der wackligen Stimme einer Frau nahm ich wahr, wie sehr sie versuchte, sich zu beherrschen mein Malheur runterzuspielen. Kit tauchte hinter mir auf und beruhigte mich, weil ich am ganzen Leib schlagartig zitterte.

„Elsa, keine Panik. Ich habe immer einen Jogginganzug im Rucksack. Du kannst ihn anziehen. Warte einen Moment."

Ich nickte nur und blieb wie angewurzelt im Vorraum des Cockpits stehen. Aber dann wurde mir schwindlig und jemand hielt meinen Arm.

„Mademoiselle Moreau, wir werden das schon hinkriegen. Ich mache die Vorhänge zu und stütze Sie beim Umziehen, einverstanden?" Die Stimme, die gerade noch gereizt geklungen hatte, hatte ihre Tonlage geändert. Tiefes Mitgefühl schwang nun in ihr. Das hatte ich auch verdient, verfluchter Mist. Wie konnte ich nur die scheiß Kaffeekanne umwerfen? „Bitte setzen Sie sich hierhin", bat sie und führte mich am Arm zu einem der Klappsitze für die Besatzung. Ich gehorchte, weil ich den panischen Umziehakt nicht alleine auf der Toilette hätte bewältigen können. „Hier ist der Anzug", hörte ich Kit sagen.

„Danke", antwortete die Stewardess.

„Ich halte Neugierige ab", versprach mein Held und jemand zog die Vorhänge zu.

„Dürfte ich Ihnen die nassen Sachen geben? Vielleicht haben Sie eine Tüte?", bat ich die Stewardess, die mich seitlich stützte.

„Bekommen Sie von mir. Ich möchte nur sichergehen, dass Sie nicht umfallen", versicherte sie mir und sie sagte die Wahrheit.

Immer noch zitternd zog ich ein nasses Kleidungsstück nach dem anderen aus und legte sie auf einen Haufen vor mich. Auch die Unterhose und den BH, den ich eigentlich wegen meiner flachen Oberweite nicht benötigte. Ich schämte mich, wegen eines Kaffee-Fauxpas derart die Fassung verloren zu haben. Sich in der Flugzeugtoilette umzuziehen, war nun wahrlich kein Hexenwerk. War mein Unterbewusstsein alarmiert, weil es den Kaffeefleck als Vorboten zu einem größeren Unheil einstufte? Eines wie damals in Paris?

„Hier ist die Hose", unterbrach mich die Stewardess und legte mir etwas Weiches auf den Schoss. Mango-Sorbet. Kaum streifte ich das in dem herrlichen Duft getränkte Stück Stoff über meine Hüften, fühlte ich mich ein wenig besser. Dass mir meine Verbündete erst die Hose gegeben hatte, rechnete ich ihr hoch an. Frauen untereinander eben. Der Pullover folgte und ich glitt in die Schuhe, die, halleluja, keinen einzigen Tropfen abbekommen hatten.

„Ich müsste jetzt trotzdem noch auf die Toilette“, bettelte ich, obwohl ich wusste, dass der Sinkflug bereits begonnen hatte.

„Kein Problem, Mademoiselle Moreau. Wenn Sie wieder stehen können ...“

„Kann ich.“ Mit wenigen Handgriffen öffnete ich die Toilettentür und schloss hinter mir ab. Das Zittern hatte nachgelassen, aber die Anspannung lag mir immer noch in den Gliedern. Als ich meine Hände wusch, spürte ich Tränen aufsteigen, die ich versuchte, runterzuschlucken. Normalerweise war ich meinen Fauxpas gegenüber beherrschter, aber die Situation war anders, als gegen ein Laternenpfahl zu laufen. Eine innere Unruhe wühlte mich auf.

Rasch fuhr ich mit einem Tuch über die Augen und öffnete wieder die Tür.

„Wären Sie so lieb und würden mal schauen, ob ich so gehen kann?“, fragte ich ins Leere. Anders als sonst, fühlte ich mich verwirrt und bat um Hilfe.

„Warten Sie, ich wische Ihnen noch die Schminke ab. Sie ist verlaufen.“ Sicher sah sie mir meine Heulerei an, aber sie schluckte einen Kommentar taktvoll hinunter. Vorsichtig tupfte sie meine Wangen ab. „Darf ich Ihnen kurz noch die Haare glatt streichen? Sie sind ein wenig in Wallung geraten“, sagte sie mit einem freundlichen Unterton. Wahrscheinlich sah ich aus, als sei ich eben aus dem Bett und nicht aus dem Klo gekommen.

„Gerne.“

Gefragt, getan. „Wie neu“, lobte die Stewardess. „Und der Anzug steht Ihnen wie angegossen.“

„Danke. Für alles", sagte ich.

„Hier ist die Tüte. Man kann nicht hineinsehen und sie ist kaffeedicht", versprach sie.

„Ja, warum sollte ich Wasser verschütten, wenn Kaffee bereitsteht?", ulkte ich.

„Von dem Koffeinschock werden Sie sicher die ganze Nacht wach sein."

Wir lachten, was verdammt guttat. Die Stewardess öffnete den Vorhang und ein Pfeifen ertönte.

„Cooler gings nicht?", fragte Kit. „Den schenke ich dir als Erinnerung an unseren Flug und den wahrscheinlich peinlichsten Moment deines Lebens."

„Hm, da habe ich zwar schon einige erlebt, aber ich denke, du hast recht. Es war auf jeden Fall der peinlichste über den Wolken", gab ich lachend zu und ertastete meinen Sitz. „Danke. Also dafür", sagte ich und zupfte an dem Hoodie, kaum war der Gurt geschlossen. „Aber ich würde dir wirklich gerne den Anzug zurückgeben."

„Keine Chance. Aber du könntest mir ein Frühstück in einem Pariser Café schenken. Wir kommen schließlich pünktlich an", sagte er mit heiterem Unterton. „Und danach können wir shoppen gehen. In Louis Vuitton siehst du sicher bezaubernd aus."

Ein erstaunter Ton verließ meine Lippen. „Ganz sicher kann ich mir keine Designerklamotten leisten. Bist du so ein Markenfetischist? Von welcher ist dieser Jogginganzug?", höhnte ich.

„Das wirst du wohl erst erfahren, wenn wir gefrühstückt haben."

Die letzte halbe Stunde verwirrte mich und ich fühlte mich überfallen. Einerseits war ich Kit für den Jogginganzug dankbar, andererseits hasste ich es, wenn man von mir Wiedergutmachung forderte. „Kit, ich bin dir wirklich sehr dankbar, aber ich denke nicht, dass ich dir eine gute Begleitung in Paris wäre. Ich sehe nichts und habe wirklich keine Ahnung, was du für deinen Blog brauchst. Aber mit Sicherheit keine Blinde in Joggingklamotten. Lass sie mich dir bitte zurückgeben.“

Meine Sätze klangen nach Ausreden und Abschied, der durch das Quietschen der Flugzeugreifen auf der Landebahn untermauert wurde. Ich verstand mich selbst nicht. Eben war ich noch in seinen Mangoduft, seine Stimme und die Art, mit mir zu sprechen, vernarrt gewesen und jetzt schob ich ihn von mir wie eine lästige Mücke. Da war sie wieder. Die Elsa, die Angst vor zu viel Nähe hatte, weil sie glaubte, durch ihre Erblindung anderen zu schaden. Wie Pierre damals. New York hatte mich vergessen lassen. Vielmehr verdrängen. Ich musste mich jetzt verabschieden. Nur zu gern hätte ich nach der Landung Francine angeschrieben und ihr von meinem heißen Sitznachbarn berichtet. Von meiner Feigheit, ihn in mein Leben zu lassen. Aber auch sie hatte ich seit Pierre nicht mehr gesprochen, obwohl sie sich zahlreiche Male bei mir erkundigt hatte. Francine. Meine Freundin fehlte mir. Aber sie war nicht das Einzige, was ich seit damals vermisste.

Kit und ich schwiegen, während sich die übrigen Passagiere rege unterhielten. Die Ansage bedankte sich für das Vertrauen in die Air France, wünschte einen romantischen Aufenthalt in Paris und nannte noch die üblichen Sicherheitshinweise. Neben mir war es totenstill. Ein Moment, in dem ich meine Blindheit verfluchte, weil ich seine Reaktion nicht sehen, nur fühlen konnte. Enttäuschung schwang in der Luft. Tiefe Enttäuschung.

„In Ordnung. Du kannst mir den Jogginganzug ins Hotel La Lanterne schicken. Ich fliege am 27. Dezember zurück."

Wow, kühl gekontert. Ich hatte ihn verletzt und die schroffe Antwort verdient.

„In Ordnung", gab ich kleinlaut von mir. Hatte ich es versaut oder gerettet? Spitze, Elsa!

„Mademoiselle Moreau, wir können das Flugzeug jetzt verlassen. War außer dem Rucksack sonst noch etwas von Ihnen an Bord?"

Perfektes Timing. Die Stewardess meines nackten Vertrauens unterbrach die frostige Stimmung und erwartete von mir, dass ich aufstand, was ich auch tat. Meinen zusammengeklappten Blindenstock fest an mich gedrückt. Als würde er meine Hände festtackern oder zum Beweis meiner ewigen Nullnummer bei Männern. Jedes Mal, wenn es intimer wurde, ergriff ich die Flucht. Kit war nicht der erste und würde auch nicht der letzte Mann seit Pierre sein, dem ich einen Korb gab. Über Küssen war es nie hinausgegangen. Mich auf jemanden als mich selbst zu verlassen, kostete mich mehr, als ich bereit war zu geben. Ob ich eine Allee enttäuschter potentieller Liebhaber hinterließ, wusste ich nicht. Denn in meiner tiefsten Überzeugung blieb ich der Klotz am Bein, der sich nach außen hin vergoldete. Die zahlreichen Stürze von unserer Treppe auf die Matratze hatten mich zwar zu einer mutigen Blinden gemacht, aber nicht zu einer, die glaubte, ein bisschen Glück genießen zu dürfen. Meine Schwester Emma war der Beweis. Sie stürzte sich ständig in neue Abenteuer und nicht nur einmal wurde sie vor die Tür gesetzt, weil Mann scharf auf eine Nacht mit einer Blinden gewesen war.

„Mach's gut, Elsa Moreau. Der Flug wird mir immer in Erinnerung bleiben", hörte ich Kit sagen, als ich mich vom Gang aus zu ihm wandte.

„Mir auch, Kit. Glaub mir. Mehr, als du denkst." Die letzten Worte erstickten beinahe in meinem Hals. Im Gang herrschte Unruhe. Man wollte aufstehen und in die Stadt der Liebe eintauchen. Für mich endete die Illusion, meine Heimat jemals genauso zu empfinden, in dem Moment, in dem ich mich dem Ausgang zuwandte und mich bei der Stewardess unterhakte. Der Klotz am Bein bröckelte. Irgendwann würde ich zu Staub zerfallen, ohne jemals geliebt zu haben. Und das war ganz allein meine verfickte Schuld. Oder, weil ich nicht bereit war, die Schatten der Vergangenheit loszulassen.

3

Jauchzend war das Wiedersehen mit meinen Eltern nicht gerade. Als sie mich vom Gate abholten und herzlich umarmten und küssten, bat ich um eine rasche Heimfahrt. Mir schien, als würde ein Teil von mir fehlen. Ein Teil, welches in Paris herumirrte, ohne Blindenführer. Oder hatte ich es vor Jahren hier verloren? Ich wollte so schnell wie möglich weg vom Flughafen. Meine Eltern hatte ich mit dem Jetlag von einer miesen Depri-Nummer abgewimmelt.

„Schlaf erst einmal, mein Kind. Wir reden später", besänftigte mich meine ewig geduldige Mutter und strich mir wie jedes Mal, wenn ich zu Besuch war, über den Kopf. Die Bettwäsche roch vertraut. Nach Kindheit, nach Geborgenheit, nach einer kleinen Insel, auf der ich vor allem sicher war und ich sein durfte.

„Danke, ich bin wirklich erledigt", antwortete ich und nahm einen tiefen Atemzug von den Früchten meines Eilands. Wenige Sekunden später schlief ich ein.

In den kommenden Stunden irrte ich durch Paris. Von einem Kaffeeduft alias Café zum nächsten. Ein Mangoduft alias Kit stand jedes Mal auf, wenn ich auftauchte. Floh. Vor mir. Zwischen den Kaffeestationen forderten Frauen ihre Männer lautstark auf, den Louis-

Vuitton-Store auf der Champs-Élysées zu besuchen, um sich dort einen Jogginganzug zu kaufen. Gab es den überhaupt von der Firma? Die Dauerschleife endete, als ich wegen meines Freizeitoutfits aus dem Store flog und unsanft auf der Straße landete. In Wirklichkeit lag ich auf dem Fußboden. Eine Premiere in meiner Laufbahn als Blinde.

„Ist was passiert? Es war totenstill und dann hat es kräftig gepoltert", hörte ich die Stimme meiner Mutter.

„Bin nur vom Bett gefallen", beruhigte ich sie und versuchte, mich aus den Fängen der Bettdecke zu befreien.

„Elsa, du bist noch nie aus dem Bett gefallen. Selbst als du ohne Gitter geschlafen hast."

„Es ist nichts. Nur dass mein Bett in New York größer ist." Ob ich damit durchkam?

Direkt vor mir fing etwas an zu klackern. Der Schuh meiner ungeduldigen Mutter. Auf die Wahrheit wartend. Ihre Art, meine Schwester und mich bis heute auf sie aufmerksam zu machen. Unsere Eltern waren gut darin, sich mit den ungeplanten Gegebenheiten des Lebens zurechtzufinden. Schon früh hatten sie sich Methoden überlegt, uns ihre Emotionen mit anderen Techniken außer Sprache zu vermitteln. Sie erfanden die Moreau-Geräuschsprache, die wir schnurstracks erlernten und untereinander einsetzten.

„Ist ja schon gut. Ich weiß auch nicht, was los ist. Da war dieser Typ im Flugzeug und", begann ich und lehnte mich mit dem Rücken an die Holzlatte meines Bettes.

Das Klackern verstummte, stattdessen kniete sich meine Mutter zu mir und nahm links von mir Platz. „Der junge Mann mit dem braunen Teint?"

„Wie meinst du das?", stammelte ich und sah in ihre Richtung.

„Er lief direkt hinter dir und sah mir lange in die Augen. Dann auf dich und dann kam dieser enttäuschte Gesichtsausdruck, den nur Jungs haben, die abgeblitzt sind."

„Oh, verdammt", seufzte ich. Mütter waren entweder der blanke Horror oder ein wahrer Segen. „Das war Kit. Er war nur ... ich habe ihn am Flughafen in New York ... er ist ... ach, es ist kompliziert", nuschelte ich vor mich hin. Sicher rot wie eine saftige Fleischtomate.

„Hat er dir den Kaffee übergeschüttet? Ist das sein Jogginganzug?" Die Stimme meiner Mutter war sanft und verständnisvoll.

„Nein und ja. Das mit dem Kaffee war ich selbst und den Anzug wollte er mir schenken. Als Erinnerung an den Flug mit ihm."

„Einen Jogginganzug von Chanel? Wer verschenkt so was?"

„Von Chanel? *Mon dieu.* Ist das dein Ernst? Jetzt verstehe ich überhaupt nichts mehr." Ich war sprachlos. Ich wusste zwar nicht, wie der Unterschied von einer Luxusmarke zur anderen aussah, aber mir war bewusst, dass sich viele Sehende mit Marken definierten. Was mit Sicherheit auch an deren Qualität lag.

„Allerdings *ma chérie.* Ein teures Geschenk."

„Meinst du, er wollte dafür Sex mit mir?", flutschte es aus mir heraus. „Ups, *excuse-moi, Maman.*"

„Nicht wegen des Stückchen Stoffs, aber vielleicht wegen dem, was darunter liegt?", konstatierte meine Mutter und ich schlug ihr spielerisch auf den Schenkel.

„Ja, ja, Sex mit 'ner Blinden. Das ist so manchem einiges wert. Das kennen wir doch alles", raunte ich.

„So sah er mir nicht aus, Elsa. Vielmehr aufrichtig und verletzt. Was auch immer du zu ihm gesagt hast, hat ihm wehgetan. Und warum sollte er auch nicht mit dir schlafen wollen? Du bist eine attraktive, junge Frau, die bestimmt gut mit ihren Fingern ist. Sinnlich und zärtlich. Er wäre ein Armleuchter, dich nicht zu begehren. In dem einen Jahr bist du noch reifer und wunderschön geworden. Ich bin sehr stolz, eine solche Tochter zu haben."

Die Worte einer Mutter konnten entwaffnend sein. Und manchmal zu ehrlich.

„Hey, was weißt du schon über meine Finger?", motzte ich und wir beide lachten. Was sich dieses Jahr wie ein Pflichtbesuch angefühlt hatte, war inzwischen ein rettender Anker, der mich am richtigen Hafen festhielt.

„Weißt du, wo er wohnt?"

„Ja, auf der anderen Seite. Im Hotel La Lanterne, im Saint-Germain-Viertel."

„Dein Vater kann dich bringen. Aber vorher würde ich an deiner Stelle duschen und etwas essen. Hungrige Pariserinnen sind wie gereizte Kobras", stichelte mich meine Mutter mit Zischlauten und stand auf.

„Danke, *Maman*", erwiderte ich und sie erzeugte ein Kussgeräusch mit dem Mund, was in ihrer Sprache *Gern geschehen* bedeutete.

Mittlerweile war es früher Abend und ich saß bei meinem Vater auf der Vespa, die er ganzjährig fuhr. „Damit kommt man überall durch", sagte er stets und hatte wie immer recht. Auch jetzt fuhren wir ohne Probleme durch die belebten Straßen, hupten, bremsten, schimpften und fuhren weiter. Selbst durch den Helm kroch der unnachahmliche Duft meiner Heimatstadt und jedes Arrondissement hatte seinen eigenen unverkennbaren Geruch, der sich von den anderen unterschied. Eben überquerten wir die Seine und der Wind wurde kälter und stärker. Der Geruch von Eisen, verrottetem Laub und Parfum flocht ein Duftkunstwerk, das ich tief einatmete und erneut an zahlreiche Abende mit unserer Clique dachte. Francine, Emma, Pierre und ich waren damals unzertrennlich gewesen. Für Francine, die sehen konnte, war es sicher mit drei blinden Freunden nicht immer einfach gewesen. Ich hatte sie bewundert, wie gelassen sie damit umging. Traurigkeit überkam mich bei dem Gedanken, wie sich alles in einer Millisekunde verändert hatte, und dass ich mich davor scheute, mich bei ihr zu melden. Beinahe alle Beteiligten hatte ich nach dem Ereignis in einen Topf geworfen. Es fiel mir zu schwer, auch nur einen von ihnen da raus zu holen.

Meinen Vater fest umklammernd fühlte ich mich dennoch ungewöhnlich frei. Seltsam, dass ich quasi nach New York geflohen war, um frei und unabhängig zu sein, und nun spürte, dass mich nur Paris, der Ort des Geschehens, befreien konnte. So schmerzhaft es auch sein würde. Der Gedanke an New York glich einer Insel, auf der ich mich zwar ausgeruht hatte, auf der ich mich jedoch nie weiterentwickeln würde. Zum ersten Mal seit einem knappen Jahr wurde ich mir dessen bewusst. Konnte das etwas mit Kit zu tun haben?

Abruptes Bremsen holte mich in die Gegenwart zurück. „So, *ma chérie*, da sind wir. Du steigst bitte in ein Taxi, oder ich hole dich ab. In letzter Zeit sind die Überfälle gestiegen und keiner schert sich drum. Auch mir als Polizist sind die Hände gebunden."

„*Oui*, Papa. Das mache ich." Keinesfalls wollte ich meine Eltern beunruhigen.

„Außerdem siehst du verboten gut aus. Weiß trägst du nur zu speziellen Anlässen. Dieser Kit muss dir wichtig sein." In seiner Stimme lag eine Prise Vorwurf und ein Quäntchen Eifersucht. Ein väterlicher Cocktail.

„Ist er, Papa", sagte ich, ohne auf seine Andeutungen wegen meines weißen Minikleids, den schwarzen Overkneestiefeln und der schwarzen mit Fell gefütterten Lederjacke einzugehen. „Ich könnte mich natürlich auch von einem dieser Touristenfahrräder bringen lassen und spiele die Polizistin, wenn er mich mit dem Preis mal wieder verarschen will", ulkte ich, ihn an eine unserer Spazierfahrten durch Paris zu erinnern. Und, um von meinem sexy Outfit abzulenken. Wir hatten uns als Touristen ausgegeben, weil mein Vater auf eigene Faust etwas bewegen wollte. Er und seine Kollegen befassten sich normalerweise mit den schwereren Fällen, weniger mit dem Abzocken von Touristen. Als wir am Eiffelturm angekommen waren und der Fahrer uns eine neue Preistafel zeigte, auf der der Zusatz *For one Person* stand, zückte mein Vater seine Dienstmarke. Der Typ rannte wie der Teufel und ließ uns samt der Fahrradkutsche zurück. Wir fuhren das ganze Wochenende mit Emma und *Maman* durch Paris und am nächsten Tag hatte mein Vater den fiesesten Muskelkater seines Lebens. Seitdem hatte sich nichts an den schwindlerischen Fahrradfahrern verändert, aber wir erinnerten uns zu gerne an unseren Spaß.

„Nicht lustig, Elsa. Tu, was dein Vater gesagt hat", motzte er durch den geöffneten Helm. Jetzt nahm der väterliche Cocktail an Prozentzahl zu.

„Jawohl, du weißt doch, ich bin ein braves Mädchen", versicherte ich und gab ihm meinen Kopfschutz.

„Am Hotel ist eine kleine Stufe. Rechts und links stehen hüfthohe Blumenkübel und die Tür ist eine Schiebetür aus drei Teilen Glas. Links und rechts stehen große Sessel. Wo die Anmeldung ist, kann ich von hier aus nicht sehen."

„Danke, Papa." In Gegenwart meiner Eltern war die Orientierung ein Kinderspiel. Emma und ich brauchten nie nach Einzelheiten zu fragen. Die grundlegenden Hindernisse wurden genannt, es uns dennoch nicht zu leicht gemacht.

„Gut, dann wünsche ich dir einen schönen Abend. Sag Bescheid, wenn du über Nacht bleibst." Er schnalzte mit der Zunge, was fast im Lärm der Straße erstickte. Es bedeutete *Bis dann*. Meine Antwort kam prompt. Ein Schnalzen.

Das Motorgeräusch der Vespa war seit einigen Sekunden verstummt, als ich mich dazu aufraffte, das Hotel zu betreten. Mit dem Blindenstock fand ich den Weg über die Stufe, die mehr einem niedrigen Absatz glich, durch die Schiebetür und wurde direkt von einer aufmerksamen Männerstimme angesprochen. Ich hoffte, mich mit Pariser Verliebtheitsgeschwätz durchmogeln zu können, und tatsächlich klappte es.

„Natürlich, Mademoiselle. Sie meinen Kit Zarou.“ Wow, das war mal ein sexy Name. „Aber er ist nicht da, Mademoiselle. Soll ich ihm etwas ausrichten?“, fragte er höflich.

„Nein, ich würde gerne hier auf ihn warten. Geht das?“, wollte ich wissen und klang dabei wie eine Bettelkönigin. Eine blinde, versteht sich.

„Nun, unser Hotel verfügt über eine Bar und eine Lobby. Sie können sie bis dreiundzwanzig Uhr nutzen. Soll ich Herrn Zarou informieren, wo er Sie finden kann?“

„Das wäre wirklich sehr französisch“, lobte ich den freundlichen Concierge und bat ihn, mich an die Bar zu führen. Ein Glas Rotwein konnte zur Auflockerung nicht schaden. Schnell verdrängte ich den Gedanken an meine ehemals beste Freundin, die sicher mitgetrunken hätte. Für Wehmut war jetzt keine Zeit.

Gesagt, getan. Allerdings blieb es nicht bei einem Glas. Eine Flasche und drei erzählten Lebensgeschichten zu unterschiedlichen Gästen später bat mich der Concierge das Hotel zu verlassen. Immer noch höflich, aber bestimmt. Ich war ziemlich betrunken und bettelte um eine neue Flasche, aber die Uhr zeigte bereits Viertel nach elf und von Kit fehlte jede Spur. Schoss er gerade Nachtaufnahmen, traf sich mit Hotelbesitzern, um für seinen Blog zu werben oder …? Die Möglichkeit eine andere Französin als Begleitung gefunden zu haben, hinterließ einen Funken Eifersucht.

„Aber das Glas werde ich wohl noch austrinken dürfen“, lallte ich und weigerte mich, vom Barhocker aufzustehen.

„Mademoiselle, Sie sollten nach Hause gehen. Ich werde Monsieur Zarou sagen, dass Sie hier waren. Darf ich Ihnen ein Taxi holen?“ Er hatte recht, trotzdem widerstrebte mir der Abgang.

„Das wird nicht nötig sein. Mademoiselle gehört zu mir“, hörte ich eine bekannte Stimme sagen, der ein Schwall Mango-Sorbet nachzog.

„Kit, da bist du ja. Ich wollte dir deinen Jogginganzug persönlich bringen. Hier“, lallte ich und schnellte, statt mit der Tüte Klamotten, mit dem halbvollen Rotweinglas in seine Richtung. Es knallte gegen einen Widerstand und schoss zu mir zurück. Und eine Millisekunde später spürte ich erneut etwas Nasses auf meiner Haut.

„Mon dieu“, sagte der Concierge und nahm mir das Glas aus der Hand.

„Alles beim Alten. Nur dieses Mal unterhalb der Wolkendecke“, konstatierte Kit. „Sieht aus, als würdest du den Jogginganzug heute nicht loswerden. Schade um das schöne Kleid.“ In seiner Stimme lag eine satte Portion süßer Sarkasmus. „Komm mit auf mein Zimmer. Dort kannst du dich umziehen. Und in Gottes Namen, wie viel hast du intus?“ Kit trat ganz nah an mich heran und griff nach meinem Arm, um mich zu führen.

„Eiiiiiinnnne Flasche“, nuschelte ich und ließ mich von ihm leiten.

„Eine zu viel. Betrunken und blind. Ist da nicht ein Umstand mit B unvernünftig?“ Jetzt lag eine satte Portion Vorwurf in seinem Ton.

„Ja, ja, es war unvernünftig, blind geboren zu werden. Da gebe ich dir rrrrecht.“

„Auf den Quatsch antworte ich nicht. Komm jetzt. Dein Outfit hat schwer gelitten“, motzte er. „Aber verführerisch siehst du schon aus. Fehlt nur noch die rote Baskenmütze“, neckte er und blieb stehen. Dann ertönte ein Signal. Eine Aufzugstür öffnete sich und wir stiegen ein.

„Übrigens habe ich eine rote Baskenmütze dabeiiii“, sagte ich so deutlich wie möglich und zog die besagte Kopfbedeckung aus meiner Jackentasche. *Et voilà!* Baumelnd hob ich sie in die Höhe.

„Wenn sie jetzt noch auf dem Kopf einer nüchternen Pariserin landen würde, wärst du perfekt.“

Perfekt. Wie konnte mich Kit perfekt nennen? Er wollte mich nüchtern, aber die Blindheit kritisierte er nicht?

Bevor ich antworten konnte, ertönte wieder der Fahrstuhl und ich hörte das Geräusch der sich öffnenden Aufzugtür. Kit führte mich einen Gang entlang und schloss die Zimmertür auf. Ich folgte ihm an seiner Seite.

„Hier ist das Bad. Brauchst du Hilfe bei irgendetwas?“, fragte er.

„Wenn ich ein Handtuch benutzen darf, um mich abzuwaschen, komme ich klar“, sagte ich leise und beschämt.

„Das war der Plan. Ruf, wenn du etwas brauchst.“

Die Tür schloss hinter mir und ich tastete mich wie zu Hause am Mobiliar entlang. Bäder waren schlicht und leicht zu ertasten. Zunächst setzte ich mich auf den Klodeckel und verharrte einen Moment. Was hatte ich mir da nur eingebrockt? Quasi befand ich mich bei einem

Fremden in einem Hotelzimmer und war sturzbetrunken. Und gleich nackt. Leider nicht von Stewardessen beschützt, sondern vollkommen ausgeliefert. Trotz der Situation war ich angstfrei und vertraute Kit. Also zog ich mich bis auf die Unterwäsche aus, die heute nichts abbekommen hatte – was für ein Fortschritt – und tätigte meine Handgriffe. Mit Schwindelcharakter. Wow. Wie konnte ich mich nur derart betrinken? Immer wenn es um Männer ging, war ich eine feige Nuss und wenn ich es verkackte, dann war Monsieur Wein mein Tröster. Ganze dreimal war mir das seit dem Vorfall während meiner Schulzeit passiert und hatte jedes Mal in einem Desaster geendet. Also entweder ließ ich in Zukunft weiterhin die Finger von Männern oder vom Alkohol.

Zu betrunken, um beschämt zu sein, öffnete ich die Tür vom Badezimmer. Die versaute Wäsche in der Hand. „Kit? Kannst du mir irgendeine Tüte geben und ein Taxi rufen? Du hast sicher etwas anderes geplant, als mit einer betrunkenen Blinden abzuhängen." Auch wenn ein großes Donnerwetter mit meinen Eltern zu erwarten war, zog ich die Option vor.

Ein Quietschen ertönte und ein Luftzug wehte mir entgegen. „Bleib stehen. Ich hole dich", sagte er und einen Atemzug später raschelte Plastik. Kit nahm die Sachen aus meiner Hand und stopfte sie in die Tüte. Allerdings vermutete ich, das Kleid würde im Mülleimer landen, oder meine Mutter holte den Zauberstab hervor. Dann spürte ich seine Hand in meiner Armbeuge. „Komm. Ich möchte dir etwas zeigen."

Langsam ließ ich mich von ihm durch den Raum führen. Die kühle Luft wurde präsenter. „Achtung, hier ist ein kleiner Absatz zum Balkon“, warnte Kit und ich hob meine Füße leicht an. „Setz dich hier hin.“ Kit drückte leicht auf meine Unterarme und ich ließ mich sinken. „Warte, ich hole dir eine Decke.“

Durch die frische Luft wurde mir wohler. Kit legte eine Decke um mich, die ich vor meiner Brust zuzog. Das Schieben und Knarzen eines Stuhles ertönte, bis ich Kits Atem auf Augenhöhe neben mir wahrnahm.

„Ist was an den Gerüchten dran, dass Blinde die anderen Sinne stärker wahrnehmen?“

„Nö. Wir trainieren sie nur mehr. Könnte jeder Sehende auch schaffen. Wenn er nicht gerade betrunken auf dem Balkon sitzt.“ Was für bescheuerte Klischees es doch gab.

„Okay. Wollen wir einen Wettbewerb starten? Wer mehr hört?“

Wie cool war das denn? „Gebongt. Aber du musst deine Geräusche nummeriert aufschreiben. Dann nehme ich den Zettel an mich und du schreibst meine auf, die ich dir nenne, einverstanden?“

„Ich könnte schummeln beim Vorlesen“, gab er zu bedenken.

„Du schon, aber meine Orcam nicht. Und bevor du fragst, was das ist, eine Brille mit einer Sprachfunktion. Sie ist in meinem Rucksack.“

Kit lachte laut. „Dann wäre das unsere Schiedsrichterin. *Mesdames et messieurs*, Mademoiselle Orcam“, posaunte er wie der Moderator eines Zirkusses.

„Holst du sie mir aus der Tasche? Ich weiß nicht, wo du sie hingelegt hast.“

Meine Ohren hörten erneutes Rücken, Schritte, Herumkramen, Papier und die Schnalle meines Rucksacks. Schritte, Rücken, Atmen, Papier auf Tisch mit Stift.

„Du weißt, dass du mir vertrauen musst, wenn ich deine Geräusche aufschreibe?", neckte er mich.

„So ganz nebenbei, dass du mich nicht ausraubst, missbrauchst, verarschst. Aber wie gesagt, nur so ganz nebenbei. Ja, ich vertraue dir, dass du meine Geräusche alle richtig aufschreibst." In meiner Stimme lag pure Ironie.

„Am Ende bringst du mich auf Ideen. Zwar könnte ich mir so einiges mit dir vorstellen, aber auf eins habe ich nie gestanden. Betrunkene Frauen vögeln."

Seine Direktheit überraschte mich nicht. Nur, die Dinge beim Namen zu nennen. Aber in dem Punkt glich ich ihm.

„Perfekt. Dann ist das schon mal gebongt. Wir werden heute Nacht nicht vögeln. Dafür um die Wette riechen und hören. Das ist doch mal was", ulkte ich, um die Stimmung von den drei Buchstaben weg zu lenken.

„Dann würde ich sagen, wir fangen an. Top, die Wette gilt."

„Einverstanden. Gib Bescheid, wann du fertig bist."

Ruhe kehrte ein. Der Rotwein sorgte für eine angenehme Körpertemperatur, obwohl die Luft recht kühl war. Im Hintergrund hörte ich Wasser aus einem Rohr plätschern, Stimmen von Passanten, eine Sirene, Musik und Fernseher, das Summen der Klimaanlage, die warme Luft in das Zimmer blies, Kits Atem und den Stift auf dem Papier. Jemand pfiff in einem Zimmer über uns. Das sanfte, gleichmäßige Rauschen der Pariser Straßen, der Flugzeuge am Himmel und ein Straßenmusiker spielte Gitarre. Meine imaginäre Geräuscheliste stand.

„Fertig", meinte Kit. „Und jetzt du. Hier ist mein Blatt." Papier berührte meine Hand und ich nahm es entgegen. Dann diktierte ich alles, was ich in diesem Augenblick hörte. Hundegebell war zwar nur kurz zu hören, aber ich bat Kit, es mit aufzunehmen.

„Fertig", sagte ich überzeugt und setzte ein Lächeln auf.

„Mademoiselle Orcam brauchen wir nicht zu bemühen. Ganz klar bist du die Gewinnerin. Ich habe den Stift vom Papier nicht und das Summen im Zimmer auch nicht. Mist. Eins zu null."

„Das kann sich gleich ändern. Bist du für die zweite Runde bereit? Riechen?"

„Oui. Es kann losgehen." Wieder nahm ich den Stift wahr, der auf das Papier kratzte. Mit meinem Geruchsinn zu wetten, war ein Fehler. Zum einen, weil der Wein mir den Sinn vernebelte, und zum anderen, weil ich darin eine Niete war. Lediglich Feuer roch ich meilenweit.

„Und jetzt du wieder", forderte Kit mich auf, und ich nannte ihm die wenigen Gerüche. *Mon Dieu.*

„Davon abgesehen, dass auch hier der Sieger feststeht, würde ich das gerne mal mit der Brille sehen. Würdest du mir vorlesen?"

Wortlos nahm ich die Orcam und setzte sie auf. „Hier ist meine Liste", sagte Kit und ich griff danach, bis ich das Papier in den Händen hielt. Ich richtete meine Brille darauf und Mademoiselle legte los.

„1. Kloake, 2. Parfum, 3. Waschpulver, 4. Alkohol, 5. Desinfektionsmittel, 6. Seife, 7. Crêpe, 8. Buxbäume, 9. Chlor, 10. Schnee." Ich war fassungslos. Auf meiner Liste standen gerade mal vier. „Was für eine Niederlage", gab ich offen zu.

„Das kommt vom Wein. Selbst schuld", meinte er und ich hob resignierend die Hände. „Aber einen Geruch muss du mir erklären. Wo bitte riechst du Mangos?"

Dunkle Röte stieg mir ins Gesicht. „Von dir. Du riechst nach Mango-Sorbet", gab ich mit wackliger Stimme zu.

„Wow. *Mesdames et messieurs, voilà Monsieur Mangue.*"

„Das hört sich nach einem Künstler an. Gar nicht schlecht", prustete ich und Kit stieg mit ein. „Und jetzt musst du mir auch einen Geruch erklären. Woher kommt das Chlor?"

„Das Hotel hat ein Schwimmbad."

„Oh, wirklich? Dann werde ich noch mal nüchtern herkommen müssen. Mit Badeanzug."

„Das kannst du gerne. Schwimmst du in New York oft?"

„Jede Woche. Ich liebe es, im Wasser zu liegen und zu tauchen. Manchmal sitze ich einfach nur am Boden und genieße den Druck", schwärmte ich.

„Ich auch. Es wäre mir eine große Freude, mit dir auf dem Beckenboden zu sitzen. Jetzt haben wir eine Verabredung."

Am liebsten hätte ich mich voller Wohlbehagen tiefer unter die Decke gekuschelt. Langsam kühlte es mehr ab und Müdigkeit kroch in meine Glieder. Zudem gesellte sich ein Hungergefühl, das ich nicht befriedigen konnte.

„Kit, ich … ich muss jetzt nach Hause. Mir wird kalt und ich habe Hunger." Keinesfalls wollte ich mich ihm weiter aufdrängen. Sicher war es bereits weit nach Mitternacht und es waren jetzt nur noch eineinhalb Tage bis zum Heiligen Abend.

„Elsa, bitte bleib. Ich schwöre dir, ich fasse dich nicht an. Nur deine Nähe ist … du bist … ich fühle mich mit dir … einfach besser." In seiner Stimme lag Unsicherheit.

„Meinst du, du kannst mir einen Crêpe besorgen?"

„Auch zwei." Er sprang auf. „Was möchtest du drauf?"

„Nutella und Zimt."

„Kommt sofort. Soll ich dich reinführen?"

„Ich komm zurecht", versprach ich und Kit verließ das Zimmer. Für einen tiefen Atemzug blieb ich sitzen. Da war der Geruch von frischen Crêpes. Das Wasser lief mir im Mund zusammen. Wie oft hatte unsere Clique zu dieser Uhrzeit Crêpes verputzt. Ich vermisste diese Leichtigkeit.

Vorsichtig stand ich auf und wandte mich der Wärme zu. Wo zum Teufel hatte ich meinen Blindenstock gelassen? An der Bar? Im Bad? Hatte Kit ihn im Rucksack verstaut? Achtsam einen Fuß vor den anderen setzend, tastete ich mich mit den Händen durch das Zimmer, bis ich auf Kniehöhe einen Widerstand erreichte. Das Bett. Unsicher setzte ich mich auf die Matratze.

Gedanken flackerten auf. War ich leichtsinnig, mit einem Fremden eine Nacht in einem Hotelzimmer zu verbringen? Was erhoffte ich mir? Übelkeit vom Alkohol stieg auf und wieder drehte sich alles. Ich sollte mir ein Taxi holen. Schnellstmöglich. Doch ich kam nicht dazu, meinen Rucksack zu suchen und ohne Abschied zu verschwinden. Die Tür klackte.

„Ich hatte Glück. Es war der letzte", triumphierte er. Schande über mein Haupt des Misstrauens. „Warte, ich hole dir ein Handtuch. Dann kannst du sitzenbleiben."

Kaum wehte der herrliche Duft aus Butter, Teig und Zimt zu mir, vergaß ich alle Bedenken. Ich schlang den Crêpe in mich hinein und staunte nicht schlecht, als Kit einen zweiten parat hielt, den ich genauso gierig hinunterschlang.

„Okay. Also ein Gewichtsproblem hast du nicht", konstatierte er. „Warte, du hast da etwas Schokolade."

Das Bett wackelte, weil Kit aufgestanden war. Wasser lief, dann wackelte das Bett erneut und nach einer Ankündigung benetzte das feuchte Etwas meinen Mundwinkel.

„Schleckermäulchen", flüsterte Kit und rieb vorsichtig weiter. Ich hörte ihn ganz nah, wahrscheinlich weniger wie dreißig Zentimeter. „Ich mag dein Septum immer noch."

Mein Atem stockte. Kits plötzliche Nähe, der Wein, die Schokolade, alles benebelte und turnte mich an. Ich wollte mehr von ihm. Seine Haut spüren, seine Lippen küssen. Kurzerhand hob ich beide Hände und ertastete seine Brust, ließ sie nach oben wandern, den Hals hinauf bis zum Kinn, das glatt rasiert war. Weiter an den Wangen entlang bis zu den Schläfen und dann über seine kurzen, krausen Haare bis in den Nacken. Ich ertastete seine Ohren, Nase und Augen, streifte über die Augenbrauen. Kit hielt still und ließ mich gewähren. Erst an seinen vollen Lippen angekommen, spürte ich ein sanftes Zittern. Kit war erregt, von mir ganz zu schweigen. Meine Finger auf seinen Lippen beugte ich mich vor. Ich verzehrte mich nach einem Kuss.

„Ich … ich kann nicht. Du … du bist betrunken“, krächzte er. Da sprach sein Kopf, nicht sein Körper. Er musste mir jetzt ganz nah sein, weil ich den Atemzug auf meiner Haut spürte. Eine Pariser Sekunde verging, bis ich mich zurückzog.

„Entschuldige, ich … wollte dir nicht“, stotterte ich.

„Nein, schon gut. Das hat nichts mit dir zu tun, sondern mit mir. Ich …“ Seine Stimme versagte.

„Schon gut. Du musst mir nichts erklären. Lass uns einfach hinlegen und schlafen, einverstanden?“, beruhigte ich ihn, meine beleidigte Leberwurst besänftigend. Immerhin rannte ich nicht wieder weg und das war ein Fortschritt, den ich genoss.

„Ja, gerne. Ich muss gestehen, meine Füße brennen wie Feuer. In keiner anderen Stadt bin ich so viel gelaufen wie heute. Und diese Treppen zu den Metros.“ Da war sie wieder. Die Gelassenheit von Kit, wie ich ihn kennengelernt hatte. Was war ihm nur mit betrunkenen Frauen passiert?

„Ich gehe kurz ins Bad und bin gleich bei dir. Soll ich dir den Fernseher anmachen?“ Kit war aufgestanden und lief von einer Seite zur anderen.

Ich bejahte seine Frage und kurz darauf hörte ich französisches Gemurmel eines Filmklassikers und rauschendes Wasser im Badezimmer. Kit duschte und mit mir gingen die Gedanken durch. Elsa!, schalt ich mich. Ohne Erfolg. Das Kopfkino war oskarreif.

Mittlerweile hatte ich es mir unter der Bettdecke bequem gemacht und lauschte den unterschiedlichen Tönen. Ich kämpfte gegen die Müdigkeit. Sie gewann.

Kurz bevor ich mich meinem Vertrauen gänzlich hingab, spürte ich Kits behutsames Niederlassen und seinen Arm, den er beschützend um mich legte. Meine
persönliche Wolke sieben.

4

Kaum setzte mein Bewusstsein wieder ein, überrollte mich die Schamlawine. Und Schuld. Wie von der Tarantel gestochen schnellte ich hoch und tastete nach meinem Rucksack.

„Guten Morgen, Miss Septum. Rausch ausgeschlafen?"

„Morgen. Hast du meinen Rucksack gesehen? Ich habe vergessen, meinen Eltern Bescheid zu geben, dass ich über Nacht bleibe", fragte ich voller Unruhe.

„Ja klar. Der liegt rechts neben dir auf dem Boden", erklärte mir Kit, dessen Stimme vom Bad kam und sich auf mich zubewegte.

„Danke." Rasch griff ich in die besagte Richtung und kramte mein Handy hervor, aber der Akku war leer. „*Fuck!* Hast du ein Ladekabel?"

„Warte. Hier ist es. Dürfte kompatibel sein", versprach er und hatte recht.

„Puh, das gibt Ärger. Mein Vater ist Polizist, weißt du. Er hat schon schlimme Sachen in Paris gesehen. Wir haben nur diese eine Abmachung. Dass ich Bescheid gebe, wenn ich über Nacht bleibe. Und jetzt passiert mir gleich am ersten Abend so was." Ich war untröstlich und würde jedes Donnerwetter kritiklos hinnehmen.

„Wie wäre es mit einer Dusche? Wasch dir den gestrigen Tag ab. Bis dahin ist der Akku aufgeladen und dann telefonierst du in Ruhe mit ihm. Meine Eltern sorgen sich pausenlos. Wahrscheinlich merken wir das erst, wenn wir selbst Eltern sind."

Kits Verständnis war größer und umsichtiger als bei vielen anderen seines Alters. Familie schien in seinem Leben einen wichtigen Stellenwert einzunehmen, was ich großartig fand. Deshalb nickte ich zu seinem Vorschlag und bat ihn, mir das Shampoo separat und ein Handtuch zurechtzulegen.

„Geht klar", sagte er betont gelassen und pries mir auch gleich noch eine Hotelzahnbürste an.

Einige Minuten später trat ich frisch geduscht und geschminkt aus dem Badezimmer.

„Das war eine gute Idee. Kannst du mal gucken, ob Schminke verwischt ist?", bat ich ihn.

„Mach ich. Bleib stehen." Seine Schritte waren mittlerweile zur Gewohnheit geworden. Einer angenehmen. „Hier hast du etwas Schwarzes. Halt still", flüsterte er und im nächsten Augenblick spürte ich seinen Finger auf meiner Haut, der unterhalb des Auges entlangglitt. Ein heftiges Kribbeln durchlief meinen Körper. Kits Nähe befriedete meine nervösen Frontallappen.

„Danke", krächzte ich und schluckte hart. „Hast du zufälligerweise mitbekommen, wohin ich meinen Blindenstock gelegt habe?"

„*Nope.* Wann hast du ihn das letzte Mal in der Hand gehabt?"

„An der Bar." Okay, nie wieder Alkohol.

„Wie wäre es mit einem französischen Frühstück und davor fragen wir unten nach“, schlug Kit vor.

„Ich will mir nur rasch meine Abreibung von meinem Vater holen und dann können wir los.“ Ich tastete mich zurück zum Nachttisch an der Bettkante entlang und rief meinen Vater zurück. Ganze vierzehn Anrufe hatte er durchgeführt. Seine Nacht musste die Hölle gewesen sein. Ob er vor Sorge überhaupt geschlafen hatte? Als er sich wortlos meine Entschuldigung anhörte und schwieg, wäre ich am liebsten in der allerletzten Metro in den Tiefen der Tunnelgleise versunken. Alles war besser als sein Schweigen am anderen Ende der Leitung. Ein enttäuschter Vater war Höchststrafe. Schlimmer als ein fieser Kater nach einem mörderischen Cocktailabend.

„War's das?“, waren seine letzten Worte, ich bejahte und er legte auf. Klick.

Niedergeschlagen saß ich auf der Bettkante und schämte mich unendlich. Das alleroberste Gebot hatte ich verletzt und ihm unnötige Sorgen bereitet. Und das alles an meinem ersten Besuchstag nach einem Jahr und kurz vor Weihnachten. Was war ich nur für eine egoistische, unverantwortliche Tochter?

„Er kommt drüber weg. Vielleicht muss auch dein Vater langsam einsehen, dass du erwachsen bist“, versuchte mich Kit zu beruhigen.

„Hm. Es fühlt sich nur nicht so an. Im Gegenteil. Ich komme mir verantwortungslos wie ein kleines Kind vor“, raunte ich.

„Lass uns nach deinem Stock sehen und frühstücken. Ich habe das Gefühl, Paris macht hungrig.“

Nickend bat ich Kit, mir meine Stiefel zu geben, und zog sie an.

„Okay. Das sieht heiß aus, Elsa", lobte Kit und pfiff laut. „Overkneestiefel zu Chanel-Jogginganzug und Lederjacke. Dürfte ich um die rote Baskenmütze bitten?"

„*Et voilà.*" Ich zog die Mütze aus der Jackentasche und setzte sie auf.

„Und du bist nicht mehr betrunken. Das heißt, ich darf dich jetzt nach Strich und Faden verführen", ulkte Kit.

„Wollen mal sehen", antwortete ich und lachte.

Gemeinsam verließen wir Kits Hotelzimmer. „Darf ich mich bei dir unterhaken? So spüre ich Unebenheiten des Bodens besser", erklärte ich ihm.

„Alles klar." Er nahm meine Hand, legte sie oberhalb seines Ellbogens und wir fuhren mit dem Aufzug nach unten. Die Bar war geschlossen und an der Rezeption war kein Blindenstock abgegeben worden. *Merde.* Mist. Wenn ich französisch fluchte war klar, wieder zu Hause angekommen zu sein. „Bei meinen Eltern liegt ein Ersatzstock, aber ehrlich gesagt bin ich nicht scharf auf eine Begegnung."

„Das würde mich auch wirklich kränken. Ich habe weiterhin den Auftritt bei Louis Vuitton im Kopf."

„Der Jogginganzug mag gut aussehen und qualitativ hochwertig sein, aber er kneift ziemlich am Arsch und der Gummibund sitzt zu tief."

Kit lachte laut auf. „Das ist das Männermodell und ehrlich gesagt hoffe ich lediglich auf ein grandioses Foto. Ganz nach dem Motto *in Paris kannst du werden, was du willst.* Vorausgesetzt die Mitarbeiter von Vuitton sind cool genug, um uns zu lassen. Ich habe da so einiges gehört."

Meine Hand lag nach wie vor an Kits Oberarm und er führte mich zum Frühstückstisch. Wie selbstverständlich deckte er ihn mit Leckereien ein und erfragte meine Wünsche. Während ich zwei Croissants, eine satte Portion Rührei, Speck und anschließend eine Schale Obst verknusperte, nahm ich Kits Beobachtungen wahr. Falls auch er dem Klischee unterlaufen war, Blinde wären in allem langsamer, überzeugte ich ihn in diesem Moment eines Besseren. Bereits im Flugzeug und zuvor am Gate hatte sich Kit sehr empathisch gezeigt. In keinem Moment stigmatisierte er mich oder äußerte Zweifel an meinen Lebenskompetenzen. Ich kam zurecht und das schien sich auf sein Verhalten mir gegenüber auszuwirken. Ohne meinen Stock brauchte ich heute definitiv mehr Hilfe als sonst. Oder ganzheitliches Vertrauen.

„Wenn du mich allen Ernstes mit auf die Champs-Élysées und zu anderen Highlights schleppen willst, brauchen wir zuerst einen Sexshop."

Das Prusten einer Flüssigkeit ertönte, eine Tasse klapperte und ich spürte Spritzer auf meinem Gesicht.

„Du hast mir jetzt keinen Kaffee auf meine letzte Chance hier bekleidet rauszukommen, gespritzt, oder?"

„Blinde Triebtäterin ersticht Mann im Sexshop. Die Schlagzeile sitzt. Und zur Info. Ich trinke grünen Tee." In seiner Stimme lag Unsicherheit und das amüsierte mich.

„Ja, um einen Tag in Paris zu verbringen, brauchen wir jede Menge Spielzeuge. Paris ist voller erotischer

Winkel", begann ich meine Show, musste sie aber abbrechen, weil ich das Lachen nicht unterdrücken konnte. „Pardon, Kit. Ich konnte es mir nicht verkneifen. Aber ich muss ohne Witz in einen solchen Shop, weil wir Handschellen benötigen. Nur so kannst du mich sicher durch Paris führen. Ich nehme nicht an, dass du eine Verbindungskette für Blinde bei dir trägst. Und ich im Übrigen auch nicht." Außerdem würde ich dir gerne nah sein, formte meine innere Stimme.

„Wow. Du schaffst mich, Elsa."

Stille kehrte ein, die mich irritierte. „Was ist? Hast du es dir anders überlegt?"

„Nein. Im Gegenteil. Ehrlich gesagt bist du mein Glücksbringer, seit ich die Reise nach Paris angetreten bin, Elsa Moreau. Und ein Sexshop ist in unmittelbarer Nähe. Bin ich gestern dran vorbeigelaufen."

„Zur Not könnten wir auch auf die Polizeiwache fahren. Die kennen ja meinen Vater und könnten mir Handschellen ausleihen. Allerdings sind die kalt und hart. Wattierte sind mir lieber für den ganzen Tag."

Kit brachte mich zur Toilette und gemeinsam verließen wir das Hotel. Es roch nach Schnee. Kit hatte es ja schon bei unserer Riech-Challenge auf dem Balkon gerochen. Meine Rotweinnase war wohl heute Nacht mit anderen Gerüchen beschäftigt gewesen. Oder betäubt gewesen. Erneut hakte ich mich bei Kit unter und passte mich seinem Takt an. Zu gern hätte ich uns im Spiegel angesehen, ob wir ein nettes Paar abgaben. Manchmal erwischte ich mich bei diesem Gedanken. Zu viele Menschen um mich herum sprachen vom Spiegel, legten Wert auf einen letzten Blick, bevor sie das Haus verließen. Ich war es gewohnt, und insgeheim wünschte ich mir diesen einen Blick, um die Welt mit Augen zu sehen. Ich war zu sehr Realistin, um in diesem Traum zu verweilen, aber ich erlaubte ihn mir ab und zu. Ein einziges Mal. Alles andere hatte ich zu erfühlen.

„Wir sind da."

Kits Arm verkrampfte sich. Zögerte er? War ihm der Eintritt peinlich?

„Du brauchst dich nicht zu schämen. Ich sage direkt, was los ist, in Ordnung?" Besänftigend streichelte ich seinen Oberarm.

„Dann mal los", meinte er und zog mich in das Geschäft.

Keine zehn Sekunden später wurden wir schon begrüßt und ich erklärte die Situation mit knappen Worten. Stock liegengelassen, Tag zusammen verbringen, brauchen Verbindung. Vergnügt über die Geschichte eilte die Verkäuferin durch den Laden und gab uns vier unterschiedliche Handschellen zur Auswahl. Ich tastete eine nach der anderen ab und entschied mich für ein Exemplar, das mit einer Art Nickistoff gepolstert war. „Ich hoffe nicht, dass sie eine grelle Farbe haben", stellte ich in den Raum.

„Neiiiinnn. Üüüüüberhaupt nicht", behaupteten beide fast im Chor und prusteten. „Damit fallen wir keinesfalls auf." Kit brach in schallendes Gelächter aus, fing sich aber wieder.

„Na gut, dann verbringen wir demnach einen leuchtenden Tag zusammen", höhnte ich und holte mein Portemonnaie aus dem Rucksack. Ich prüfte die Scheine anhand ihrer Länge und Beschaffenheit am

Rand und legte siebzig Euro auf den Tresen. Die Verkäuferin kassierte das Geld und händigte mir einen Euro aus. Kurz bevor wir in leuchtenden Handschellen den Sexshop verließen, hielt uns die Verkäuferin zurück.

„Pardon, aber ich möchte Ihnen beiden noch etwas sagen.“

Was kam jetzt?

„Sie geben ein liebreizendes Paar ab. Wirklich. Wie Yin und Yang. Verschieden und doch füreinander bestimmt.“

Gemeinsam verharrten wir auf der Schwelle zur Tür. Kit räusperte und bedankte sich. Ich lächelte, weil sie sich als mein geheimer Spiegel entlarvt hatte, und nickte in ihre Richtung.

„Wow. Was für ein Trip. Mit dir wird es nicht langweilig, Elsa.“ Wir standen jetzt vor dem Geschäft neben der Häuserwand.

„Ja, und sofort leuchtend“, ergänzte ich.

„Na ja, neongrün ist jetzt nicht unbedingt leuchtend.“ Kit unterdrückte einen Lachanfall, was mir das Gegenteil bewies.

„Also, wie ist dein Plan? Zuerst Louis Vuitton und dann?“

„Ich würde mich gern treiben lassen. Ich habe zwar die übliche Liste, aber die Reihenfolge würde ich offenlassen. Gibt es einen Ort, den du, während du hier bist, gerne erlebst?“

„Sacré-Cœur“, schoss es aus mir heraus.

„Einverstanden. Die weiße Kirche. Und mein Musthave ist die Mona Lisa. Kaum zu glauben, dass ein Gemälde eine Billion Euro wert ist."

„Das stimmt. Aber in den Louvre kannst du alleine gehen. Der ist definitiv etwas für Sehende."

„Nenne mir einen gravierenden Unterschied zwischen meinem Blog und dem Louvre, dann bist du für den Zeitraum entlassen."

Touché. Die Art, wie er seine Bilder beschrieben hatte, hinterließ Eindrücke. Sollte ich das Wagnis eingehen und den Louvre betreten? Meine Mutter war Kunstlehrerin und hatte beim Überreden kläglich versagt. Mein Fuß in den heiligen Hallen wäre ihr größtes Weihnachtsgeschenk.

„Überredet. Sacré-Cœur muss warten. Ich komme mit zu da Vincis Meisterwerk. Aber du hältst es fotografisch fest und druckst mir das Bild als Beweis aus", forderte ich und stemmte meine linke Hand in die Hüfte.

„Versprochen. Dann also heute ein Schickimicki-Tag. Erst teuer einkaufen, dann teure Bilder betrachten."

„Einverstanden. Und dazwischen gut und günstig essen." Und mit diesem Plan setzten wir uns in Gang. Leuchtend Arm an Arm und superglücklich.

Louis Vuitton war ein Reinfall. Die Verkäufer hektisch und borniert. Unsere Anfrage für den Blog wimmelten sie aufgrund der mangelnden Kapazität vor Weihnachten ab. Kit meinte, sie hätten schon beim Betreten genervt auf den Jogginganzug von Chanel gespäht.

„Dann eben zu Chanel. Wir kriegen schon unser Foto", versicherte mir Kit und steuerte mit mir zum nächsten Geschäft. Schon beim Betreten wehte mir ein pudriger Duft entgegen und schlagartig fühlte ich mich wie im Märchenparadies.

„Ich denke, das passt ohnehin besser zu dir. Schwarz und weiß. Hell und dunkel", erklärte Kit.

„Und zu Ihnen beiden", erklärte eine elegante, männliche Stimme.

Bereits von der zweiten Person als Paar gelobt zu werden, konnte kein Zufall mehr sein. Wie es aussah, harmonierte unser Äußeres auffallend gut.

„Und diese feschen neongrünen Handschellen. Grandios", lobte er und wir bedankten uns. Nebenbei verpasste ich Kit einen Hieb in die Seite.

„Mistkerl", zischte ich. Die Handschellen leuchteten sicher vom Arc de Triomphe bis zum Ende der Champs-Elysée.

„Gern geschehen", antwortete er mit einem süffisanten Unterton.

Unser Vorhaben erblühte in den nächsten sechzig Minuten. Chanels Verkäufer gab uns nicht nur das Gefühl, die einzigen Kunden zu sein, wir erhielten die Erlaubnis mit zahlreichen Kleidungsstücken, einer mobilen Umkleidekabine und zwei weiteren Verkäufern im Außenbereich eine Fotoserie durchzuführen. Unweit des Arc de Triomphe. Kit ging vollständig in seinem Element auf. Seine genauen Anweisungen, wie ich zu stehen hatte, meinen Kopf halten sollte und zahlreiche Details zu beachten hatte, amüsierten mich. Die Stoffe streichelten meine Haut, die Düfte benebelten meine Sinne und Kits euphorische Stimme motivierte mich zu Höchstleistungen. Ich hatte einen Platz im siebten Himmel gebucht und durfte dort Prinzessin spielen.

„Oh wow. Wenn die Klamotten nur halb so gut aussehen, wie ich mich in ihnen fühle, dann verstehe ich, warum so viele Wert auf Markenqualität legen“,
schwärmte ich, einen Fuß auf einer Parkbank, den anderen auf der Lehne. Ich kniff ein Auge zu und riss den
Mund auf, als würde ich vor Wonne jubeln. In den Händen hielt ich mehrere Chanel-Tüten.

„Oui. Das war das Bild, auf das ich gewartet habe“,
freute sich Kit. „Du bist fantastisch, Elsa. Das beste Modell der Welt.“

„Das blindeste“, ergänzte ich und lachte.

„Warte, ich hol dich runter“, sagte Kit und hielt meine
Hand. Jemand nahm mir die Tüten ab und zwei ent-
schlossene Hände packten meine Taille. Genüsslich
ließ ich mich von der Bank heben und rutschte dabei
nah an Kits Körper auf den Boden zurück. Das Gemisch
aus Chanel Nr. 5, das ich zusätzlich aufgesprüht bekommen hatte, und Mango-Sorbet ließ mich hart schlucken
und den Puls beschleunigen. Sanft glitten seine Hände
an meinem Hals entlang und verharrten.

„Ich … ich werde dich jetzt küssen, wenn das in Ordnung ist, Elsa.“

Stumm nickte ich und öffnete leicht meine Lippen,
bis sein warmer, weicher Mund auf mir Druck ausübte.
Nicht zu viel und nicht zu wenig. Anders als die wenigen Männer davor. Dabei streichelte sein Daumen über
meine Schläfe, als würde davon meine Seele berührt.
Ich vergaß mich vollkommen in dem winzigen Augenblick am Fuß der Parkbank. In Paris – der Stadt der
Liebe. Da war wohl was dran.

Berauscht von dem emotionalen Erlebnis, und nachdem uns der elegante Mitarbeiter noch im Geschäft mit einem Duft für jeden von uns beschenkt hatte, verließen wir erneut aneinandergekettet den Chanel-Store. Mittlerweile roch es intensiver nach Schnee und im nächsten Augenblick berührte eine kalte Schneeflocke meine Wange.

„Du hattest recht. Es fängt an zu schneien", freute ich mich und hob meinen Kopf Richtung Himmel. Weitere kalte Flocken benetzten mein Gesicht.

„Die Wettervorhersage liebt mich", gab mein Kettennachbar zum Ausdruck und verharrte ebenso.

„Ich habe mächtigen Hunger. Können wir eine Pause einlegen?", bat ich.

„Definitiv. Ich hätte keine Stunde länger ausgehalten."

„Hast du einen speziellen Wunsch oder würdest du mir vertrauen?"

„Zweiteres."

„In Ordnung. Dann bitte Richtung Arc de Triomphe und die nächste rechts rein." Ich delegierte und Kit wich den Menschmassen aus. Nach wenigen Minuten erreichten wir unser Ziel.

„Das sieht ziemlich voll aus da drin", meinte Kit und pustete.

„Wart's ab. Machst du bitte die Handschelle los", bat ich und Kit löste die Fesseln. Dieses Mal zog ich Kit hinter mir her und Sekunden später ertönte schon eine bekannte Stimme.

„Elsa! Du bist wieder hier! *Mon dieu*", rief Emmanuel und schon war ich in seinen Fängen, hochgehoben und gewirbelt.

Im Lokal herrschte lautes Treiben und es roch nach Heimat und Wohlbefinden.

„Wen hast du da mitgebracht? Hat da jemand das Herz meiner Elsa gestohlen?“, fragte er, als er mich abgesetzt hatte.

„Das ist Kit. Wir haben uns in New York am Gate kennengelernt und …“

„… dann hat jemand an einem Rädchen gedreht“, beendete Kit meinen Satz.

„Jemand, der an Schicksal glaubt, ist bei Emmanuel immer willkommen“, hieß er Kit lautstark willkommen und ein Klopfen ertönte. Hörte sich nach Kits Schulter an.

„Ihr müsst bleiben und essen. Ich mache dir deine Pizza, Elsa, einverstanden? Und davor den Rotwein, den du magst.“

„Aber hier ist doch alles voll“, wandte Kit ein.

„Oh, für meine Elsa und ihren Schicksalsfreund ist immer Platz.“ Emmanuel gab in seiner überschwänglichen Art Befehle und im Nu wurden in dem jetzt schon viel zu vollen kleinen Restaurant zwei weitere Plätze geschaffen, auf die wir von meinem alten Freund hingeschoben wurden. Kurz darauf stand eine Flasche meines Lieblingsrotweins auf dem Tisch und Emmanuel stieß im Stehen mit uns an.

„Unsere Elsa. Du musst mir versprechen, noch einmal zu kommen. Bring deine Familie mit, deine Freunde und Kit und ich verwöhne euch mit Pizza und Pasta“, schwärmte und versprach Emmanuel und verschwand dann mit unserer Bestellung im Trubel. Seine Bitte, meine Freunde mitzubringen, löste ein beklemmendes Gefühl in mir aus.

„Was ist auf der Pizza Elsa und warum kennt er dich so gut?", wollte Kit wissen.

„Pizza Elsa besteht aus einem extra dicken Teig belegt mit Schmand, Rinderfiletstreifen, Rucola und Speck", erklärte ich und nahm einen Schluck Rotwein.

„Das hört sich nicht unbedingt nach einer Spezialmischung an. Komm, rück's schon raus. Was ist die geheime Zutat?", bohrte Kit. Zu Recht.

„Bist du Hellseher?"

„Sagen wir, ich merke, wenn jemand schummelt."

„Touché. Es sind die Kapern. Die geben der Pizza den Kick", verriet ich.

„Das ist fies. Zufälligerweise liebe ich Kapern. Jetzt hast du dich um deine halbe Pizza gebracht." Wie Francine, die mir die Kapern immer von der Pizza geklaut hatte, bis Emmanuel ihr eines Tages eine Schale voller Kapern vor die Nase gestellt hatte. Die Erinnerung ließ mich schmunzeln.

„Kein Ding. Wahrscheinlich werde ich in den kommenden Tagen öfter hier vorbeischauen."

„Wo wir bei der zweiten Frage wären."

„Du meinst, warum er mich so gut kennt?"

„*Oui, oui*", lockte Kit.

„Na gut. Irgendwann hättest du es ja doch erfahren. Wir wohnen gegenüber", verriet ich.

Trotz des Lärmpegels spürte ich das wortlose Staunen. „Das ist jetzt kein Scherz? Du wohnst genau gegenüber? Hier? An der Champs-Élysées? Ich fasse es nicht."

„So sieht's aus. Irgendwo muss man ja wohnen."

„Dann könnten wir deinen Stock holen. Es sei denn, du hast immer noch Schiss vor deinem Vater, oder du

willst weiterhin meine leuchtende Gefangene sein“,
stellte Kit in den Raum.

„Ich muss erst was essen. Ohne Nahrung kann ich
nicht denken“, schob ich die Antwort in die Zukunft.
Bei einem Mann im Hotel übernachten, war eine Sache,
ihn den Eltern vorstellen eine andere. Obwohl ich in
keiner Sekunde bei dem Gedanken ein schlechtes Gefühl hatte. Vielmehr erschreckte mich mein Wunsch,
ihn in unserem Zuhause zu spüren. Eine Erinnerung an
ihn zu bekommen, die mich mein Leben lang begleiten
würde. Nicht nur in meiner Heimatstadt, sondern im
Kreis meiner Liebsten. Hatte ich ihn unbewusst deshalb in mein Stammlokal gelotst?

Satt und zufrieden hatten wir Emmanuels Restaurant
verlassen und überquerten die Straße.

„Großstädte bringen die verrücktesten Menschen zustande. Die Pizzeria war voller bunter Köpfe.“

„Was meinst du damit?“

„Die Haarfarben. Einer sah wie der Joker aus. Das ist
der fiese Gegenspieler von Batman, falls du ihn nicht
kennst. Mit einer Haarfarbe, als hätte er eine grüne
Wiese auf dem Kopf. Einem anderen ragten silberne
Haare bis zum Kreuz und die Bedienung ... na ja, sie
wirkte wie eine frisch entsprungene Meerjungfrau der
modernen Art. Ihr hättet ein Zwillingspaar abgeben
können. Nur ihre Haare waren in flüssiges Lapislazuli
getaucht.“

„Chloé. Sie ist die beste Bedienung, die ich kenne.
Viele Pariser kommen wegen ihrer Merkfähigkeit und
dem rasanten Tempo zu Emmanuel. Sie vermag dir ein
Gefühl von Familie zu vermitteln, ohne dich erklären

zu müssen. Chloé weiß immer, wann du was trinken oder essen willst."

„Das klingt *spooky*."

„Stimmt."

Mittlerweile hatten wir die Straße überquert und mussten vor unserer Haustür stehen.

„Moreau. Da steht's. Wollen wir reingehen?"

„Ja, bringen wir's hinter uns."

„Wieso wir?"

„Du kennst meinen Vater nicht."

„Vielleicht sollte ich doch lieber im Restaurant warten", scherzte er, aber die Tür sprang bereits unter dem eingegebenen Code auf.

Kit war mutig. Er folgte mir. Ein Fahrstuhl brachte uns in das oberste Stockwerk und einen tiefen Atemzug nehmend, öffnete ich die Wohnungstür.

„*Maman?* Papa?"

„Elsa", hörte ich meine Mutter aus der Küche rufen und im nächsten Moment tauchte sie vor uns auf. „Oh, du hast Besuch mitgebracht. Wie schön. Sie müssen Kit sein", sagte sie erfreut. Mütter und ihre Intuition. Die beiden schüttelten sich die Hand.

„Ja, guten Tag, Madame Moreau. Schön, Sie kennenzulernen. Sie haben ein atemberaubendes Zuhause, wenn ich das sagen darf."

„Dürfen Sie. Vom Balkon aus kann man den Eiffelturm sehen. Sind Sie Fotograf?"

„Ja, oder nein. Ich habe einen Reiseblog und nehme Aufträge von Hotels an", erklärte er.

„Das klingt nach einer kreativen Arbeit", lobte meine Mutter.

„Ich geh rasch den Stock holen, in Ordnung? Ist Papa da?“, fragte ich in zwei Richtungen.

„Nein, er hat über Weihnachten Notdienst und ist gerufen worden. Hast Glück gehabt“, scherzte sie. „Bleibt doch auf einen Kaffee.“

„Kit möchte mit mir in den Louvre. Ich wollte nur meinen Ersatzstock holen“, sagte ich wie beiläufig, hätte aber eine Woche Stocklosigkeit dafür gegeben, ihr Gesicht sehen zu dürfen.

„Wie um alles auf der Welt haben Sie das geschafft?“

„Oh. Das war einfach. Wir haben gewettet, dass sich Elsa nicht hier hoch traut, und ich habe gewonnen.“

„Wirklich?“

Kit lachte. „Nein. Ich habe ihr angeboten, ihr das Bild zu beschreiben. Das ist alles. Und einen Kaffee würde ich sehr gerne nehmen.“

„Verräter“, zischte ich und lief die Wendeltreppe zu meinem Zimmer hinauf.

„Elsa ist draußen schon schnell unterwegs, aber hier zu Hause toppt sie ihre Geschwindigkeit“, hörte ich Kit sagen. Wie recht er hatte. Schnurstracks räumte ich meinen Rucksack aus und verstaute mein versautes Kleid im Badezimmer. Anschließend zog ich Kits Jogginganzug, der mir mittlerweile ans Herz gewachsen war, aus und legte ihn ebenso zum Waschen ins Bad. Dafür zog ich mir eine schwarze Jeans und einen weißen Rollkragenpullover an. Wenn das mal nicht auf eine neue Fleckenkatastrophe hinauslief. Ich wollte es darauf ankommen lassen.

Die üblichen Handgriffe sorgten für ein neues Frischegefühl. Eine Viertelstunde reichte und ich lief im neuen Outfit, dieses Mal mit Übernachtungsutensilien, Ersatzklamotten und -stock, nach unten. Sicher war sicher.

„*Maman*, mein weißes Kleid ist mit Rotwein ruiniert. Könntest du es mir waschen und Kits Anzug auch noch mal? Beides liegt im Waschbecken", erklärte ich.

„Natürlich, Elsa. Kommen Sie doch morgen an Heiligabend zu uns. Dann bekommen Sie einen blitzblanken Chanel-Anzug unter den Tannenbaum gelegt." Ich hoffte, die Idee als Scherz zu entlarven, aber kaum hatte meine Mutter den Satz ausgesprochen, sagte Kit zu und eine Uhrzeit wurde festgelegt.

„Kommt Emma morgen auch?" Wenn meine männergeile Schwester ebenso kam, würde ich mir das Jahrhundertmärchen einfallen lassen, um Kit von dem Besuch abzubringen. Emma und ich waren früher unzertrennlich gewesen, aber seit dem Vorfall mit Pierre hatten wir uns voneinander entfernt. Ihre Nähe löste unangenehme Gedanken und Gefühle aus, die ich seit damals auf das Nötigste beschränkte. Außerdem war sie in Paris geblieben und lebte ihr eigenes Leben. Dennoch fehlte mir das Band, das wir einst hatten. Würde sich das irgendwann erneuern oder aufleben lassen?

„Nein, sie hat seit einigen Wochen einen neuen Freund und möchte mit dessen Familie in der Normandie feiern", klärte mich meine Mutter über das sich ständig ändernde Liebesleben meiner Schwester auf.

Erleichtert atmete ich auf.

„Wenn Elsa heute Abend nicht nach Hause kommt, gebe ich Ihnen Bescheid. Versprochen, Madame Moreau."

„Was habt ihr beiden in der kurzen Zeit ausgeheckt? Aber, soll mir recht sein. Der Pariser Wein ist *superbe* und wir wissen, was er mit meiner Disziplin anrichtet", gestand ich und wandte mich der Haustür zu. „Kommst du? Die Mona Lisa wartet."

Ich stand in der Tür und Kit lief samt dem Mangoduft an mir vorbei auf den Hausflur, als mich meine Mutter am Arm packte und mir ins Ohr flüsterte. „Vermassle das nicht. Kit ist ein anständiger Mann. Und gutaussehend dazu. Ihr beiden gebt ein Traumpaar ab."

Nummer drei, die unsere Paarfähigkeit lobte. Was zum Henker hatten wir an uns, dass es derart auffiel?

„Es ist, als wärt ihr erst zusammen komplett", antwortete sie wie eine Gedankenleserin auf meine unausgesprochene Frage. Mit einem Lächeln auf dem Gesicht und im Herzen verließ ich die Wohnung. Das war mal eine Beschreibung.

Die Fahrt zum Louvre war kurz, der Weg durch die heiligen Hallen ellenlang. Er wurde mir jedoch durch Kits Fähigkeit, die Bilder in Geschichten, Erlebnisse und Gerüche zu verwandeln, versüßt, so dass ich nicht genug von seinem kreativen Input bekam. Zudem hatte ich mich die gesamte Zeit über bei ihm eingehakt und den Blindenstock ignoriert. Seine Nähe wirkte betörend auf meine Sinne. Die Pheromone feierten. Als wir im Salle des État, dem viereckigen Raum, in dem die Mona Lisa hing, ankamen, jubelte mein Begleiter.

„Wir sind fast allein."

„Im Ernst? Man hört immer von einer Stunde Wartezeiten bis zum Gemälde", gab ich zum Besten.

„Das habe ich ebenfalls gehört, aber hier ist fast niemand. Wir können uns an den Absperrbalken stellen und haben Zeit und Ruhe für unsere eigene Betrachtung. Darf ich dich hinführen oder möchtest du alleine gehen?", fragte Kit.

„Du darfst mich gerne auch zum teuersten Gemälde der Welt führen", erlaubte ich und dann liefen wir, bis mein Bauch gegen etwas stieß.

In den nächsten Minuten entführte mich Kit in die Toskana, zwischen Oliven- und Zitronenbäumen schlendernd, die Wärme der italienischen Erde spürend, den Duft von Pinien und Zypressen in der Nase. Einen guten Rotwein schlürfend. Was sonst. Wir aßen Pasta und liebten uns in der warmen Sonne zwischen Weinreben. Gemeinsam reisten wir durch die Zeiten, in der imposante Kleidung unsere Körper umspielte, das Haar geflochten und drapiert wurde. Nur für das Wahre, Gute und Schöne. Ich folgte ihm auf seine Burg, weil er meine Nähe genoss, trat auf den steinernen Balkon. Kit holte seine Kamera heraus und versuchte, das, was er sah, abzulichten. Er filterte sein Bild immer und immer wieder, bis es schien, als ob ich hinter einem Schleier verborgen auf ihn wartete. Zufrieden und doch voller inbrünstiger Sehnsucht. Wow, mein Herz pochte angefixt, ich keuchte fast, so benommen war ich von seiner Märchenstunde.

„Würdest du mich bitte noch einmal küssen?" Fast versagte meine Stimme und Sekunden später hafteten seine weichen Lippen auf meinen. Dieses Mal öffnete ich meinen Mund und wir verschmolzen vor dem teuersten Gemälde der Welt. So hätte mir meine Mutter niemals Mona Lisa zeigen können.

„Es ist schon dunkel", erklärte Kit, als wir an dem Jardin des Tuileries, dem ehemaligen königlichen Schlossgarten vor dem Museum, ankamen. Der Kies auf den Wegen knirschte unter meinen Stiefeln. Wie oft hatte ich hier auf meine Mutter gewartet, wenn sie nach einer Führung aus dem Museum kam. Jedes Mal hatte ich ihre Traurigkeit gespürt, mich nicht überreden zu können. Bis sie es eines Tages aufgab.

„Ich kann nicht glauben, dass du mich da reingekriegt hast", sagte ich fassungslos.

„Hm. War jetzt nicht sooo schwer", sagte Kit und lachte. „Essen? Paris macht hungrig, so wie es aussieht", bemerkte er und zog mich mit ihm. Wir streunten an der Seine entlang und tauchten auf der Höhe des Pont Neuf in die Gassen mit ihren zahlreichen kleinen Restaurants ein. Fakt war, Kits kulinarische Interessen ähnelten meinen, und wir entschieden uns für syrisches Essen. Ich vermochte mich nicht satt zu essen, zu trinken und zu hören. Kits Stimme hypnotisierte mich und nachdem ich ihn zweimal geküsst hatte, wollte ich mehr von ihm. Zum allerersten Mal seit Pierre hatte ich keine Angst vor der Zukunft. In wenigen Tagen reisten wir wieder in unterschiedliche Richtungen. Nichts würde sich daran ändern. Entspannt wagte ich dieses Abenteuer, ohne Verpflichtungen einzugehen und es vollends zu genießen.

„Ich würde gerne meinem Vater schreiben, dass ich über Nacht bleibe. Ist das in Ordnung?", fragte ich, nachdem wir bezahlt hatten.

„Dein Alkoholpegel ist auf jeden Fall im Rahmen“, ulkte Kit und griff nach meiner Hand. „Aber du müsstest mit mir baden gehen, sonst wird nichts aus der Übernachtung.“

„Baden?“

„Im Hotelpool.“

„Okay. Wenn du von irgendwoher noch einen Badeanzug zaubern kannst, geht das klar.“

„Wenn du unbedingt einen brauchst, findet sich im Hotelshop unter Garantie einer.“

„Einverstanden.“

Im Hotel angekommen, war die Auswahl an Badekleidung gering. Kit hielt mir einen Badeanzug entgegen, der rechts und links viel Taille zeigte und weiß war. Er flüsterte mir ins Ohr: „Darin wirst du heiß aussehen. Falls du mir nicht vertraust, kannst du immer noch, wie Gott dich schuf ins Wasser gehen.“

„Die armen Mitarbeiter. Wenn du abreist, hängen sie ein Schild auf *Kein Eintritt für Blinde*.“

„Da meine Eltern ein Hotel besitzen, kann ich dir versichern, nackt baden und betrunken Wein verschütten sind Alltag. Da müsstest du mehr bieten.“

Nervosität begleitete die nächsten Minuten, in denen wir ins Hotelzimmer gingen, uns dort umzogen, die vorhandenen Bademäntel überzogen und mit den Fahrstuhl in die Pooletage fuhren. Sachte hakte er meinen Arm in seinen und führte mich zu den Liegen, auf die wir die Bademäntel und Handtücher legten, und weiter zum Poolrand.

Wasser umspielte meine Füße. Kit führte mich langsam an der Hand in das tiefere, warme Nass, bis sich unsere Körper berührten. Langsam zog er mich auf sich und wir trieben Haut an Haut durch das Becken.

„Bitte sag mir, wenn ich etwas anders machen soll. Ich möchte nur Dinge tun, die dir gefallen", hauchte er zärtlich.

„Mir geht es gut. Ich bin bereit, wenn du meinst, es ist der richtige Ort. Verführe mich, Kit Zarou. Ich gehöre dir in den nächsten Stunden." Meine Glieder zitterten vor Erregung, bis seine Lippen meine Haut berührten. Zeitgleich wanderten seine Hände unter Wasser an meinem Rumpf entlang und schoben die Spaghettiträger von meinen Schultern. Ich ließ ihn gewähren, ihn meine Brüste streicheln, küssen und saugen. Seine angeschwollene Mitte, mit der ich ungeübt war, drückte gegen meine. Gänzlich überfiel er mich mit leidenschaftlicher Gier. Riss den Hauch von Stoff an mir herunter, berührte und küsste mich, stöhnte und sprach auf erotische Weise mit mir. Die intensive Erfahrung seiner Küsse entlang meines Körpers steigerte sich sekündlich, bis er ankündigte, sich in mich zu schieben. Ich zögerte.

„Bist du dir sicher, dass keiner reinkommt?"

„Das Hotel ist fast leer, es ist gedämmtes Licht und wir sind unter Wasser. Nirgendwo ist eine Kamera. Du kannst dich auf mich verlassen."

Und das tat ich. Ich hauchte ihm meine Erlaubnis entgegen und kurz darauf spürten wir beide die jungfräuliche Enge. Der kurze Schmerz wurde durch seine glühenden Berührungen neutralisiert. Ich gab mich seiner Verführung hin und bereute nichts.

„Du warst noch Jungfrau?", fragte mich Kit auf seinem Zimmer, als ich in meinem Seidenpyjama an ihm geschmiegt unter der Decke lag. Den Kopf auf seiner Brust.

„Ja. Macht dir das was aus?", wollte ich wissen, auch wenn es zu spät war, daran was zu ändern. Ich hob meinen Kopf. Im Hintergrund lief der Fernseher.

„Nein. Das war sehr schön für mich und ich fühle mich geehrt, dich berühren zu dürfen." Kribbeln überfiel mich, als seine Hände durch meine Haare glitten, meine Wangen streichelten und er mich sanft küsste.

„Ich bin hundemüde", sagte ich und gähnte. „Macht Sex immer so müde?"

„Das ist unterschiedlich. Mal belebt es, mal ist es das beste Schlafmittel der Welt." Ein Kuss auf die Nasenspitze folgte. Wieder gähnte ich und wenige Atemzüge später war ich im Traumland.

Am Morgen wachte ich durch Kits Streicheleinheiten auf, denen kurz darauf sein Eindringen folgte. Im Bett war Sex anders. Lebendiger, wärmer. Schweiß lief mir aus allen Poren und ich keuchte laut, als ich an seinen Kopf fasste und ein weiches Tuch erfühlte.

„Was ist das?", fragte ich stöhnend.

„Ein Seidentuch, das Afro-Haare vor Brüchen schützt und die Feuchtigkeit bewahrt. Meine Haare sind zwar zu kurz, um zu brechen. Aber ich pflege sie abends mit Arganöl und fühle mich dann mit dem Tuch wohler."

„Das hast du das letzte Mal nicht getragen, oder?"

„Doch", sagte er lachend, „aber du warst zu betrunken, um es zu merken."

„Ah. Ich erinnere mich", kicherte ich und suchte seine Lippen für einen Kuss. „Du hast so zarte Lippen, Kit. Ich könnte dich ewig küssen", lechzte ich.

„Das könnten wir, oder ich darf dich mit der Zunge befriedigen", raunte er kurzatmig. Ich keuchte ein Ja, auch wenn ich keinen blassen Schimmer hatte, was mir blühen würde.

Minuten später sah ich klarer und schrie meinen ersten Orgasmus durch Intimität in die Hotelzimmerwände.

„Elsa, du schmeckst wie Honig", keuchte er in mein Ohr, verschmolz erneut mit mir und ergoss sich anschließend unter heftigem Zittern.

„Ich werde aber jetzt nicht schwanger, oder?" Anders als im Pool hatte ich das Öffnen des Kondompäckchens nicht wahrgenommen.

„Äh, na hoffentlich. Eigentlich wollte ich bei deinen Eltern um deine Hand anhalten. Meine freuen sich darauf, ihre neue Schwiegertochter bald in Haiti zu wissen."

In seiner Stimme lag Ernsthaftigkeit. „Wie bitte?", fragte ich irritiert und setzte mich im Bett auf.

Plötzlich prustete Kit los und hielt meine Arme fest. „Elsa, das war ein Scherz. Keine Sorge, ich habe verhütet."

„Da fällt mir aber ein Stein vom Herzen. Kinder stehen zwar auf dem Wunschzettel des Lebens, aber ich könnte noch ein paar Jahre warten."

„Du hast einen Wunschzettel des Lebens? Ich auch."

„Was steht bei dir ganz oben?"

„Die Schulden meiner Eltern zu bezahlen. Manchmal glaube ich, sie sollten ihre Heimat verlassen und irgendwo neu anfangen. Die Umweltkatastrophen nehmen zu. Erst das Erdbeben, jetzt die Überschwemmungen. Wer will schon auf Haiti Urlaub machen?“

„Das tut mir schrecklich leid, Kit. Ich würde gerne nach Haiti kommen. Zwar nicht unbedingt morgen als deine Frau und schwanger, aber zum Vergnügen immer“, sagte ich flapsig, um ihn aus der Schwere des Themas herauszubekommen.

„Schade eigentlich. Wir passen gut zusammen. Wollen wir frühstücken?“

„Ja. Sex hat in der Tat unterschiedliche Auswirkungen. Heute Morgen bin ich fit wie ein Turnschuh und könnte Paris aus den Angeln heben.“

Kit lachen zu hören, belebte mich jedes Mal. Ich tastete mich in das Badezimmer, nahm eine Dusche und zog mich an. Dann wartete ich auf Kit, der es mir gleichtat. Im Frühstücksraum wiederholten wir das Spiel von gestern und planten eine Schifffahrt auf der Seine.

„Würdest du mich noch mal anketten? Ungern möchte ich dich in einer Stadt wie Paris bremsen“, bat ich, als wir das Hotel verließen.

„Jederzeit.“

Rasch holte ich die Handschellen aus meinem Rucksack und Kit verband uns miteinander. Körperlich – seelisch hatte sich bereits ein zartes Band entwickelt.

„Fühlt sich schon fast vertraut an“, sagte er und gab die Richtung an. An der Pont Neuf warteten wir eine Viertelstunde. Der Schnee benetzte mein Gesicht, das ich in den Himmel hielt. Die kalten Schneeflocken fühlten sich wie Löschtropfen auf einem brodelnden Vulkan an. Mit Kit zu verschmelzen, ihn auf meiner Haut zu spüren, war wie pures Adrenalin. Geil.

„Wo hast du es schon getrieben?", flüsterte ich in sein Ohr, als wir auf dem Deck des Schiffes saßen und wir die äußeren Fesseln gelöst hatten. Die inneren wurden von Sekunde zu Sekunde stärker.

„Willst du das ohne Witz wissen? Normalerweise kommen Frauen nicht so entspannt mit den vorherigen Beziehungen ihrer Freunde klar", stellte er in den luftigen Raum.

„Oh, da habe ich was übersprungen. Ich bin deine Freundin?", fragte ich überrascht und mit einem Gefühl der Erregung in meiner Brust.

„Solange ich hier bin, würde ich es mir wünschen", sagte er und klang dabei sehnsüchtig.

„Freundschaft Plus wäre ein geeigneter Begriff. Schließlich verbringen wir auch die Tage miteinander."

„Wow, wo hast du nur diese Begriffe her?"

„In New York kennt man alle."

„Erzähl mir von deinem Leben in New York. Was tust du den ganzen Tag, wenn du nicht singst?"

„Nicht, bevor wir einen Namen für das haben, was wir sind", forderte ich belustigt und überlegte. Aber mir fiel zum Verrücktwerden keiner ein. Zudem war ich froh, dass Kit Bedenken beim Verraten seiner Liebesinseln geäußert hatte. Vielmehr wollte ich mir mit ihm eigene Ort erschaffen und bewahren. „Hm", sagte ich resignierend, weil keine Antwort folgte. „Dann also New York. Ich kann mich an der Stadt immer noch nicht sattriechen und hören. Wenn ich frei habe, dann treffe ich mich mit Freunden und wir erkunden Wege oder gehen in den Central Park. Aber am liebsten tanze ich einfach in meiner Wohnung und lasse mich auf die Musik ein."

„Klingt verführerisch. Also nicht das Riechen von New York, sondern deine Wohnungstänze", meinte Kit, was mich innerhalb einer Millisekunde auf eine Idee brachte.

Nicht sehen zu können, hat seine Vorteile.

Im Takt schnipsend stand ich auf. Von den vielen Seinefahrten mit meinen Eltern kannte ich die Sitzgelegenheiten und Abstände zwischen den Reihen. Der üppige Gang in der Mitte erlaubte es, mich ohne Verletzungen fortzubewegen. Kit den Rücken zuwendend schnipste ich weiter bis zum Beginn des Einsatzes, drehte mich zu ihm um und begann mit meiner rauchigen Stimme „Fever" von Peggy Lee zu singen.

Der Liedtext ähnelte dem Gefühl, das Kits Berührungen in mir hervorriefen. Einem Fieber gleich. Wenn sein Körper meinen fand, verlor alles andere seine Wichtigkeit. Ich war willenlos und eben diese Emotion transportierte ich in einer Performance mitten auf der Seine, ohne Scham, ohne Gewissen. Nur mit Herz, Stimme und Gefühl. Nach und nach hörte ich jemanden auf die Sitze trommeln, andere schnipsten. Ich sang, bewegte mich und genoss die blinde Bühne. Ich fühlte Kits Blicke auf meinem Körper geheftet. Und an meinen Lippen, als ich mich mit den letzten Worten *What a lovely way to burn* auf seinen Schoß legte.

Kits Atem stockte, sein Körper vibrierte und die Menge um uns herum jubelte und klatschte, während ich seinen Kopf am Nacken packte, zu mir zog und ihn küsste, als würde er meinen brodelnden Vulkan mit seinen Lippen löschen.

„Wow, ich will mir nicht vorstellen, was du in New York nach den Tänzen in deiner Wohnung treibst", krächzte er mit schwerem Atem.

„Das Übliche, das Übliche", erklärte ich nebensächlich und schälte mich von seinem Sitz auf den freien daneben.

Um uns wurde es wieder still. „Jetzt muss ich die Fahrt auf der Seine wiederholen. Ich habe nur auf dich gestarrt. Der Rest ist an mir vorbeigerauscht", beklagte er sich. „Obwohl. Moment", unterbrach er sich selbst.

„Der Eiffelturm, oder?" Kit blieb still. Ich hätte gewettet. Auf jeder Fahrt verstummten die Passagiere, wenn sich der Eiffelturm in voller Größe zeigte und das Schiff wendete. Von Herzen gönnte ich Kit diese Momentaufnahme, die er, meinem Gehör zufolge, mit seiner Kamera festhielt.

„Atemberaubend. Vor einiger Zeit habe ich mir den Film *Eiffel in Love* angesehen. Gustav Eiffel gab dem Turm die Form eines As, weil seine verbotene Liebe Adrienne hieß. Ich glaube fest daran, dass die größten Werke, zu denen man fähig ist, aus Liebe oder aus Schmerz entstehen."

„Und aus was werden deine Bilder entstehen?" Bevor ich mir der Wertigkeit der Frage bewusst wurde, hatte sie meine Lippen verlassen.

„Die ersten aus Liebe, die letzten aus Schmerz", kam die prompte Antwort, als sei sie Teil eines unumstößlichen Plans.

„Was wiegt deiner Meinung nach mehr?"
„Eventuell macht es die Kombination aus beidem."

Der Satz klang weise und unbehaglich zugleich. Kit wurde auf der Rückfahrt still und nahm meine Hand. Schneeflocken berührten unsere Gesichter, bis wir die Pont Neuf erreichten und ausstiegen. Meine Hand hing lose an seinem Oberarm und mein halbes Herz hatte einen neuen Aufenthaltsort. Kits Brust.

„Ich würde gerne noch Blumen für deine Mutter besorgen. Ich habe auf der anderen Seite Blumengeschäfte entdeckt. Einverstanden?"

„Gern. Meine Mutter liebt Blumen", lobte ich sein Vorhaben.

„War bei euch zu Hause nicht zu übersehen."

„Früher hat meine Mutter auf Blumen verzichtet, weil Emma und ich die Erde eines ganzen Blumentopfs in der Wohnung verteilten und einiges an Erde gegessen hatten. Einige Tage im Krankenhaus waren die Folge und die Rückkehr in ein blumenfreies Zuhause."

Den Rucksack über die Schulter gehängt und bei Kit eingehakt stiegen wir die Stufen der Steinbrücke hinauf und überquerten die Seine.

„Werden wir auch ein Schloss für uns an einer Brücke anbringen, oder ist dir das zu kitschig?", fragte Kit und verlangsamte seinen Schritt.

Gerade wollte ich antworten, als mich etwas heftig an der Schulter traf und mein Rucksack entrissen wurde. Ich schrie auf. Kit ließ mich mit den Worten „Warte hier" stehen und rannte hinter dem Dieb her. Mich hatte er stehen lassen, was der Notsituation geschuldet war. Hilflos stand ich auf der Brücke und verlor kurzfristig die Orientierung. Wo war die Straße? Wo die Mauer am Rand der Brücke? Waren viele Menschen unterwegs, gegen die ich stoßen könnte? Reiß dich zusammen, Elsa, herrschte ich mich an und schüttelte die Angst ab. Links von mir fuhren Autos. Ich hatte mich um hundertachtzig Grad gedreht und stand somit Richtung Fluchtweg des Diebes inklusive seinem Verfolger. Wenn ich mich nun nach rechts bewegen würde, käme unweigerlich die Brückenmauer. Schritt für Schritt arbeitete ich mich vor, aber die Mauer war wie vom Erdboden verschwunden. Mit ausgestrecktem Arm bewegte ich mich vorwärts. Irgendwo musste doch der Gehweg enden. Plötzlich spürte ich einen Widerstand am Knöchel. Mein Schwung war zu groß und ich fiel geradewegs auf etwas Dickes, Lebendiges, das sich direkt bewegte, nach Urin, Schweiß und Schmutz stank, und mich wegstieß. Gegen etwas Hartes, das meine Schläfe traf.

„Hey, hast du keine Augen im Kopf?", pöbelte mich offensichtlich ein Obdachloser an, der sich unter mir seinen Schlafplatz gerichtet hatte.

„Doch, schon. Aber die funktionieren nicht so, wie ich es mir wünschen würde", sagte ich in der Hoffnung auf Verständnis.

„Dann kauf dir 'nen Blindenstock", motzte er weiter und ich versuchte, mich aufzusetzen.

„Den habe ich, nur ist mir vor wenigen Minuten alles geklaut worden", erklärte ich die Hand an der Schläfe.

„Wir haben alle unsere Probleme. Jetzt verpiss dich von meinem Lager, du Schlampe."

Innerlich kochte ich vor Wut. Paris hatte ebenso wie andere Großstädte auf der Welt mit Arbeitslosigkeit, Wohnungsnot, Kriminalität oder Armut zu kämpfen. Zu viele Bedürfnisse, die nicht erfüllt werden konnten.

„Was ist jetzt? Wird's bald?“, motzte der Obdachlose neben mir, dem ich in einem Anflug von Wut die Pest an den Hals wünschte. Eine Seite an mir, die nur selten zum Vorschein kam. Daher rappelte ich mich auf, ohne ihn zu fragen, wo ich mich befand, und bemühte mich, in die entgegengesetzte Richtung zu gehen.

„Hallo, Sie. Brauchen Sie Hilfe? Sie bluten ja“, hörte ich eine Frauenstimme, die sich auf mich zubewegte. Da mich ohnehin keiner mehr berauben konnte bat ich sie, mich an die Mauer zu stellen. Achtsam schob sie mich solange, bis ich den kalten Stein unter meinen Händen spürte.

„Wo stand ich gerade?“, wollte ich wissen.

„In einer der Einbuchtungen auf der Brücke, wo man sitzen kann. Aber da liegt ein Obdachloser“, erklärte sie mir.

„Ja. Den habe ich bereits kennengelernt“, antwortete ich ironisch.

„Warten Sie, ich gebe Ihnen ein Taschentuch. Das Blut läuft Ihnen über die Wange.“ Neben mir raschelte es, mein Unterarm wurde angehoben und in meine Hand ein Taschentuch gelegt.

„Danke. Das ist nett.“

„Elsa“, schrie jemand von weitem. Kit. „Elsa, was ist passiert?“ Kits Stimme näherte sich und wir erklärten ihm, was vorgefallen war. „Verdammt. Ich hätte dich nicht alleine lassen dürfen. Es tut mir leid“, schimpfte Kit und nahm meinen Kopf in seine Hände. Sein darauffolgender Kuss beruhigte meine Nerven.

„Hast du den Dieb erwischt?“

„Der ist wie vom Erdboden verschluckt. Zuerst war ich nah dran, aber in den Gassen verschwand er blitzschnell. Dieser Teufelskerl“, fluchte Kit.

„Oh, Sie sind bestohlen worden?“, fragte die Frau.

„Ja, leider. Danke vielmals für Ihre Hilfe. Es gibt nicht viele, die einer Blinden helfen“, sagte ich.

„Oh, da muss man nicht blind sein. Die meisten denken nur an sich selbst. Die Welt ist voller Egoisten. Aber jetzt muss ich wirklich weiter. Alles Gute.“ Die Stimme wurde leiser, während sie sprach und ich winkte in die Richtung, in der Hoffnung, dass sie den Gruß noch gesehen hatte.

„Tut es sehr weh? Hast du Kopfschmerzen?“

„Fühlt sich nur wie eine Platzwunde an. Da kenn ich mich aus. Ich würde gerne zu einer Apotheke oder am besten fahren wir gleich aufs Revier. Wegen der Anzeige.“

„Wenigstens haben wir noch die Handschellen“, meinte Kit und band mich fest an ihn. „Wo ist deine Mütze?“

Erst jetzt bemerkte ich die Kälte auf meinem Kopf. „Ich muss sie verloren haben. Womöglich bei dem Obdachlosen, der mich geschubst hat?“ Wütend zeigte ich in die Richtung, in der ich ihn vermutete.

„Ich gucke, in Ordnung?“

„Ja.“ Wir setzten uns in Bewegung.

„Ich habe sie. Na wenigstens etwas“, knurrte er und setzte sie mir auf. Das Taschentuch klemmte er darunter.

„Was jetzt? Revier oder Apotheke?“

„Ich rufe am besten meinen Vater an. Der kann mir sagen, was ich tun soll", beschloss ich, öffnete meine Jacke, zog das Telefon hervor, das ich an einer langen Handykette trug, und tippte auf die Tasten. Der Screen Reader las mir die Tasten vor und kurz darauf wählte ich bereits die Nummer.

„Verdammt, Elsa. Was ist nur mit dir los, seit du angekommen bist?", fluchte mein Vater ins Telefon. „Erst verstrickt sich deine Schwester in unglückliche Männergeschichten, jetzt du", ergänzte er. Sein Schnauben spürte ich durch die imaginäre Leitung. Das schwarze Schaf Emma hatte seine Rolle diesen Winter wohl auf mich übertragen.

„Wer ist nur dieser verdammte Kerl, mit dem du durch die Straßen ziehst? Du bist kaum zu Hause und jeden Tag kommt neuer Ärger dazu. Ich schicke einen Streifenwagen. Er holt dich an der Pont Neuf ab."

Ich wagte keine Widerrede. Später würde ich genug Zeit haben, Kit zu verteidigen. Mein Vater tat ihm unrecht.

„Wow. Das hörte sich grauenhaft an. Deinem Gesicht nach zu urteilen, waren die Leviten deutlich", kommentierte Kit den Anruf und ich stöhnte laut.

„Mein Vater lässt mich hier abholen. Besser, du verbringst die nächsten Stunden ohne mich. Du bist ja im Grunde genommen nicht wegen mir in Paris, sondern wegen deiner Fotos. Wir können uns später bei mir wiedersehen, wenn du dann noch willst", versuchte ich ihn zu überzeugen.

„Erstens werde ich dich das nicht alleine ausbaden lassen, und zweitens könnte ich mir keine besseren Bilder als die mit dir vorstellen."

Dem Kompliment wollte ich nicht widersprechen, aber dass sich Kit freiwillig in die Fänge meines Vaters begeben wollte, beängstigte mich. Trotz meiner Argumente beharrte er darauf, mich zu begleiten, und Minuten später saßen wir in einem Polizeiwagen Richtung Wache. Francine hätte ihn dafür gefeiert. Ich war mir nicht sicher, ob er mutig oder naiv war. Wahrscheinlich keins von beiden, nur war ich solchen Anstand nicht gewohnt. Eine geschlagene halbe Stunde dauerte es, bis wir im achten Arrondissement, in der Nähe vom L'Arc de Triomphe und von unserem Zuhause, ankamen und uns mein Vater mürrisch in Empfang nahm. An seinem Tonfall bemerkte ich die Abneigung gegen Kits Anwesenheit, die mich verärgerte, aber bevor ich konterte, leitete er mich zu seiner Kollegin weiter, die sich meine Platzwunde ansah und versorgte.

Kit sollte im Wartebereich sitzen bleiben.

„Oje, Elsa. In der Haut deines Begleiters möchte ich jetzt nicht stecken. Dein Vater schimpft schon seit gestern über ihn. Ich wette, er lässt sich gerade die Personalien geben und durchsucht die Datenbank nach einem Grund, ihn von dir fernzuhalten", verriet mir Catherine, eine Kollegin meines Vaters, die ich seit vielen Jahren kannte und mochte.

„Armer Kit. Wenn Papa mit ihm fertig ist, ist er sicher auch fertig mit mir", stöhnte ich.

„Wohnt er ebenfalls in New York oder hast du ihn dir hier an Land gezogen? Er sieht heiß aus."

„Nein, er kommt aus Haiti. Er ist Werbefotograf und führt einen Reiseblog. Wir haben uns am Gate in New

York kennengelernt und irgendwie hat uns das Schicksal noch mal zusammengeführt", gab ich zur Antwort.

„Das Schicksal oder die Hormone?" Sie kicherte und ich stimmte mit ein. „Er scheint ein netter Bursche zu sein und du siehst anders aus. Glücklich. In Paris ist es immer leicht, jemanden zu lieben. Also genieß die Tage mit ihm und dann *Adieu*", trällerte sie. Sie war einfach ein heiteres Gemüt, das nichts zu ernst nahm.

„Es hat ohnehin keine Zukunft. In ein paar Tagen reist er wieder ab und dann werde ich ihn sicher nie wiedersehen", sagte ich und wurde mir in diesem Moment der Tatsache schmerzlich bewusst.

„Das klingt, als würde es dir leidtun. Magst du ihn?"

Stille kehrte ein. Mochte ich Kit oder war er nur der Mann, dem ich meine Jungfräulichkeit geschenkt hatte? Etwas in mir wehrte sich gegen den Abschied, der unweigerlich auf uns zukam. Eine andere Stimme bemühte sich, mich von der Aussichtslosigkeit einer gemeinsamen Zukunft zu überzeugen. Besonders jene, die mich seit vielen Jahren hatte davonlaufen lassen, bevor es ernster werden konnte.

„Ich denke …", begann ich und zögerte die weiteren Worte hinaus, „… er wird mir das Herz brechen."

Catherine hatte mir über den Arm gestrichen und mich anschließend durch die Gänge zum Büro meines Vaters geführt. „Ich schau mal nach, ob wir einen Blindenstock haben. Könnte sein, dass du Glück hast", versprach sie und verschwand.

„Elsa, ist alles in Ordnung?", fragte Kit, der neben mir saß und meine Hand nahm.

„Ja, wie ich sagte. Eine Platzwunde." *Mein Herzensbrecher.*

„Puh, was für ein Glück." Kit drückte meine Hand, führte sie an seinen Mund und küsste sie.

„Wo ist mein Vater? Er hat sich unbeliebt gemacht, habe ich recht?"

„Nicht unbeliebter als ein liebender, sich sorgender Vater. Ich weiß nur nicht, ob ich ernsthaft mit euch den Heiligen Abend feiern sollte. Er wirkt aufgebracht und vermisst dich. Es ist ein Familientag und den möchte ich euch keinesfalls zerstören."

„Kit. Es ist rührend, wie du dich für meinen Vater einsetzt, aber ich kenne ihn genau. Sicher hat er dir irgendetwas angedroht", kitzelte ich aus ihm heraus.

„Elsa, dein Vater war wirklich ...", setzte er an, aber ich unterbrach ihn.

„Kiiihhhiiiittt. Was hat mein Vater zu dir gesagt?", forderte ich.

„Schon gut. Er hat gesagt, wenn ich dich nicht in Ruhe lasse, sieht er zu, dass ich im nächsten Flieger sitze. Ohne Rückflug."

Im gleichen Moment ging die Tür auf und der bekannte Duft meines Vaters wehte mir entgegen.

„Wenn du meinst, mir Kit wegnehmen zu können, dann packe ich direkt meinen Koffer und sitze im gleichen Flieger wie er!" Voller Wut stemmte ich die Hände in die Hüften und starrte in seine Richtung.

„Ein Mann, der meine Tochter über Nacht in sein Hotelzimmer lässt, betrunken dazu, ist kein Partner, den ich mir an deiner Seite wünsche", herrschte mich mein Vater an. Ungeachtet Kits Anwesenheit.

„Frag dich lieber, was du falsch gemacht hast, dass sich deine Tochter an der Bar betrinkt und dann zu einem Wildfremden aufs Zimmer geht", fauchte ich.

Wham! Im nächsten Moment zischte mir etwas über die Wange. Mein Vater hatte mir eine Ohrfeige verpasst.

„Wir gehen", beschloss ich und streckte meine Hand in Kits Richtung aus. „Am Ende fragt keiner nach deinen Wünschen. Tatsache ist, dass ich keinen Vater haben möchte, der meinem Urteilsvermögen misstraut und mir eine Ohrfeige verpasst." Die Tränen aus Wut und Verzweiflung hielt ich zurück, bis wir die Polizeistation verlassen hatten. Dann liefen sie mir wie ein Bach aus Schmerz und Enttäuschung über die Wangen. Kit hielt mich solange, wie ich es brauchte.

Nur ein einziges Mal hatte mich mein Vater geschlagen. Als ich mit sechzehn auf eine Party wollte und vorgegeben hatte, bei Francine zu schlafen. Wir waren immer zur Ehrlichkeit erzogen worden und lieber fuhr mein Vater nachts durch Paris, um mich abzuholen, als dass er nicht wusste, wo ich mich aufhielt. Das gleiche galt natürlich auch für Emma, aber sie machte aus ihren Sexbeziehungen keinen Hehl und hatte ein wesentlich dickeres Fell, was die Kritik unseres Vaters anging. Ich dagegen bemühte mich, Emmas Makel durch übertrieben gesittetes Verhalten zu neutralisieren. Nur seit gestern fiel mir dieses Verhalten schwerer denn je. Kit hatte Einfluss auf mich genommen. Er holte meine hemmungslosen Seiten hervor und wirkte heilend auf jene Angst in mir, Unglück anzuziehen.

„Hey, Elsa. Hier ist ein Stock", jubelte Catherine, die aus dem Gebäude auf uns zulief. „Ich hab's mitbekommen. Mach dir nichts draus. Seit einiger Zeit sind viele Mädchen in Paris verschwunden oder vergewaltigt worden. Dein Vater hat Angst. Ich hoffe, du kannst ihm verzeihen. Frohe Weihnachten", sagte sie und streichelte meinen Arm. Ich erwiderte den Wunsch und verabschiedete mich.

„Was jetzt?", fragte Kit, ohne auf das Geschehene einzugehen. Einen taktvolleren Menschen hatte ich selten kennengelernt.

„Nur weg hier", bat ich und setzte mich mit dem Blindenstock in Bewegung. Von der Pizzeria nebenan roch es verführerisch nach gebackenem Hefeteig und Käse. Nervennahrung. Aber es trieb mich fort. Ich wollte nur weg hier.

5

Mittlerweile spürte ich, dass der Schnee unter meinen Füßen liegen blieb, was für mich bedeutete, schwieriger voranzukommen. Die für Blinde wichtigen Unebenheiten verschwanden und meine Motivation, Paris aus den Angeln zu heben, sank auf den Nullpunkt.

„Beschreibe mir Paris", bat ich in der Hoffnung, eine seiner emotionsvollen, lebendigen Geschichten zu hören, die mich aufs Neue motivieren würde.

„Du zuerst. Wie nimmst du Paris wahr?"

Ich hatte keine Lust, gleichzeitig wollte ich mich für das Verhalten meines Vaters entschuldigen.

„Na gut", sagte ich und erinnerte mich an meine Kindheit. „Ich erlebe die gefühlte, gehörte und duftende Version von Paris.

Ich vernehme eine Mischung unterschiedlicher Parfüms angereichert mit puren Pheromonen, einer Prise Lavendel, Moschus, Schokolade, Hefe, Karamell und Salz. Und als Krönung das, was man wohl Liebe nennt."

„Liebe kann man riechen?"

„Ich weiß nicht, aber es liegt etwas Unbestimmtes in der Luft, das ich noch nie nirgendwo gerochen habe und nicht identifizieren kann.

„Okay, klingt mysteriös wie die Liebe."

Ich gab einen heiteren Laut von mir. „Und wenn es nicht gerade schneit, kommt das Klackern der Frauen hinzu, die mit ihren Pumps durch die Straßen stolzieren. Es hört sich wie Echolokation an."

„Du meinst, der Ton hallt an den Hauswänden zurück?"

„Yepp." Mittlerweile nahm ich einige von Kits Lieblingswörtern an. Ob er das bemerkte?

„Üppiger, klimpernder Schmuck bildet eine Art Parameter, wie belebt meine Umgebung ist. Und hier und dort wabert der unverschämte Geruch von frischen Schokoladencroissants aus angrenzenden Pâtisserien."

„Das klingt wunderbar. Ich glaube, du hast einen wirklich bemerkenswerten Geruchssinn entwickelt. *Chapeau.*"

„Aus der Not. Tatsächlich ließ sich sogar die Uhrzeit anhand der Gerüche bestimmen. Wenn wir Richtung Schule unterwegs waren, steckte uns jeden Morgen der Bäckersjunge eine Tüte frischer Madeleines in unsere Ranzen und wünschte einen schönen Schultag. Exakt um sieben Uhr. Nur wenige Meter weiter erfüllten Rasierwasser und Shampoo die Luft und wiesen uns den Weg."

„Welchen Ton liebst du am meisten, Elsa?" Mittlerweile kündigte sich Kit bei mir mit einem sanften Herantreten an und berührte mich ohne Erklärungen. Sanft strich er mir von der Schläfe über die Wange bis hinter das Ohr. Gänsehaut lief über meinen Körper.

„Ich weiß nicht, es sind alle zusammen. Paris singt ein Lied für mich. Vielleicht für jeden ein einzigartiges."

„Und was bietet dir Paris in Momenten wie jetzt?"
Wir waren stehen geblieben.

„Mir kann nur ein Ort in Paris immer guttun. Sacre Cœur. Und eine warme überbackene Zwiebelsuppe könnte auch nicht schaden.“

„Dein Wunsch ist mir Befehl. Wenn du mir auch einen Wunsch erfüllen möchtest, dann hak dich bei mir unter. Ich spüre zu gern deine Nähe.“

Gefragt, erfüllt und ich erntete einen liebevollen Kuss auf die Wange.

Gemeinsam liefen wir zügig auf die Champs-Élysées und streiften beinahe mein Zuhause. Ich bat Kit, für uns eines der Kult-Schlösser zu kaufen. Ich konnte nicht anders, als dem trivialen Impuls nachzugeben. Anschließend fuhren wir mit der Métro nach Montmartre und begannen den Aufstieg zum Place du Tertre, dem Platz der Künstler, auf dem sich in den siebziger Jahren wahre Künstlerkolonien getummelt hatten. Zwar hätten wir den kurzen Weg über die Seilbahn nehmen können, aber ich verriet Kit die Möglichkeit nicht. Sacre Cœur muss man sich verdienen, sagte meine Mutter immer.

Während wir Treppe um Treppe hinaufstiegen und Straßen überquerten, erwischte ich mich dabei, meine Mutter zu imitieren und Kit auf kleine Kunstwerke aufmerksam zu machen, die Häuserfassaden zierten.

„Wenn mich nicht alles täuscht, dann siehst du auf der rechten Seite einen schablonierten Frida Kahlo-Kopf und links davon ein Mosaik-Krokodil“, erwähnte ich zwischendurch an mir bekannten Stellen.

„Ja, wunderbar. Ich habe auch kreativ gestaltete Hausnummern entdeckt“, ergänzte Kit.

Schließlich erreichten wir atemlos das Zwischenziel. Im Sommer stellten nach wie vor Künstler ihre Leinwände unter die Bäume, boten Karikaturen oder Porträts an sowie Zeichnungen von Pariser Sehenswürdigkeiten. Immer wieder hörte ich Kits Fotokamera klicken oder er bat darum, mich zu positionieren. Kit erfreute sich an den Motiven, zumal die Kuppeln der weißen Kirche schneebedeckt waren und sich kaum merklich vom weißen Himmel abhoben, wie er mir beschrieb.

„Die kahlen Zweige der Bäume wirken wie gepudert. Überall liegt Schnee. Kaum zu fassen, ich bin im Fotoparadies", schwärmte er und zog mich Richtung Kirche. „Möchtest du auch in den Innenraum der Kirche oder nur auf den Turm?", wollte er wissen.

„Beides. Aber nur, wenn du mich wieder festkettest. Das sind knapp dreihundert Stufen. Es ist eng und rutschig", warnte ich.

„Nichts lieber als das. Ich habe es ohnehin am liebsten, wenn du nicht von mir loskannst", hauchte er mir ins Ohr und zog mich weiter. Der Schnee knirschte unter unseren Füßen. Sogar die Stufen zur Basilika waren weich wie Watte.

Im Inneren der Basilika wurde Kit still und demütig und bat mich, einen Moment für sich allein zu bekommen. Kurzum löste er unser Bündnis und bat mich, auf ihn zu warten.

Als Antwort setzte ich mich auf eine der Holzbänke und zog die Mütze ab. Obwohl sich mein Ärger über die Reaktion meines Vaters nahezu verflüchtigt hatte, wollte ich mich in ein stilles Gebet begeben. Um Trost und Kraft zu bitten. Manchmal ging mir die Puste aus.

Das Blindsein kannte ich nicht anders, aber es gab Momente, in denen ich wünschte, ein Wunder würde geschehen. Vor allem, wenn ich Streit mit meinem Vater hatte. So sehr uns unsere Eltern Vertrauen in die Wiege gelegt hatten, umso mehr spürte ich die Unsicherheit meines Vaters während der Pubertät aufkeimen. Als ich nach dem Vorfall nach New York aufbrach, multiplizierte sich seine Sorge. Systematisch pflanzte er diese seltsame neue Unsicherheit und brachte mich dazu, mein Urvertrauen in Frage zu stellen. Sicher verbrachte ich zehn Minuten betend, als ich Mango-Sorbet roch und Kits leise Stimme hörte.

„Wollen wir jetzt nach oben?“

„Gern.“

Erneut angekettet verließen wir den Kirchensaal und stiegen die seitliche Treppe hinab. Kit warnte mich bei jeder Unebenheit und Glätte, die meine Sicherheit beeinträchtigen konnte. Am Schalter angekommen, eröffnete uns die Kassiererin, dass sie wegen des Wetters heute eine Stunde früher schlossen, aber Kit bekniete sie, uns als letzte Besucher hinaufzulassen.

„Dann verzögern Sie den Aufgang nicht. Bei dem Schneegestöber hat man ohnehin keine Sicht. Aber bitte, wenn Sie unbedingt wollen. Hinauf mit Ihnen. Sie sind dann die letzten Besucher.“ Freudig bedankten wir uns und Kit ging voran. Die Stufen waren nass und rutschig, trotzdem gelang es uns, ohne Komplikationen aufzusteigen.

„Warum beruhigt dich die Basilika? Gibt es dazu eine Geschichte?“, fragte er, als wolle er mich vom monotonen Aufstieg ablenken.

„Meine Mutter hat uns früher immer dann hier raufgeschleppt, wenn wir mit unserem Schicksal haderten. Dann jagte sie uns die Stufen hinauf und wir vergaßen vor lauter Konzentration unsere Zweifel. Jedes Mal, wenn wir unten ankamen, gab es eine überbackene Zwiebelsuppe und einen heißen Crêpe mit Schokolade als Belohnung, und das kam ziemlich oft vor. Manchmal haderten wir sogar bewusst, nur um nach Montmartre zu fahren und Crêpe zu essen. Jahre später verriet sie uns, dass sie unsere Spielchen entlarvt hatte, es aber nicht übers Herz gebracht hatte, uns vorzuführen. Du kannst mir glauben, wir waren wirklich oft hier oben", erklärte ich und kicherte.

Der erste Aufgang war geschafft und wir gelangten ins Freie. Hier liefen wir einen schmalen Gang unter freiem Himmel entlang und stiegen anschließend im Hauptturm weitere Stufen bis zur Kuppel hinauf.

Oben angekommen warteten wir, bis sich unser Puls beruhigt hatte. Es war saukalt und verdammt zugig.

„Elsa, die Kassiererin hatte recht. Man sieht rein gar nichts. Dafür wildes Schneegestöber, das um die alten Steine tanzt. Es sieht extrem romantisch aus und war jede Stufe wert. Warte, stell dich hier her und öffne deinen Mund", bat er und löste unser Leuchtband.

Kaum hatte ich meine Lippen geöffnet, flogen kalte Schneeflocken hinein und schmolzen auf der Zunge und auf meinen heißen Wangen. Kits Kamerageräusche ertönten, als er mir weitere Anweisungen gab.

„Weißt du, wie fotogen du bist? Mein Jackpot auf dieser Reise. Jedes Foto ist reif für einen Wettbewerb."

„Hauptsache, du bekommst weitere Aufträge. Dann soll mir alles recht sein", trällerte ich, während ich für ihn posierte.

„Nein, Hauptsache, du bist bei mir", hauchte er dicht bei mir und berührte meine vom Schnee benetzten Lippen. Öffnete sie mit dem Daumen, glitt meinen Hals hinab und schob seine Zunge in meinen Mund. Ohne Ankündigung. Warm, weich und megasexy. Kaum von ihm berührt, wollte ich mehr und Kit antwortete mit der gleichen Begierde. Innerhalb weniger Handgriffe, hatte er mich bäuchlings gegen die Mauer gedrückt und mir die Hose über das Gesäß gezogen. Seine Finger berührten meine Mitte und ich stöhnte laut auf. Angeblich waren wir die letzten Besucher. Also, was sollte passieren. Ich hörte ihn ein Kondom öffnen und über die Kälte fluchen. Kurz darauf wurde es in meiner Mitte warm und ich hörte die Englein singen.

„Verdammt, wir haben es auf einem Kirchturm getrieben. War das Blasphemie?", fragte er beim Abstieg.

Amüsiert trottete ich hinter ihm her. „Nur, wenn wir unverheiratet bleiben."

„Haha. Ich weiß schon. Das ist die Retourkutsche von heute Morgen", höhnte er. „Aber es ist wirklich zum Verrücktwerden mit dir. Deine vollen Lippen könnten Eintritt verlangen."

„Es wäre nett, wenn du mir das ein oder andere, was man mit dem Mund anstellen kann, zeigst, bevor du abreist."

Kit hielt mitten im letzten Abschnitt der Wendeltreppe an und kam mir eine Stufe entgegen. Unsere

Körper waren gleichermaßen erhitzt und erfroren. Immer noch spürte ich ihn in mir. Den Druck, die Reibung, die er mit seiner Erektion erzeugt hatte.

„Das wird der schlimmste Tag in meinem Leben", sagte er mit einem traurigen Ton in seiner Stimme. „Am besten wir genießen jeden Augenblick und sprechen nicht über das Ende."

„Einverstanden." Das Thema brachte mich den Tränen nah. Mit jeder Stunde, die voranschritt, in der wir uns näher kennenlernten, in der mich Kit vertrauensvoll leitete, mit mir sprach und mich liebte, näherten wir uns auch dem Ende unseres Abenteuers. Je tiefer wir uns aneinanderbanden, umso kürzer wurde unsere Blind-Liebelei. Trotzdem traten wir mutig die gemeinsamen Stunden an. Mit der Ahnung im Gepäck, dass die Trennung unsere Herzen zerfetzen würde.

In den umliegenden Gassen Montmartres suchten wir ein gemütliches Restaurant und wärmten uns im Innenbereich auf. Zwar hatte ich heute Morgen erspürt, dass Kit einen Kurzmantel über einem Jackett, einem Hemd und einer Hose mit Bügelfalte trug, trotzdem interessierte ich mich für dessen Farben. Er beschrieb sein Outfit genauso intensiv wie die Mona Lisa, so dass ich mir das Karamell seines Anzugs, das schneeweiße Hemd und den nachtblauen Wollmantel nahezu real vorstellen konnte. Schmunzeln musste ich über die mausgraue Strickmütze und die schneeweißen knöchelhohen Turnschuhe. Sicher zeichnete sich seine braune Haut gut vom weißen Hemd ab. In meiner Fantasie riss ich die Knöpfe auf und küsste seine weiche

Haut und ganz nebenbei schlürften wir in der Realität die überbackene Zwiebelsuppe, die Kit lobte.

„Geht's dir besser?", wollte er wissen, als wir uns noch einen warmen Pfefferminztee bestellt hatten.

„Es fehlt noch der Crêpe, dann bin ich wieder auf der Höhe."

„Elsa, ich würde zu gerne mit dir Heiligabend verbringen, aber ich fände das deinen Eltern gegenüber nicht fair. Du bist wegen ihnen nach Paris gekommen. Du solltest hinfahren", schlug er vor.

Die letzten Stunden hatte ich diesen Gedanken verdrängt, wusste aber, dass er unweigerlich auf mich zukam. Dass Kit ihn äußerte, sprach für ihn und offenbarte seine gutherzige Seele. Betrübt schlürfte ich einen Schluck Tee. „Ja, ich weiß und ich schätze es sehr, dass du an meine Eltern denkst."

„Man weiß nie, wie viel Zeit einem mit den eigenen Eltern bleibt. Seit dem Erdbeben und den Überschwemmungen ist mir das bewusster als je zuvor. Auch wenn meine Eltern noch jung und gesund sind. Alles kann sich in einer Sekunde ändern."

Gänsehaut lief mir über den gesamten Körper. Kits Worte waren im Prinzip trivial. Worte, die man von vielen hörte. Aber Kit wusste, wovon er sprach und er richtete täglich seine Handlungen auf das Wohl seiner Eltern aus. Für mich war er ein verdammter Heiliger, an dem ich keinen Haken fand. Dafür konnte er sich an meinen zahlreichen aufhängen.

„Wie war das damals mit dem Erdbeben? Bist du in der Lage, mir davon zu erzählen?" Kits Entscheidung, nicht mit zu meinen Eltern zu fahren, bedeutete unsere

Trennung für den Rest des Tages. Ich wollte länger mit ihm zusammen sein, mehr von ihm erfahren.

„Vielleicht häppchenweise."

„Wärst du für ein Häppchen bereit? Ich würde gerne mehr über euer Schicksal erfahren."

„Ich bin mir nicht sicher, ob ich die Erlebnisse meines Vaters auf authentische Weise nacherzählen kann", meinte Kit. Zweifel langen in seiner Stimme und der Wunsch, das Erlebte nicht zu schmälern, sondern angemessen zu würdigen.

„Versuch es. Ich würde gerne zuhören", ermutigte ich ihn.

Ich hörte Kit tief ein- und ausatmen und wartete.

„Es war ein heißer Tag. So heiß, dass der Asphalt flimmerte. Mein Vater war bei seinem Freund, den er seit seiner Kindheit kannte, und unterstützte ihn in seinem Büro. In Haiti herrscht viel Armut, aber auch Stolz, sich selbst zu versorgen. Sein Freund gehört auch zu diesen Überlebenskünstlern. Er wollte niemals Geld von meinem Vater annehmen, stattdessen bekam er einmal in der Woche Hilfe."

„Das kann ich gut verstehen. Es hat sicher etwas mit Würde zu tun", vermutete ich.

„Ja, wahrscheinlich. Mein Vater war in einem kleinen Supermarkt, als es passierte. Er wollte nur kurz etwas zu trinken holen, als eine ungewöhnliche Stille eintrat. Auch ich erinnere mich als wäre es gestern gewesen. Etwas hob meinen gesamten Körper an, die Optik verschob sich, alles begann zu wanken, einer optischen Täuschung gleich. Der Boden neigte sich. Mein Vater muss es ähnlich erlebt haben."

Kit blieb für einen Moment ruhig und trank einen Schluck seines Tees. Ich verharrte, weil nun der Schreckensmoment kam.

„Wir kennen Erdbeben, aber diese Wucht war selbst für uns ungewöhnlich. Wie ich an ihn dachte, so dachte er auch sofort an uns. Wie wir panisch durch das Hotel liefen, den Gästen halfen und uns selbst in Sicherheit bringen mussten. Im Tagebuch steht, er fühlte sich so ohnmächtig wie niemals zuvor in seinem Leben.“

„Das ist schrecklich, wenn man nichts tun kann. Ohnmacht ist furchtbar, wenn man Menschen liebt, um die es geht.“ Ich suchte mit meiner Hand seinen Arm und streichelte ihn sanft. Kit ließ mich gewähren.

„Mein Vater kümmerte sich um seinen Freund, dem Gott sei Dank nichts weiter passiert war, und rief uns an. Im Hotel herrschte Chaos. Eine Palme war auf den Touristentrakt gefallen, hatte aber das Wohnhaus verschont. Ich hörte, wie meine Mutter auf ihn einredete, er solle sich keine Sorgen machen und auflegte. Keine Minute später kam das zweite Beben.“

Mir stockte der Atem. Was für ein Albtraum, genau in diesem Moment seine Familie am Ende der Stadt zu wissen. Konnte man die Angst von Kits Vater mit der meines Vaters vergleichen? Für Kits Vater hatte ich Verständnis, für meinen nicht. Warum eigentlich? Je mehr ich von diesem Albtraum erfuhr, desto mehr schämte ich mich für die Schroffheit, mit der ich meinem Vater begegnete, wenn er sich um meine Sicherheit ängstigte. Wie gemein von mir. Vielleicht brauchte es manchmal andere Menschen, um Einsicht zu erfahren.

„Das war mehr als ein Häppchen, Kit. Lass es gut sein“, stoppte ich ihn und spürte die Entspannung seiner Muskeln unter meiner Hand.

„Wenn der Text auf meiner Website steht, kannst du ihn dir vorlesen lassen. Der Weg durch die vom Erdbeben zerstörte Stadt Port-au-Prince vom Büro bis zum Hotel war die Hölle für meinen Vater“, beendete er seine Erzählung.

„Mach ich“, versprach ich.

„Ich lasse dich nur ungerne gehen, Elsa, aber es wird wirklich langsam Zeit für den Beginn eures Familienfestes“, erinnerte mich Kit an den Heiligen Abend.

„Du hast ja recht, aber die Wahrscheinlichkeit, meine Eltern wiederzusehen ist größer, als dir nach Paris über den Weg zu laufen“, motzte ich kleinkindhaft, hatte aber gleichzeitig unbewusst und im Stillen die Frage aller Fragen gestellt. „Wollen wir uns wiedersehen?“

„Uns bleiben weitere vier Tage. Du würdest mir eine große Freude machen, wenn du morgen mit mir auf den Eiffelturm gehen würdest. Ich habe schon ein Ticket. Vierzehn Uhr. Bis zur Spitze.“ Die Frage blieb unbeantwortet. Ein Teil von mir war erleichtert. Jener, der Angst vor einem neuen Schicksalsschlag hatte. Der andere war betrübt, weil ich Kit sehr mochte und im Grunde genommen nicht verlieren wollte.

„Keine Ahnung, ob ich noch eine Karte bekomme, aber die Verabredung steht.“ Man musste mitnehmen, was kam.

„Soll ich kurz nachsehen, ob noch Tickets frei sind?“, bot Kit an, aber ich verneinte. Die Hoffnung auf eine gemeinsame Eiffelturmzeit überwog, und der Tag hatte schon genug Widrigkeiten mit sich gebracht.

Nach dem Tee verließen wir das kleine Restaurant und holten uns jeder einen Crêpe mit Schokolade und Zimt. Der Duft lullte mich ein und ich schmunzelte vor Glück. „Es gibt nichts besseres, als ein kleines Quäntchen geschmolzene Schokolade im Teigmantel", schwärmte ich und ließ mir den Geschmack auf der Zunge zergehen.

Mittlerweile schneite es nur noch winzige Flocken, die sich beim Abbeißen des Pfannkuchens dazwischen mogelten.

„Warte, du hast da noch Schokolade am Mundwinkel", meinte Kit und saugte mit einem Kuss den süßen Tropfen auf. „Tja, das ist schon blöd, wenn man hellhäutig ist. Da sieht man jeden braunen Fleck", flachste er.

„Wenn man einen saugenden Mann an seiner Seite hat, ist das halb so wild", stimmte ich seinem Scherz zu.

Gemeinsam liefen wir die Straßen abwärts bis zum Moulin Rouge Theater, wo Kit weitere Fotos schoss und den Wunsch äußerte, sich eine Show anzusehen.

„Dann hast du für heute Abend ja schon was vor. Wir sitzen unter dem Weihnachtsbaum und du schlürfst Wodka und siehst dir nackte Beine an. Typisch Männer", sagte ich.

„Ich würde mir lieber deine nackten Beine ansehen und von ihnen Wodka schlürfen, aber die hängen in schwarzen Jeans unter dem Weihnachtsbaum. *C'est la vie*", erklärte er mit einem Hauch Sarkasmus.

„Wollen mal sehen, ob ich zu solchen Schandtaten morgen Lust habe“, neckte ich ihn und bat, die Handschellen zu lösen. „Ich lasse mich jetzt von einem Taxi nach Hause bringen.“

„In Ordnung. Aber vorher brauche ich noch ein wenig Elsa-Feeling. Bis morgen bekomme ich sonst Entzugserscheinungen.“ Seine Hand in meinem Kreuz verankert, klebten wir fest aneinander. Bereitwillig öffnete ich meine Lippen und wenige Sekunden später spürte ich den samtweichen Kontakt, während seine Brust unter meiner bebte und sein Herz in meinem Rhythmus pochte. Wir synchronisierten miteinander und verschmolzen zu einem Ganzen. Kits Küsse wärmten meine Seele, mein Bauch kribbelte, die Beine schmolzen zu warmer Butter. Liebe war wunderbar. Ein Zustand des Träumens, in dem die Zeit stillstand und die Seele vor Verlangen brannte.

Ein Stöhnen und Keuchen entfuhr meinen Lippen, als Kit seine von meinen löste.

„Ich werde dich vermissen, Kit Zarou“, raunte ich, ohne meinen Gefühlsausbruch zu bereuen. Was konnte schon passieren?

„Jetzt bist du mir zuvorgekommen, Elsa Moreau. Und nachplappern ist nicht meins.“

„Nicht schlimm.“ Ich küsste ihn erneut. Kurz und sog dabei die Erinnerung mit all meinen Sinnen auf. Innerhalb weniger Minuten hatte ich ein Taxi am Start und verabschiedete mich von Kit.

„Ich wünsche dir einen schönen Abend mit deinen Eltern. Und sei nicht mehr auf deinen Vater sauer“, riet mir Kit.

„Mal sehen. Bis morgen am Eiffelturm." Die Tür schlug zu und mir blieb ein Blick verwehrt, ihm hinterherzusehen. War er stehen geblieben und hatte mir nachgesehen, bis das Fahrzeug zwischen den anderen verschwand? *Fucking blindness.*

Zu Hause angekommen hatte meine Mutter geahnt, dass ich alleine kommen würde.

„Es tut mir leid, Elsa. Du kennst ja deinen Vater. Für ihn ist der Heiligabend eben heilig. Er hat sich so auf dich gefreut und nun sieht er dich kaum", nahm sie ihn in Schutz.

„Schon gut. Kit hat Papa auch verteidigt und mich nach Hause geschickt."

„Das ist ein feiner Mensch. Das habe ich sofort gespürt. Ich hoffe, ich sehe ihn wieder." Ihre Stimme war voller Zuversicht. Ich schwieg.

Wie jedes Jahr gab es unsere ritualisierte weihnachtliche Schlemmerorgie, das *Réveillon.* Die mehrstündige abendliche Zeremonie begann mit Leckereien wie Lachs, *Foie gras* oder glasierten Maronen. In unserer Familie schloss sich ein Truthahn gefüllt mit Kastanien an und den Abschluss feierten wir, indem wir uns massenweise Biskuitrolle mit Schokoladenbuttercreme, die *Bûche de Noël,* reinstopften. Den Champagner zur Vorspeise und den reichlichen Rotwein zum Hauptgericht nicht zu vergessen.

Normalerweise waren meine Mutter, Emma und ich in der Küche ein eingespieltes Team gewesen. Truthahn füllen, Sahne schlagen, Biskuitrolle drehen waren Tätigkeiten, die Emma und ich mühelos durchführen konnten. Verantwortung für das Menü mitzutragen gab mir das Gefühl, etwas Wertvolles beizutragen. Schon früh hatte uns unsere Mutter beigebracht, dass wir kochen können müssen, um satt zu werden. Jede Menge Pflaster gingen dabei drauf und noch mehr Tränen, aber das war Vergangenheit. Wir hatten Hilfsmittel, wie den Milchwächter – eine kleine Kugel, die in die Milch gelegt wurde und piepte, bevor sie überkochte – und wir hatten Übung. Heute allerdings fehlte Emma ohnehin und ich hatte die gesamten Vorbereitungen verpasst und setzte mich an einen gemachten Tisch. Wie peinlich war das denn? Mir blieb nichts anderes übrig, als mich zu ihr an die Kücheninsel zu setzen und mit einem Glas Champagner den Heiligen Abend zu begrüßen.

Endlich hatte ich Zeit, von Kit zu sprechen und meiner Mutter alles über unsere gemeinsamen Treffen zu erzählen. Ich berichtete, wie Kit und ich zusammengefunden und welche Orte wir besucht hatten. Und natürlich vom Eiffelturm am nächsten Tag. Bei dieser Gelegenheit zückte meine Mutter augenblicklich ihr iPad und rief die Internetseite des Stahlmonstrums auf, um mir ein Ticket für die besagte Uhrzeit zu besorgen. Ohne Erfolg. Lediglich der Treppenaufgang war zu buchen. Der Lift zur obersten Etage war komplett ausverkauft.

„Verfluchtes Paris. Diese Touristen blockieren den Einheimischen sämtliche Plätze", fluchte meine Mutter.

„Im Grunde genommen bin ich derzeit auch Touristin", korrigierte ich sie.

„Das ist doch Unsinn, Elsa. Du bist hier aufgewachsen und zu Hause. Manchmal wünschte ich mir ein Paris ohne all den Trubel." In ihrer Stimme lag Sehnsucht.

„Dann wäre es nicht Paris", konstatierte ich.

„Du bist verdammt erwachsen und neunmalklug, Elsa Moreau."

Ich lachte über ihr Kompliment, das nur ein halbes war, und bat sie, mir das Ticket dennoch zu kaufen. Irgendeine Lösung würde sich für den Eiffelturm finden lassen. In solchen Momenten verlor ich nie den Optimismus.

„Endlich strahlst du, Elsa. Ich warte schon so lange auf diesen Augenblick", sagte meine Mutter und streichelte mir über den Unterarm.

„Besser ein kurzes Glück als gar keins", äußerte ich an das Ende denkend. Ich konnte mir einfach nicht vorstellen, wie es für uns weitergehen konnte. Haiti – New York – Paris?

„Bist du verliebt?"

Die Frage wühlte mich auf, mein Herz drückte, eine Antwort gebend, fest gegen meine Rippen.

„Ja." Ich senkte den Kopf. Wie konnten zwei Buchstaben ein solches Gefühlschaos bewirken?

„Wir leben in einer Zeit, in der Entfernungen kein Grund mehr sind, Liebe aufzugeben. Wenn ihr beide das Gleiche füreinander empfindet, werdet ihr eine Lösung finden", beruhigte mich meine Mutter. Bevor ich weiter auf den Zeitraum nach Kits und meiner Abreise eingehen konnte, hörten wir die Eingangstür. Der Herr des Hauses war heimgekehrt und ich wusste nicht, wie ich ihm begegnen sollte und was geschehen würde.

Schmerzlich spürte ich die Ohrfeige auf meiner Wange und der Seele.

Mein Vater bemühte sich, nach allen Regeln der Kunst die Gespräche oberflächlich zu halten. Wir waren reserviert. Kein Wort wurde über Kit oder den Polizeibesuch verloren. Und noch weniger über den Fauxpas meines Vaters. Der Entgleisung seiner Hand. Dennoch schwebte der Name des jungen Mannes pausenlos durch unsere Köpfe.

Mein Weihnachtsgeschenk bestand aus einer gemeinsamen Wanderung mit meiner Schwester entlang der Küste Valencias. Mit einer zusätzlichen Begleitperson. Den Duft der Pinien, Lavendel und der Meeresbrise würden wir sicher aufsaugen. Eine ganze Woche mit meiner Schwester zu verbringen, stand zwar nicht auf der Liste meiner Highlights für das kommende Jahr, aber ich wusste die guten Absichten meiner Eltern zu schätzen. Angepasste Blindenurlaube waren ihr Ding, dabei hätte ich mich in einem normalen Hotel mit einer guten Freundin weniger blind gefühlt. Unter dem Tannenbaum lagen noch ein taktiles Spiel und zwei neue Blindenstöcke mit Namensgravur und der jeweiligen Handynummer. Bingo. Nach dem Verlust meines Stockes konnte man mich anrufen und mit einer Rückgabe hoffen. Möglicherweise machte sich jemand auch einen Scherz mit einem von uns, nur um die Hilflosigkeit einer Blinden erleben zu wollen.

Nachdem auch meine Eltern ihre Geschenke ausgepackt und wir einige Runden mit dem neuen Spiel gespielt und versucht hatten, die Stimmung zu heben, was nur mäßig gelang, zog ich mich auf mein Zimmer zurück. Obwohl ich mich eine Etage über meinen Eltern und hinter verschlossener Tür befand, waren die Anklagen meiner Mutter nicht zu überhören. Und am Ende des Tages musste ich mir wohl oder übel eingestehen, dass ich an all dem Schlamassel schuld war. Ich hatte mich für Kit entschieden und meine Eltern hinten angestellt. Ob das Verliebtsein mein Handeln rechtfertigte, konnte und wollte ich nicht überdenken, aber fair war es allemal nicht.

Das schlechte Gewissen nagte an mir. So viel stand fest.

Langsam wurde es im Untergeschoss friedlicher, das Geräusch von Fernsehstimmen durchdrang den Raum. Immer noch lümmelte ich auf meinem Bett und dachte über die letzten Tage nach. Mir brannte es auf den Nägeln, nach einer Nachricht von Kit zu sehen. Obwohl ich mit meinem iPhone geübt war, verdrückte ich mich einige Male, bis mir der Voice Reader vorlas. Kit war tatsächlich ins Moulin Rouge gegangen und hoffte, dass ich trotz des Vorfalls mit meinem Vater einen friedlichen Heiligen Abend verbracht hatte. Dass ich ihn bereits nach wenigen Stunden vermisste, war kein gutes Zeichen, doch die Kälte meines Vaters trug dazu bei, mir liebevolle Nähe zu wünschen. Unweigerlich kroch erneut unser Abschied in mein Bewusstsein und löste Unbehagen aus. Um ihm dennoch nah zu sein, rief ich seinen Blog auf und staunte, als ich eine Überschrift vorgelesen bekam.

Kit hatte den Mut gefunden, den Tag des Erdbebens aus der Sicht seines Vaters online zu stellen. Obwohl ich mich etwas unbehaglich dabei fühlte, mir die tragischen Erlebnisse vorlesen zu lassen, entschied ich mich dafür. Mir war, als würde ich ihm dadurch näher sein. Ich rückte mein Kissen zurecht und startete die blecherne Stimme meines Readers, gewiss, keine Gute-Nacht-Geschichte vorgelesen zu bekommen, sondern die nackte Wahrheit über das Schicksal dieser und vieler haitianischer Familien.

Gefühle, die tote Menschen, weinende Angehörige, zerstörte Existenzen und verlassene Kinder in mir hervorriefen, übermannten mich von der ersten bis zur letzten Sekunde. Ein Meer aus Tränen lief über meine Wangen. Kit, seine Familie und all die Leidtragenden taten mir unendlich leid, obwohl das Erdbeben schon Jahre zurücklag. Dass er sich auferlegt hatte, seiner Familie unter die Arme zu greifen, ehrte ihn, aber für mich fühlte es sich ebenfalls wie eine Bürde an. So viele Jahre begleitete ihn das Schicksal von Haiti. Das Paradies hatte seine Schattenseiten. Zumindest im realen Leben. Würde sich Kit irgendwann davon lösen können oder war er Zeit seines Lebens finanziell und emotional an das Hotel seiner Eltern gebunden? War das der Grund, warum er mich an Heiligabend nach Hause geschickt hatte? Weil es galt die Eltern zu ehren und füreinander einzustehen?

Von jetzt auf gleich schämte ich mich dafür, meinen Vater auf dem Revier derart provoziert zu haben. Ganz gleich, ob er mir anschließend eine runtergehauen hatte. Reumütig stand ich auf und lief die Wendeltreppe hinab. Der Fernseher lief immer noch und sicher kuschelten meine Eltern auf dem Sofa.

„Papa?“, fragte ich am Ende der Treppe in den Raum hinein.

„Ja. Ich bin hier auf dem Sofa.“ Treffer.

Zielstrebig lief ich auf den Sessel rechts neben der Couch zu und setzte mich.

„Papa?“, begann ich und wartete, bis er den Film mit der Fernbedienung anhielt. „Es tut mir leid, dass ich dich angefahren habe. Ich weiß, du hast es nur gut gemeint. Für euch ist es sicher nicht immer einfach mit uns und dann noch all das, was du tagtäglich auf der Arbeit siehst ... du bist ein toller Vater und ich danke dir, dass du dich immer um mich sorgst“, erklärte ich aufrichtig.

„Und ich hätte meine Tochter niemals schlagen sollen. Entschuldige bitte.“ Sein Räuspern verriet mir, wie unangenehm ihm diese Situation war. Ungeachtet dem, was meine Mutter ihm mit angrenzender Wahrscheinlichkeit gesagt haben musste, spürte ich Schuld und Scham meines Vaters. Er war ein tugendhafter, friedliebender Mann und sein Verhalten würde sicher länger an ihm nagen. Dennoch war Verzeihen eine Stärke, die wir beide besaßen, deshalb nahm er mich wortlos in den Arm und überschüttete mich mit all der Liebe, die ich gewohnt war.

„Deine Mutter hat mir erzählt, dass du morgen mit ihm auf den Eiffelturm willst und du kein Aufzug-Ticket bekommen hast. Wenn du möchtest, versuche ich morgen über die Wache ein Ticket zu besorgen und fahre dich hin.“

Einen Polizisten als Vater zu haben, war mir schon mehr als einmal in Paris zugutegekommen.

„Das wäre lieb, Papa. Danke", sagte ich deshalb, stand auf und gab ihm einen Kuss auf die Wange. Uns beiden lag die Entschuldigung noch auf der Seele, deshalb verzog ich mich rasch wieder nach oben. Es war vernünftiger, das Ganze jetzt auf sich beruhen zu lassen.

6

Bekanntes aber nicht erwartetes Geplapper ertönte, als ich mich am nächsten Morgen frisch geduscht und angezogen nach unten begab.

„Na endlich, du Schlafmütze", empfang mich meine Schwester Emma vorwurfsvoll. Was tat sie hier? War sie nicht mit ihrer neuen Liebe in der Normandie? Ich ahnte, dass die Liebelei erneut nur von kurzer Dauer gewesen war und ich nun mit ihrem Frust konfrontiert werden würde. Sollte ich mich nun über ein gemeinsames Frühstück mit ihr freuen? Wenn sie von meiner Bekanntschaft erfuhr, war ich nicht sicher, ob sie missgünstig reagieren würde.

„Du hast jemanden kennengelernt? Erzähl mir alles", forderte sie, obwohl ich die letzte Stufe noch nicht erreicht hatte. Meine Mutter hatte sicher geplaudert. *Merde.*

„Solltest du nicht an der Côte d'Azur sein? Ebenfalls mit dem Mann deiner Träume?", fragte ich mit einem Hauch von Ironie.

„Ja, ja. Hat sich ausgeträumt. Ich bin gestern noch mit dem Nachtzug zurückgefahren. Seine Eltern waren angeblich kurzfristig verreist. Stattdessen stellte er mir einen Freund vor. Ich bin stiften gegangen, bevor es ungemütlich werden konnte", erklärte Emma ihren neuesten Fehltritt.

„Wo triffst du nur immer diese verlogenen Typen?", schimpfte meine Mutter. „Dein Vater wird sich bestimmt noch etwas einfallen lassen."

„Mit absoluter Sicherheit", stimmte dieser zu. Schadenfreude klang mit.

„Unser Vater ist der Rächer der Blinden", trällerte sie und ich musste laut mitlachen. Leichtigkeit lag in der Luft.

„Der Satz hat was", meinte er, während ich mich zu meiner Familie an den Tisch setzte.

„Du kommst gerade richtig, Elsa-Schatz", verkündete meine Mutter, aber Emma ließ einen höhnenden Ton von sich.

„Von wegen gerade richtig. Wir warten seit einer Stunde auf dich. In den nächsten fünf Minuten hätte ich dich geweckt."

Danke, liebste Schwester, behielt ich für mich.

„Erst mal einen Kaffee." Ich setzte mich und schenkte mir den Kaffee ein. Hier zu Hause war der Alltag leicht. Emma und ich benötigten kaum Hilfe. Es sei denn, meine Eltern veränderten etwas innerhalb des Interieurs. Die Stellplätze der Kanne, der Butter, des Honigs, alles blieb über zwanzig Jahre an derselben Stelle. Wir brauchten nur zuzugreifen. Der Duft selbstgebackener Croissants wehte mir in die Nase. Ich griff zu und biss genüsslich in den warmen, gebackenen Teig. Herrlich. In Gedanken dankte ich Kit, mich zu meinen Eltern geschickt zu haben. Ein Stück Geborgenheit und Gewohnheit konnte man zwischendrin gebrauchen und meine

Mutter war neben all den anderen Talenten eine geborene Backfee.

„Jetzt erzähl schon. *Maman* und Papa wollten mir keine Einzelheiten erzählen. Diese Verschwiegenheit macht mich hibbelig", keifte Emma mit ihrer ewigen Unruhe. Eben Emma-like. Meinen Eltern war ich für ihr Schweigen dankbar. Wer braucht schon miese Verräter in der Familie?

So unverbindlich wie möglich, bemühte ich mich Emma über Kit aufzuklären.

„Er ist ganz nett und bleibt auch nur ein paar Tage", erzählte ich, aber Emma war nicht zu täuschen.

„Hör mal, Schwesterherz. Du glaubst wirklich, du kannst deine Zwillingsschwester übers Ohr hauen?"

„Was meinst du damit?", fragte ich scheinheilig.

„Du bist über beide Ohren in Kit verliebt. Das hört man an jedem verdammten Wort, das du sprichst. Hast du mit ihm geschlafen?"

Wow. Die Frage hätte ich mir denken können, hatte aber gehofft, sie nicht unter acht Augen gestellt zu bekommen.

„Das geht nur Kit und mich etwas an", wich ich aus und trank verlegen einen Schluck aus meiner Tasse.

„Also ja", kicherte Emma, und ich ließ die Tasse unsanft auf den Unterteller knallen. „Das wurde aber auch Zeit, sonst wärst du noch als blinde Jungfrau gestorben."

Emma thematisierte ihre Blindheit öfter als ich. Sie nahm sie als Ausrede, als Einwand, als Handicap und setzte sie als Druckmittel ein, wenn es ihr in den Kram passte.

„Jetzt ist aber gut, Emma“, herrschte sie unser Vater an. Zum Dank drückte ich unter dem Tisch seinen Oberschenkel. Ausgerechnet von ihm verteidigt zu werden, erfreute mein Herz.

„Dann sind die Zeiten jetzt wohl vorbei, in denen wir unsere Identitäten tauschen“, höhnte Emma. Ob sie das ernst meinte? „Ja, wenn es um die Liebe geht, hört der Spaß auf.“ Definitiv.

Emma spielte auf unsere zahlreichen Täuschungsversuche an, mit denen wir alle, außer unsere Eltern hinters Licht geführt hatten. Nicht nur einmal hatten wir uns schlapp gelacht, weil wir uns für die jeweils andere ausgegeben hatten.

Seit New York war das Spielchen vorbei. Zumal meine Schwester durch die zahlreichen Affären grantiger geworden und ich es leid war, ihr ständig aus der Patsche zu helfen. Andererseits gab es viele urkomische Situationen, in denen ich mich hatte zusammenreißen müssen. Absichtlich wählten wir in der Schule unterschiedliche Lehrer, zogen aber die gleiche Kleidung an. So schrieb ich sämtliche Klassenarbeiten in Musik und Emma übernahm die Sprachen. Die Lehrer lobten, unsere gleichmäßige Begabung und nicht nur einmal stutzten unsere Eltern bei Elterngesprächen. Erst nach dem Abitur enthüllten wir unser kleines Geheimnis.

„Weißt du noch, als Mademoiselle Chandon uns beinahe auf die Schliche gekommen ist?“, lenkte ich vom Thema Liebe ab. „Du hattest bei beiden Klausuren extra zwei kleine Fehler eingebaut. Leider zweimal die gleichen. Als uns dann die Lehrerin zu einem gemeinsamen Gespräch gebeten hat, wären wir fast aufgeflogen.

Ihren Unterton werde ich nie vergessen. Der ging geradewegs durch mein Herz, machte eine Biegung und traf mein Gewissen", erinnerte ich mich sträflich, brachte damit aber Emma zum Lachen. Alles war mir recht, damit sie nicht auf das schmerzhafte Thema Pierre zu sprechen kam, bei dem sie schließlich auch mit beteiligt gewesen war. Vielleicht würde heute der Kelch an mir vorübergehen.

„Du machst dir immer viel zu viele Sorgen, Schwesterchen", tat Emma meine Emotionen ab.

„Und du machst dir zu wenige", sagte unser Vater und wieder war ich ihm dankbar. Was hatte ihn seine Meinung ändern lassen? „Das mit den Tickets hat übrigens leider nicht geklappt, Elsa. Ich kann nur versuchen, vor Ort etwas zu erreichen", schob er in meine Richtung hinterher.

„Nicht schlimm, Papa. Wir werden schon irgendwie zusammen hochkommen. Wie ich Kit einschätze, wird er mir sein Ticket bis in die zweite Etage geben und selbst laufen. Ich werde dort auf ihn warten, damit er seine Fotos vom Top holen kann."

„Was für ein Gentleman. Geht euer Techtelmechtel nach seinem Städtetrip weiter? Wird er nach New York ziehen, dich ehelichen und ihr werdet drei blinde Kinder bekommen?"

Da war sie wieder. Die provokante Ekel-Emma, die nichts unversucht ließ, mich aus der Reserve zu locken. Mit Erfolg. Kurzerhand nahm ich meine Kaffeetasse und schüttete die halbvolle Tasse in ihre Richtung. Und kurz danach warf ich auch das halbe Brötchen mit Honig hinterher. Emma stand schreiend auf, lief um den Tisch und stürzte sich auf mich. Wie kleine Kinder rauften wir die Haare, Emma schlug mir mehrfach ins Gesicht und traf sogar mein Septum, das zu bluten anfing. Sie war schon immer die Stärkere von uns beiden gewesen. Beschwichtigend hielten uns unsere Eltern auseinander. Papa hielt Emma, weil mehr Kraft benötigt wurde, um sie zu zügeln, *Maman* mich, weil ich rascher zu beruhigen war.

„Wir gehen jetzt nach oben, Elsa. Deine Wunde verarzten", befahl meine Mutter und ich gehorchte. Trat aber Emma noch gegen das Schienbein, das ich glücklicherweise traf, als wir an ihr und Papa vorbeiliefen.

„Verdammte Bitch", schimpfte sie, weil sie es nicht hatte kommen hören.

„Wer ist denn hier diejenige, die sich von Paris bis an die Côte d'Azur vögelt?", rotzte ich ihr entgegen. Ich war es so leid, mir auf die Zunge zu beißen. Seit damals schluckte ich allen Kummer und Ärger runter, war nach New York geflüchtet. Nicht nur wegen der Gesangsschule. Auch wegen dem Schmerz, den sie mir zugefügt hatte. Pierre war nicht genug gewesen. Emma hatte noch eine Portion drauf legen müssen.

„Na, mit durch Paris vögeln kennst du dich ja jetzt auch aus. *Bon appétit*", schnauzte sie. Ihre Schlagfertigkeit war schon immer ein Graus. Auch dieses Mal traf sich mich. Warum zum Teufel machte es ihr einen solchen Spaß, mich zu verletzen? Eine gemeinsame Wanderung mit ihr als Weihnachtsgeschenk war der pure Albtraum.

Zielstrebig schob mich *Maman* die Wendeltreppe hinauf und ins Badezimmer. „Setz dich auf den Klodeckel. Ich schau mir das mal an", sagte sie, drehte den Wasserhahn auf und befeuchtete einen Waschlappen, mit dem sie anschließend mein Gesicht säuberte. „Musst du denn jedes Mal und vor allem nach so vielen Jahren immer noch auf Emmas Provokationen reagieren?", schnaubte sie.

„Irgendwann langt es auch mal. Die Zeiten sind vorbei, in denen wir unzertrennlich sind."

„Das denke ich nicht. Das mit Pierre müsst ihr irgendwann begraben", schalt sie mich.

„Wie denn? Emma wird mir das niemals verzeihen."

Pierre, Francine, Emma und ich. Wir waren unzertrennlich. Dachten wir zumindest. Bis zu dem Vorfall, den ich niemals vergessen würde. Wie ein heißes Eisen hatte er sich seit der zehnten Klasse in mein Herz gebrannt. Mein Klassenkamerad Pierre, die einzige Person, die uns auseinanderhalten konnte, und in die Emma unsterblich verliebt gewesen war, war tot. Meinetwegen.

Geräusche jener Nacht tauchten auf. Sirenen, Schreie, Emmas Schluchzen, Francines Entsetzen. Ich wurde die Töne nicht mehr los. Auch sie hatten eine Dauerkarte in meinem Schmerzkörper.

Seitdem waren die Begegnungen zwischen Emma und mir toxisch. Es hatte Monate gedauert, bis sie überhaupt wieder mit mir sprach und heute traute ich mich kaum zu einem normalen Gespräch. Alles hatte sich seitdem verändert und es war kein großes Wunder, dass sie sich jedem Mann an den Hals warf und ich niemandem. Bis vor wenigen Tagen.

„Ich hätte es besser wissen müssen", sagte ich zu meiner Mutter.

„Was meinst du?"

„Es war Liebe. Emma war nicht nur oberflächlich in Pierre verliebt. Sein Tod hat ihr das Herz gebrochen. Und mir auch.“

Unweigerlich dachte ich an Kit. Mein Herzbruch heilte neben ihm. Jeder Tag, den ich mit ihm verbrachte, balsamierte die empfindlichen Wunden. Jede seiner Berührungen setzte neues Vertrauen. Wie Kit mit mir lachte, mich als Blinde auf Augenhöhe behandelte, war unbeschreiblich. Wenn Emma nur einen Bruchteil meiner Gefühle für Pierre gehabt hatte, schämte ich mich dafür, ihn überhaupt als Freund akzeptiert zu haben. Erst heute verstand ich ihren unsäglichen Kummer. Würde sie mir irgendwann vergeben? Und unter welchen Bedingungen? Musste auch ich ein Schicksal ertragen, damit sie Gerechtigkeit empfand? Sollte Kit am Ende auch sterben, damit Emma und ich wieder zueinanderfanden?

Ein Schauer der Vorahnung überkam mich und ich schüttelte mich kräftig.

„Was ist? Tut es weh?“ Auf welche Wunde spielte meine Mutter an? Meine Horrorszenarien verschweigend entschied ich mich für die körperliche.

„Nein. Alles in Ordnung. Ist mein Gesicht wieder blutfrei?“, lenkte ich vom Schicksal ab, dessen Fleck in meinem Herzen deutlich zu spüren war.

„Ja. Wahrscheinlich wird es eine Kruste am Nasenring geben. Was ist mit deiner Stimmung?“

„Geht schon. Emma wird erst dann zufrieden sein, wenn ich etwas verliere, was mir wichtig ist.“ Hatte ich den Satz jetzt doch laut ausgesprochen?

„Elsa Moreau. So etwas will ich nicht noch mal aus deinem Mund hören. Wir haben alle Glücklichsein verdient. Wenn Emma das als Bedingung festgelegt hat, damit ihr euch wieder nah seid, dann beißt sie bei mir auf Granit. Egal, ob sie meine Tochter ist, oder nicht. Solche Gefühle haben in unserer Familie keinen Nährboden", wetterte meine Mutter.

„Danke, *Maman*. Ich hoffe, das Schicksal ist gnädig."

Meine Mutter strich mir liebevoll über den Kopf, ich stand auf und drückte sie.

„Ich gehe jetzt zu Emma und sehe nach ihr", sagte sie mit einem mütterlichen Ton. Würde ich jemals Mutter werden und derart einfühlsam sein?

Für die nächsten Stunden blieb ich auf meinem Zimmer. Nur zum Mittagessen wagte ich eine Begegnung mit Emma. Man hätte eine Stecknadel fallen hören, so schweigsam verbrachten wir die Zeit bei Tisch. Feindschaft lag in der Luft. Meine Zwillingsschwester hasste mich. Zumindest fühlte es sich so an. Ich liebte sie, hatte aber Angst vor ihrer Ablehnung.

„Wenn du willst, fahre ich dich mit der Vespa zum Eiffelturm", schlug mein Vater vor, als das Essen beendet war und ich mich für mein Treffen mit Kit vorbereitet hatte.

„Und von mir kannst du eine Handtasche haben, die zu deinem Outfit passt. Zu der schwarzen Schlaghose und der gleichfarbigen Felljacke passt meine Chanel-Tasche sicher gut", bot mir meine Mutter an. Ich dachte an Kit und den unfassbaren Moment auf der Parkbank der Champs Elysée in Chanel-Kleidung gebadet und schmunzelte. Ich konnte das Angebot nicht ablehnen, deshalb nahm ich es dankbar an und verstaute anschließend mein Ersatzportemonnaie mit neuen Kopien der Ausweise, die mein Vater eingescannt und ausgedruckt hatte, in dem teuren Accessoire. Gottlob ließ ich die Originale immer zu Hause.

Auf dem Eiffelturm war es zugig. Mütze und Schal waren unerlässlich. Deshalb nahm ich diesmal die schwarze Baskenmütze und passende Handschuhe mit.

„In der Nacht hat es noch einmal kräftig geschneit. Deine weißen Boots sieht man kaum", bemerkte mein Vater, als wir das Haus verließen und ich auf einer dicken Schneeschicht auf dem Bürgersteig stand. „Aber die Straßen sind frei und die Sonne scheint", ergänzte er den Wetterbericht.

Von gegenüber roch es nicht nach Pizza und Käse. Am ersten Weihnachtsfeiertag erlaubte sich Emmanuel, sein Restaurant zu schließen. Die Vespa war mit einer Schutzhülle verkleidet, die mein Vater knisternd entfernte und unter dem Sitz verstaute. Keine Minute später düste ich ihn umarmend durch die Nebenstraßen von der Champs-Élysées Richtung Seine, wir überquerten die Pont de l'Alma und bogen in das Parkgelände rund um den Eiffelturm ein. Das Knirschen des Kieses unter der Schneedecke hörte außer mir sicher niemand. Mal wieder brach mein Vater die Regeln für mich und fuhr durch verbotenes Gelände. Nicht, ohne von einigen Leuten beschimpft zu werden, was mein Vater ignorierte.

„Wir sind jetzt da. Direkt am rechten Fuß zum Vorpark. Es sind etwa fünf Meter auf ein Uhr", erklärte er den Standort. Wir hielten an, stiegen ab und ich zog meinen Helm ab.

„Danke, Papa. Du kannst dann fahren. Ich würde mich gern allein mit Kit treffen", bat ich, küsste auf meine Handinnenfläche und führte sie an seinen Kopf, der im Helm steckte.

„Ruf an, wenn du mich brauchst."

„Mach ich", versprach ich mit Nachdruck und winkte. Inständig hoffte ich, dass er wirklich davon fuhr, allerdings vermutete ich seinen Blick aus einem versteckten Winkel heraus. Francine hätte sicher hinter irgendeiner Ecke gewartet und mir später von Kits Gesichtsausdruck erzählt. Wie sie ihn mir wohl beschrieben hätte?

Gerade wollte ich die wenigen Meter zum Treffpunkt laufen, als sich plötzlich von hinten warme Hände unter meine Felljacke schoben. Bevor sich Angst ausbreiten konnte, lullte mich Kits unnachahmlicher Duft ein, der mit seiner Umarmung zunahm. Ein sanfter Biss in den Hals, ein Kuss als Heilung und zärtliche Worte folgten. „Ich habe dich vermisst, Elsa Moreau", hauchte er mir ins Ohr. Da waren seine Worte des Vermissens. Ohne sie zu wiederholen, hatten sie die ersehnte Aussagekraft. Mit rasendem Puls drehte ich mich langsam zu ihm und krächzte ein „Und ich dich erst" entgegen. Leidenschaftlich wanderten seine Hände an meinen Hals, sein Atem war schwer und intensiv. Kits Lippen berührten meine und ich öffnete sie bereitwillig. Verschlang seine Zunge, spielte mit ihm und keuchte, als gäbe es kein Morgen.

„Wow, ich glaube dir jedes Wort", sagte er, als wir uns voneinander lösten, und küsste mich erneut mit geschlossenen Lippen. Meine persönlichen Schmetterlinge tanzten Salsa und entfachten dazu ein Feiertagsfeuerwerk.

„Wenn es nicht der Eiffelturm wäre, würde ich dich bitten, in dein Hotel zu fahren", raunte ich. „Ich würde gerne deinen Körper berühren."

„Wenn es nicht der Eiffelturm wäre, *wären* wir in meinem Hotel. Und wenn es Haiti wäre, würden wir aus dem Hotelzimmer gar nicht mehr rauskommen. Zumindest die ersten vier Wochen nicht. Palmen, Strand und karibikblaues Meer werden überschätzt", behauptete er und ich stimmte in seinen Humor ein. Enttarnte aber seine Schummelei, denn das Rascheln von Palmblättern, Sonne und Salzwasser auf der Haut waren unschlagbare Wohlfühlparameter, die ich während den Sommerurlauben mit meinen Eltern genossen hatte. Abgesehen von Kits Berührungen.

„Apropos Eiffelturm. Ich habe leider nur eine Treppenkarte bekommen", eröffnete ich das Aufstiegsproblem.

„Dann werde ich laufen und du fährst in den zweiten Stock. Wir treffen uns oben", ließ er das Problem in Luft auflösen und schlenderte eingehakt mit mir los. Den Blindenstock nutzte ich dennoch, um meine Mitmenschen auf meine Einschränkung aufmerksam zu machen.

Ich bat Kit mir den Eiffelturm auf seine Art zu beschreiben. Seine Stimme hatte ich vermisst, ich hörte ihm schlicht gern zu, auch wenn ich den Eisenturm natürlich zahlreiche Male als Miniatur erfühlt hatte und um sein Aussehen wusste.

Die Stimmen um uns herum wurden lauter, wir näherten uns den Fahrstühlen und sollten uns nun an zwei unterschiedlichen Schlangen anstellen. Das Gespräch eines anderen Paares erweckte jedoch meine Aufmerksamkeit.

„Kit, ich glaube, da ist jemand, der ein ähnliches Problem hat wie wir. Vielleicht können wir unsere Tickets tauschen."

Kurzerhand beschrieb ich, wo die beiden männlichen Stimmen herkamen. Tatsächlich hatten zwei Männer ein ähnliches Dilemma, weil einer von beiden unbedingt laufen wollte. Der andere nicht.

„Aber auf die oberste Etage müsste ich wegen der Fotos", erklärte Kit in die Runde, als wir mit den anderen beiden über die Aufstiegsmöglichkeiten diskutierten.

„Schatz, dann fahr du von der zweiten Etage mit dem jungen Mann weiter. Ich war vor zwanzig Jahren schon mal oben", bot einer der beiden an und ein lauter Schmatzer folgte.

Wir verabredeten, uns vor dem Souvenir-Shop auf der zweiten Etage zu treffen, tauschten unsere Tickets und trennten uns. Kit lotste mich entlang der anstehenden Touristen, nannte jede Stufe, Biegung sowie alle Abstände. Im Aufzug kesselte er mich mit beiden Armen ein und hielt sich am Geländer fest, während ich Kit umarmte. Eine Stimme kündigte die erste Etage an. Kurz darauf die zweite.

„Kannst du bitte warten, bis alle draußen sind. Ich werde nicht so gern geschoben", bat ich und Kit wartete, bis sich der Fahrstuhl geleert hatte. Wieder hakte ich mich bei ihm unter und betrat die Plattform. Sofort wehte mir ein kalter Wind entgegen und ich richtete meinen Schal und die Mütze.

„Elsa, das ist atemberaubend. Was für eine Aussicht. Der Schnee hat den Park und die Umgebung in ein Schwarz-Weiß-Foto verwandelt", hörte ich Kit schwärmen und keine Minute später, wie seine Kamera ihren Dienst aufnahm. Ich stand geduldig daneben und genoss seine Freude über sein Reisehighlight, bis sich die Klickanzahl verringerte.

„Beschreib es mir. Ich möchte es durch deine Augen sehen."

„Ich komme mir wie ein Riese vor, der die Herrschaft über ein Zwergenreich hat. Der Riese kann keine Farben sehen und hat deshalb veranlasst, dass sein Reich ebenso farblos bleibt. Nur einige mutige Untertanen riskieren, sich bunt anzuziehen, deshalb schwirren kleine Farbkleckse auf dem Boden. Da sitzt nun der Riese inmitten seines Reiches, das er in alle Richtungen überblicken kann. In seinem Turm aus zehntausend Tonnen Stahl, der ihn tragen muss, und den er durchlässig konstruieren ließ, um durch die Metallstreben durchzusehen und sich vor Angreifern zu schützen. Die Seine, in der er täglich badet, grenzt auf einer Seite seines Turms an und schlängelt sich durch die Häuser, die wie verzierte Würfel aussehen. Von hier oben kann er auch die weiße Basilika erblicken, in der ihn einst ein Mädchen in Zwergengestalt verzaubert hat. Seitdem sitzt er hier oben und schaut durch eines der zahlreichen Fernrohre zur Sacre Cœur. In der Hoffnung, sie eines Tages in der Millionenstadt wiederzusehen." Lauschend träumte ich mich in ein romantisches Märchen, überlegte, ob ich die Zwergin war und nach oben sah, oder einen Rollentausch vornahm und ein männlicher Riese sein wollte. Kit gelang es, mit wenigen Worten aus dem, was er sah, eine Geschichte zu formen, die mich emotional berührte. Vor vielen Jahren schleiften uns unsere Eltern regelmäßig auf den Eiffelturm und ließen uns den Stahl ablecken, den Turm als Miniatur nachbauen. Das Bild, von rostigem Eisengeschmack umhüllt zu sein, behagte mir wenig. Mehr Kits Beschreibung, die Erinnerungen an das Musical *Die Schöne und das Biest* in mir wachriefen. Tanz, Melodie, Liebe, Angst und Grausamkeit, Hoffnung und Mut tauchten vor meinem inneren Auge auf, hinterließen den Geschmack eines Märchens.

Stück für Stück umrundeten wir Paris auf der Plattform und Kit erfand zu jeder Himmelsrichtung weitere Episoden aus dem Pariser Riesenturm und seiner Zwergenlandschaft. Obwohl es hier oben saukalt war, wärmten sie mein Herz. Weniger die Hände.

„Ich könnte einen Schnaps vertragen", motzte eine bekannte Stimme.

„Ah, wenn das mal nicht das schöne junge Paar ist", meinte der andere. Das Männerpaar kam auf uns zu.

„Wie war der Aufstieg?", wollte Kit wissen.

„Mich bringen keine zehn Pferde noch mal auf diese Treppen", jammerte Monsieur Sensibel.

„Musst du auch nicht. Aber ich wollte es dir wenigstens einmal gezeigt haben, *Chéri*", flötete sein Partner.

„Seid ihr hier fertig, ihr Turteltäubchen? Dann können der junge Mann und ich in die dritte Etage und du kannst dich um die junge Dame kümmern", wandte sich das Alphatier an uns.

Obwohl ich das Gefühl nicht loswurde, mich mehr um Monsieur Sensibel kümmern zu müssen, als er um mich, stimmte ich zu. Kits Hand nahm meine, wanderte den Arm entlang bis zum Hals und zog mich sanft zu sich.

„Ich bin bald wieder da", hauchte er mir ins Ohr und küsste mich sanft.

Die anderen beiden trennten sich ebenfalls mit einem Kuss, der um einiges lauter war, und ließen uns allein.

„Was muss ich denn mit dir machen?"

Die Frage ließ mich fast laut auflachen.

„Erst mal kannst du mir deinen Namen sagen. Ich heiße Elsa", begann ich die Einweisung.

„Ich bin Luc aus Saint-Tropez. George und ich betreiben dort ein Restaurant. Wenn ihr mal dort seid, dann kommt vorbei", bot er redselig an.

„Das ist nett. Wenn wir mal an die Riviera fahren, kommen wir gerne. Es wäre lieb, wenn ich mich bei dir unterhaken darf, damit ich Abweichungen am Boden erspüre. Außerdem kannst du mir Hinweise geben, in welche Richtung wir laufen und ob wir auf Hindernisse stoßen."

„Alles klar. Hier ist mein Arm. Ich würde gerne in den Souvenir-Shop und George etwas kaufen. Er liebt Schneekugeln und sammelt sie von unseren Reisen."

„Ich habe mal eine in der Schule gebastelt. War eine schöne haptische Erfahrung."

Luc bemühte sich, mir das Innenleben der unterschiedlichen Schneekugeln anderer Reisen zu erklären. Mit Blinden war er ein unerfahrener Mensch, was ihn irgendwie unschuldig wirken ließ. Seinen Arm hielt er so weit entfernt, dass ich einige Sekunden in

der Luft herumtastete, bis er mir schließlich entgegen-
kam. Als er sich dafür entschuldigte, war ich ganz ergriffen. Im Souvenir-Shop ließ er mich am Eingang stehen, wo ich mehrmals angerempelt wurde. Als Luc erfolgreich etwa zwanzig Minuten später aus dem Shop
kam, erläuterte ich ihm den näheren Umgang mit mir.

„Okay", sagte er. Ich war für seine Bereitschaft dankbar, war mir aber im Klaren darüber, dass kein Meister
vom Himmel fiel und er sich eventuell auch aufgrund
der Kürze des Zusammenseins nicht sonderlich bemühte. Er schien ein Mensch zu sein, der sich mehr um
seine Gefühlswelt und die seines Partners kümmerte.
Luc lebte in seinem kleinen Kosmos, in das andere keinen Zutritt hatten. Nur im Urlaub beim Erklimmen des
Eiffelturms. Aber wer wusste schon, was ein Mensch in
seinem Leben erlebt hatte? *You don't know the fucking
story*, sagte mein Gesangslehrer in New York immer.

„Komm Elsa, jetzt trinken wir ein Schnäpschen. Geht
auf mich", sagte er und entfernte sich von mir. Irritiert
blieb ich stehen, weil ich keinen Arm angeboten bekommen hatte. Was auch Luc bemerkte und dann lachend zurückkam.

„Das tut mir jetzt leid. Das bin ich ja überhaupt nicht
gewohnt", meinte er, nahm dieses Mal meine Hand und
legte sie tätschelnd in seine Armbeuge.

Nach einigen Minuten saßen wir, Luc mampfte ein
belegtes Baguette und wir tranken eine Cola und einen
Schnaps. Voller Enthusiasmus erzählte er mir weitere
Details aus seinem Leben, dass er bereits über fünfzig
war und George und er seit fünf Jahren ein festes Paar
waren. Mittlerweile war über eine Stunde vergangen,
Luc hatte eine Fistelstimme, für die er nichts konnte,

aber die mein Gehör strapazierte. Nach dem dritten Schnaps bemerkte ich sie kaum noch. So langsam aber sicher musste ich auf die Toilette. Neben uns stand eine Mutter mit einem Kind auf, das auch pinkeln musste. Bevor ich mich an die beiden andocken konnte, waren sie schon aus dem Sitzbereich verschwunden. Zudem wollte ich die Erfahrung vom New Yorker Flughafen auf dem Eiffelturm nicht wiederholen. Sollte ich Luc bitten, mich zum Bad zu begleiten? Oder kam Kit jeden Augenblick und er würde mich führen? Mit gehörigem Druck auf der Blase wartete ich weitere Minuten ab, aber Kit und George tauchten nicht auf. Jetzt war mir Einhalten kaum noch möglich, wenngleich Luc von seinem letzten Urlaub in Lissabon berichtete. Die Details der Reise verflogen im Pinkeldruck meiner Blase.

„Du, Luc. Ich muss mal ganz dringend auf die Toilette. Kannst du mich bitte hinführen?", unterbrach ich seine Erzählungen.

„Elsa. Natürlich. Komm her, Schätzchen. Ich zeig dir, wo du hinmusst." Das war kein gutes Zeichen. Am Ende stellte er mich erneut irgendwo ab und ich machte mir in die Hose. Ich wollte ihm deshalb genau erklären, was ich benötigte. Irgendwie tat mir Luc ein wenig leid. Wahrscheinlich hatte er sich den Besuch auf dem Eiffelturm anders vorgestellt. Ich mir auch. Und nun standen wir hier zu zweit.

„Luc, du musst nicht mit auf die Toilette, aber ich bräuchte schon eine Begleitung bis zum Eingang und dann eine Beschreibung, wo die Kabinen und die Waschbecken sind." Einen Tag ohne nassem Outfit zu verbringen, wäre ein Fortschritt.

Kurze Stille trat ein, dann ein Räuspern. „Ach so. Ja. Klar. Ich komme mit", entschied er und mir fiel ein Stein vom Herzen, dass er langsam die Lage erkannte, und wie er mit mir umgehen musste.

Am Toiletteneingang angekommen, beschrieb er mir so genau, wie es ihm möglich war, die Räumlichkeiten. Erst nach links etwa drei Meter. Auf der rechten Seite befanden sich die Kabinen und wenn man aus ihnen herauskam, wusch man sich genau gegenüber die Hände.

„Ach ja. Und hier gleich am Eingang befindet sich Desinfektionsmittel. Ich weiß ja nicht, ob du das benutzt, aber ich lege Wert darauf."

Dieses Mal nahm Luc meine Hand und führte sie direkt zum Spender. Wir machten Fortschritte.

„Ja, danke. Den benutze ich auch. Wartest du hier auf mich?", wollte ich sichergehen.

„Mach ich", antwortete er und ich verzog mich in die Kabine.

„Igitt, Mama. Hier stinkt's", hörte ich eine Kinderstimme in der Nachbarkabine sagen.

„Ja, Reinlichkeit sieht anders aus", flüsterte die Mutter auf Englisch. Ich war froh, dass ich nichts sah. Erleichtert trat ich kurze Zeit später aus der Kabine und hörte das Wasser in unmittelbarer Nähe.

„Entschuldigung", fragte ich auf Englisch, „Könnten Sie mir sagen, welches Becken frei und wo die Seife ist?", fragte ich in den Raum und blieb stehen.

„Natürlich", antwortete die Mutter und schob mich zu einem freien Becken. „Darf ich Ihre Hand zum Seifenspender führen?"

„Das wäre wirklich nett“, bedankte ich mich und ließ sie gewähren.

„Ich kann Sie anschließend nach draußen führen. Wollen Sie Ihre Hände desinfizieren?“

„Ja, gern.“ Die Frau war sehr aufmerksam und hilfsbereit, wofür ich dankbar war. Ob sie auch wie Luc die Karten mit uns getauscht hätte? So unbeholfen Luc in den ersten Momenten gewesen war, so bescheiden hatte er mit dem Kartentausch gehandelt. Sich mit einer Fremden eine Stunde auf der Plattform aufzuhalten, war ein feiner Zug von ihm. Okay, im Café mit Schnaps. Er war ein netter Spaßvogel und ich konnte nicht von jedem einen perfekten Umgang mit einer Blinden erwarten. Eigentlich war ich diesen Umstand gewohnt, trotzdem hegte ich gelegentlich den Wunsch, die Welt ändern zu können.

„Elsa, ist alles in Ordnung?“ Kits Stimme ließ mich aufatmen.

„Ja. Ist Luc da?“, wollte ich sichergehen.

„Er steht mit George einige Meter weiter.“

„Warst du erfolgreich?“

„Dort oben gibt es Champagner. Das nennt man dann wohl *La vie en rose*“, sagte er lachend. „Jetzt fehlen mir nur noch ein paar Bilder von der gläsernen Plattform in der ersten Etage und von den Treppen.“

Kits gute Laune war ansteckend und stellte sofortige Nähe her. „Ich würde gerne laufen. Es sei denn, du willst einen Rekord aufstellen und die Minuten zählen.“

„Nein. Ich würde mich freuen, wenn wir zusammen gehen“, sagte er und ich nickte.

Luc und George verabschiedeten sich und Kit und ich banden uns mit den Handschellen aneinander. Der Abstieg begann, den Kit Treppe um Treppe beschrieb. Im ersten Stock begeisterten ihn die Schlittschuhbahn und die gläserne Plattform, auf der zahlreiche Touristen ihre Angehörigen in den unmöglichsten Posen fotografierten. Kopfstandfotos inklusive. Den führte ich vor und brachte damit Kit zum Jubeln.

„Hast du Lust auf Schlittschuhlaufen?“, fragte ich.

„Du kannst das?“, fragte Kit. Es lagen Zweifel in seiner Stimme.

„Natürlich. Wenn ich einen Begleiter habe, der mir die Richtung sagt, ist das leichter als Laufen. Das Eis auf künstlichen Bahnen ist eben“, erläuterte ich.

„Tut mir leid, Elsa, aber ich bin noch nie Schlittschuh gelaufen. In Haiti liegt selten Schnee und Eis.“

„Dann lade ich dich jetzt ein, mich nächstes Jahr zum Schlittschuhfahren hier zu treffen“, flachste ich und bemerkte urplötzlich, dass ich eine Einladung ausgesprochen hatte. Blitzschnell wurde mir flau ums Herz. Ging Kit darauf ein oder überging er die Thematik galant? Mein letzter Kommentar über ein mögliches Wiedersehen war unbeantwortet geblieben. Mein zweiter Anlauf auch? Mein Herz kämpfte gegen die Vernunft, lieber die Finger von einer festen Beziehung zu lassen. Am Ende starb auch Kit. Jetzt wurde mir nicht nur flau ums Herz, sondern schlagartig speiübel.

Ein sanfter Druck auf meinen Unterarmen holte mich in die Gegenwart zurück. Kit stand direkt vor mir. Das Heben und Senken seiner Brust war spürbar und der warme Atem wehte mir ins Gesicht.

„Willst du mir damit sagen, dass du mich wirklich wiedersehen möchtest, Elsa Moreau?" Diese sexy Stimme brachte mich um den Verstand. Aber er schrie aus der Ferne seine Warnung aus.

„Ich weiß nicht, was das mit dir ist, Kit. Aber wenn wir uns beide in einem Jahr immer noch nicht vergessen haben, ist es vielleicht mehr als nur eine Fünf-Tages-Romanze." Ein Jahr mehr Heilung für mein verbranntes Emotionsleben.

„Am fünfundzwanzigsten Dezember sehen wir uns wieder. In dieser Etage. An diesem Platz. Um fünfzehn Uhr. Ich werde da sein, weil du keine Romanze bist, sondern weil ich mich in dich verliebt habe." Der Satz. Der gleiche, den Pierre gesagt hatte. Mir lief es eiskalt den Rücken hinab.

Ohne Vorwarnung presste Kit seine warmen Lippen auf meine, öffnete drängend meinen Mund und versank mit mir in dem Augenblick. Der kalte Wind pfiff uns eiskalte Schneeflocken ins Gesicht, doch unsere Herzen schmolzen jede zu warmen Wassertropfen. Die Angst hatte in diesem Moment keine Chance.

7

In einem nahegelegenen Restaurant wärmten wir uns auf, spürten jedoch bald, dass wir beide nicht nur Hunger auf Essen hatten. Wir konnten körperlich nicht genug voneinander bekommen und verwöhnten uns bis spät in die Nacht hinein. Mein Verlangen bei Kit zu übernachten war groß, aber seine Vernunft siegte. Deshalb stieg ich gegen halb zwei in ein Taxi und fuhr nach Hause.

Als ich meine Augen aufschlug, spürte ich Kit immer noch zwischen den Beinen und roch seinen fruchtigen Körperduft auf meiner Haut. Gedanken, von ihm angefasst zu werden, krochen in mein Bewusstsein und ließen meine Mitte erregen. Voller Wonne gab ich mich meiner Lust hin und fühlte dabei seine Gegenwart. Würde es uns gelingen, ein Jahr aufeinander zu warten? Ein Jahr. Wir waren voller Lust. Würde sich jeder von uns für den anderen aufsparen und war Verzicht Teil einer möglichen Verabredung? Es war mir egal. Jetzt dachte ich nur an seine Hände, an seine weiche Haut, den perfekten Hintern, in den ich meine Fingernägel krallte, und sein Glied, das mich geschmeidig ausfüllte und sich wie ein Puzzleteil in mich schob.

Mit Glückshormonen im Überfluss sang ich unter der Dusche, zog mich an und trottete anschließend vergnügt die Wendeltreppe hinab.

„Wir haben schon gefrühstückt, aber der Tisch ist noch für dich gedeckt", erklärte mir meine Mutter nach dem Guten-Morgen-Gruß.

Ich hatte einen Bärenhunger. Sex verbrauchte offensichtlich mehr Kalorien, als ich gewohnt war, und förderte das Wohlbefinden. So gut gelaunt war ich noch nie gewesen. Selbst nicht, als die Zusage der Gesangsschule eingetrudelt und damit eine Chance eingetreten war, den Schmerz zu lindern. Heute wusste ich, dass es nur ein Verdrängen war.

„Wo geht's heute hin?", informierte sich meine Mutter, die sich zu mir an den Tisch gesellte. Sie war immer der Meinung, dass ihre Kinder nicht alleine am Tisch sitzen sollten. Unabhängig unserer nicht vorhandenen Sehfähigkeit.

„Heute ist die Louis Vuitton Foundation dran", eröffnete ich unseren Tagesplan, der meiner Mutter gefiel.

„Oh, wie toll. Es freut mich, dass Kit ein kreatives Händchen hat", flüsterte sie mir den letzten Satz ins Ohr. „Wo trefft ihr euch?"

„Kit holt mich ab. Dann fahren wir mit der M1 und laufen das letzte Stück. Mit Kit zu laufen ist ein Abenteuer", schwärmte ich. „Er hat mich gebeten, heute eine blaue Baskenmütze zu meinen schwarzen Klamotten zu tragen. Für Fotos auf dem Schnee", erklärte ich.

„Das werden sicher außergewöhnliche Bilder. Das Museum sieht bei Schnee wie eine aufgebrochene Eisscholle oder ein riesiger Kristall aus. Ein Farbklecks vor dem weißen Monstrum mag herrlich skurril wirken."

Wenn es um die künstlerische Note ging, verlor sich meine Mutter gänzlich. An ihr war eine Alchemistin verlorengegangen. Aus jedem noch so kaputten Objekt kreierte sie ein Kunstwerk. Jede Not verwandelte sie in eine Tugend und an jeder zerbrochenen Schale übte sie die japanische Kunst Kintsugi und veredelte die Risse mit Gold. Ihren Optimismus hatte ich übernommen, wenngleich er seit vielen Jahren unter einem Deckmantel aus Angst schlummerte.

In den nächsten zwanzig Minuten hörte ich den Erzählungen meiner Mutter über das Museum zu. Ich war mir sicher, dass sie damit vom Thema Kit ablenken wollte. Wahrscheinlich erkannte auch sie die Chance, dass er die vergangenen Wunden zu Narben verwandeln könnte. Mein schlechtes Gewissen meldete sich dennoch, ihr während meines Parisaufenthalts mehr Zeit mit mir zu gönnen. Schließlich waren meine Eltern das ursprüngliche Ziel meiner Reise gewesen. Auch sie war in der Lage, mir nachvollziehbare Beschreibungen zu liefern. Nicht zuletzt, weil sie uns großgezogen und sich zahlreiche Seminare und Schulungen unterzogen hatte, wie ein Selbstwert fördernder Umgang mit Blinden möglich war. Letztlich wog ihr Wunsch, uns zu selbständigen Frauen zu erziehen, mehr, als jedes einzelne Coaching über Umgangsformen.

Im Anschluss an ihre Schwärmerei über das Museum erwähnte meine Mutter in einem Nebensatz, wie sehr sie sich für mich freue und es ihr am Herzen lag, die Schatten der Vergangenheit zu begraben. Sie spielte auf ein besseres Verhältnis zu Emma an und wahrscheinlich meinte sie auch Francine. Anschließend verließ sie die Wohnung für einen kleinen Spaziergang und ich ging auf mein Zimmer.

Für einen kurzen Moment griff ich nach meinem Handy, setzte mich auf mein Bett und rief Francines Nummer auf. Zögernd starrte ich auf den dunklen Fleck, den das Handy unter meiner Nachttischlampe abgab, legte es jedoch mit einem feigen Seufzer beiseite und stand auf. Falscher Zeitpunkt. Die Louis Vuitton Foundation wartete.

Mit dem Farberkennungsgerät, *EasyColor Light*, wollte ich mir die blaue Mütze ansagen lassen, aber der Akku war leer. Also holte ich die fünf Mützen aus dem Schrank, legte sie in einer Reihe auf mein Bett, nahm mein Handy und ließ meinen Finger über das Display fahren, bis mir der Screen-Reader die App *Be My Eyes* vorlas. Kurz nachdem ich den Anruf durchgab, wählte die App per Zufallsgenerator einen Teilnehmer, der mir in dieser Situation helfen konnte.

„Hallo, wie kann ich helfen?", fragte mich eine Stimme auf Englisch.

„Hi, ich möchte meine blaue Mütze anziehen. Welche ist es?", fragte ich in derselben Sprache und schwenkte meine Kamera von links nach rechts. Gleichzeitig berührte ich jede Mütze, damit meine sehende Helferin reagieren konnte.

„Stopp. Du hältst jetzt deine Hand darauf", kam bei der vierten Mütze von links.

„Super. Vielen Dank."

„Möchtest du noch etwas wissen?"

„Nein. Das war alles. Danke und noch schöne Weihnachten und einen guten Rutsch ins neue Jahr“, wünschte ich mir der feierlichen Tage bewusst.

„Das habe ich gern gemacht. Ich wünsche dir auch fröhliche Tage. Mach's gut.“ Das Gespräch wurde beendet und ich räumte die restlichen Mützen wieder in den Schrank. Die App war ein Segen. Zu jeder Tages- und Nachtzeit war ich in der Lage, um Hilfe zu bitten und mir ein paar Augen zu leihen. Vollkommen unverbindlich und anonym. Es gab wirklich viele hilfsbereite Menschen. Man war als Blinde nicht alleingelassen. Aber natürlich musste man auch um Hilfe bitten und Freude am Leben finden. Es gab genügend Freundlichkeit auf der Welt, wenn man bereit war.

Mit der blauen Mütze auf dem Kopf, meiner gefütterten Lederjacke und warmen weißen Boots saß ich eine knappe Stunde später bereit zur Abholung auf dem Sessel am Türeingang. Nervös tippelte ich mit den Füßen auf dem Parkett. In den Untiefen meines Kleiderschranks hatte ich noch einen alten Lederrucksack aus meiner Jugend gefunden. Beim Herausholen der Mützen war er mir in die Hände gefallen und jetzt hing er mir auf dem Rücken. Es klingelte und ich schoss in die Höhe.

„Jetzt mach langsam, Elsa“, riet meine Mutter, die in diesem Augenblick zur Tür hereinkam, und wünschte mir einen schönen Tag.

„Danke, *Maman*. Meinst du, Papa ist sauer, wenn ich noch mal über Nacht bleibe?“

„Ich denke nicht. Emma kommt heute Abend und er hat Frühdienst. Wir sind versorgt. Genießt euren vorerst letzten Abend zusammen“, riet mir meine Mutter und pikste mitten in die Wunde.

Ich nickte in ihre Richtung und hob zum Gruß den Arm, weil ich ihren Blick auf mir haften spürte. Mit gemischten Gefühlen verließ ich das Penthouse und stieg in den Fahrstuhl ein. Unten angekommen, öffnete ich die Tür und roch Kit in Sekundenschnelle.

„Du hast es nicht vergessen. Danke“, hauchte er mir entgegen, streichelte über die Mütze und hielt seine Hände an meinen Hals.

„Ist es in Ordnung, wenn ich dich küsse? Ich konnte kaum schlafen vor Sehnsucht nach dir. Auch wenn der ganze Bettbezug nach dir riecht. Du hast gefehlt“, säuselte er in mein Ohr und wanderte mit hauchzarten Küssen quer über die Wange bis zu meinen Lippen. „Du zitterst ja“, raunte er. „Ist dir jetzt schon kalt oder ist es Lust?“

Ertappt. Definitiv überfiel mich meine eigene Begierde just in dem Moment, in dem ich Kit hörte, fühlte oder roch. Die Kombination rief ein wahres Erdbeben in mir hervor, das ich nur mit sofortigem Körperkontakt besänftigen konnte.

„Ein bisschen von beidem, schätze ich“, stammelte ich, seine Lippen immer noch an meinen klebend, knabbernd, saugend.

„Dann würde ich sagen, kümmern wir uns erst mal darum, dass dir warm wird, und später widme ich mich deiner Lust, einverstanden?“

„Definitiv“, keuchte ich beinahe unter schwerer Atmung.

Kit lachte, nahm Abstand von meinen gierigen Lippen und bot mir seine Armbeuge an. Mit dem Blindenstock in der rechten Hand und meine linke bei ihm untergehakt, liefen wir zur Champs-Élysées und in die Metro. Kit delegierte mich durch das Untergrundsystem wie ein alter Schulfreund und ich vertraute ihm mit jeder Faser. In weniger als vierundzwanzig Stunden würde er abreisen. Wir hatten nicht mehr viel gemeinsame Zeit und ich war süchtig nach jeder Sekunde.

Eiskalte Luft wehte uns entgegen, als wir aus dem Metroschacht ins Freie gelangten.

„Es ist kälter geworden", bemerkte ich. „Und hier liegt mehr Schnee."

„Du faszinierst mich, Elsa. Ich habe noch nie einen so aufmerksamen Menschen kennengelernt."

„Auch bei Blinden gibt es Unterschiede", öffnete ich ihm die Augen. Tatsächlich unterlagen Sehende oft dem Irrtum, dem Handicap Nebenwirkungen zuzuordnen. Als sei es eine feste Krankheit, die mit einheitlicher Medizin bekämpft und mit No-Gos behaftet war. Zum Beispiel weniger Alkohol zu trinken, die Handtasche zu ordnen oder besser zu hören. Diese Klischees gingen mir mächtig auf den Senkel. Kit hatte verstanden, dass meine Erblindung nichts mit meiner emotionalen, aufmerksamen Seite zu tun hatte. Wenn er Emma gekannt hätte, wäre die Erleuchtung um einiges größer.

„Auf den Wiesen liegt weitaus mehr Schnee, Achtung", rief er, ließ meine Hand los und zehn Sekunden später traf mich ein Schneeball auf der Brust, der zerplatzte und Schneespritzer in mein Gesicht feuerte.

„Na warte“, rief ich zurück. „Wehe, du sagst mir nicht, wo du steckst.“ Ich bückte mich und formte ebenso einen festen Schneeball. Kit lachte und neckte mich, wodurch ich seine Entfernung einschätzen konnte.

„Treffer“, jubelte er und auch ich wurde sofort wieder von einer kalten Kugel am Arm erwischt. Wir ulkten und warfen die kalten Bälle gegeneinander. Kit kam immer näher und ich begann, ihm mit den Händen losen Schnee entgegenzuwerfen, aber Kit machte kurzen Prozess. Plötzlich fühlte ich seine Umarmung, die mich auf den Boden warf und keine Sekunde später seifte er mich ein. Laut lachend ließ ich ihn gewähren und gab mich seinen Spielereien hin.

„Hey, Elsa. Entschuldige, du blutest“, rief er plötzlich aus und hob meinen Kopf sachte hoch.

„Wo?“, wollte ich wissen.

„Aus der Nase. Ich muss dein Septum erwischt haben. Das tut mir leid. Warte, ich habe ein Taschentuch in der Jacke.“

„Halb so wild. Das ist nicht von dir, sondern von meiner Schwester. Wir haben uns gestern geprügelt“, erklärte ich nüchtern. Stille trat ein.

„Ihr habt was?“

Ohne ins Detail zu gehen, beschrieb ich, was vorgefallen war, und wurde dabei von Kit verarztet.

„Klingt, als wärt ihr keine Bilderbuchzwillinge“, folgerte Kit und es stimmte.

„Das waren wir mal. Aber dann kam was dazwischen.“ Ich war mir sicher, Kit hatte bereits meine zögerliche Haltung, was unser Wiedersehen anging, bemerkt. Wollte er die Ursache wissen? Oder sollte er gar?

Still saßen wir im Schnee. Wartete er, ob ich weitererzählte?

„Möchtest du es erzählen?"

Sirenen, Schreie, die Nacht im Cartier-Latin-Viertel. Ich zitterte und brachte kein Wort des Themas über die Lippen. Im Schnee sitzend kroch die Kälte durch die schwarze Jeans und ließ mich zusätzlich frösteln. Mal wieder war die Musik mein Verbündeter, der die Starre aus dem Körper lenkte. Liedfetzen schossen mir in den Sinn und ich formte die ersten Zeilen von Ella Fitzgeralds *Baby it's cold outside*.

Auch diese Textzeilen liefen synchron zu unserer Situation ab. Es war saukalt, meine Hände wie Eiszapfen. Ich wollte hier weg und ich wusste, es war nicht nur der Ort, sondern auch der hemmende Zustand, aus dem ich mich für uns befreien wollte.

Kits Hände berührten meine. Die perfekte Mischung aus Berührung und Gesang. Sanft zog er mich aus dem Schnee und hauchte mir entgegen „Tanz für mich, Baby", was mich aus den Gedanken riss und ich mir nicht zweimal sagen ließ. Im Schnee drehend sang ich mein Lied. Blind und glücklich, weil ich mich mit Kit trotz der Kälte wie an einem Kaminfeuer fühlte.

Weitere Strophen folgten, bei denen ich Kits Kamera auf mich gerichtet spürte. Ich genoss das Gefühl, ihm fotografische Freude zu bereiten, bis ich schließlich aufgeheizt und keuchend den letzten Satz sang und mich spielerisch verbeugte. Zu meiner Verwunderung nahm ich mehr als nur ein Paar klatschende Hände wahr. Meine spontane Darbietung musste Passanten zum Zuschauen animiert haben.

„Elsa, das war sehr berührend. Du hast Talent, Menschen in deinen Bann zu ziehen. Wenn du singst und dich dabei bewegst, hält die Welt für einen Augenblick an und lauscht.“ Kits Stimme klang erregt und bewegt zugleich. „Und genau hinter dir ragt das Museum wie ein Eisberg aus der Umgebung“, ergänzte er, nachdem er sich geräuspert hatte.

„Ich hoffe, es sind ein paar gute Fotos dabei. Apropos, du kannst sie gerne für deinen Blog verwenden“, bot ich an.

„Ist das dein Ernst? Es macht dir nichts aus, sie im Netz zu wissen?“

„Ich muss sie ja nicht ansehen.“ Ich kicherte. „Außerdem ist es dein Blog. Wenn sie grottenschlecht sind, beschmutzt das *dein* Image. Nicht meins“, neckte ich Kit und kassierte einige Schneespritzer. „Hey, Spaßvogel, beschreib mir lieber das Gebäude, als eine blinde Sängerin zu beschmeißen.“

„Du kannst echt fies sein, Elsa.“

„Ich weiß. Zuweilen kann ich mir ein paar Witze auf meine Kosten nicht verkneifen. Aber jetzt zurück zum Gebäude. Nach deinen Beschreibungen sehe ich die Welt ein wenig mit deinen Augen.“

„Warte“, meinte Kit. Ein Klettverschluss ging auf und wieder zu. Druckknöpfe wurden geöffnet und wieder geschlossen. „Hier.“ Er nahm meine linke Hand und legte etwas Hartes, Kaltes in meine Innenfläche. „Das ist ein Bergkristall.“

„Was schleppst du eigentlich alles mit dir mit?“

Kit lachte. „Ich bin ein Reisender, Elsa, und die wenigen Stücke meiner Familie sind meine Anker.“

„Das hört sich wunderschön an.“

„Meine jüngere Schwester hat ihn mir zu meiner ersten Reise geschenkt. Als Glücksbringer und Reisebegleiter. Es ist ein Halbedelstein, der durchsichtig und auch milchig sein kann. Er ist nicht wertvoll, soll aber eine Wirkung auf den menschlichen Körper haben. Aus ihm werden Schmuckstücke gefertigt. Fühle seine Form. Stell dir vor, dass er wie ein Monstrum im Schnee steckt, und alles mit ihm und um ihn herum glitzert.“

Sanft ließ ich meine Finger über den Stein gleiten und hob ihn in die Höhe. Die Helligkeit vor meinem Auge fantasierte ein Gebilde, das mich frösteln ließ. *„Wirkt elegant und formschön*, würde meine Mutter sagen. Ich mag den Stein. Er hat einige Kanten und Ecken, aber auch geschmeidige, flache Stellen“, beschrieb ich den Bergkristall und hielt ihn Kit entgegen.

„Du würdest sicher meine Schwester mögen. Sie ist ein Spiegel dessen, was du gerade beschrieben hast. Und noch viel mehr“, meinte Kit mit sehnsüchtigem Unterton.

„Vermisst du deine Familie, wenn du auf Reisen bist?“

„Nein. Ich vermisse die Zeit vor dem Erdbeben. Seitdem hat sich alles verändert. Die Unbeschwertheit ist Geschichte. Stattdessen leben viele Menschen in Armut oder Angst. Das Unglück hat unser Paradies kastriert.“ In Kits Stimme lag nun Wut und Verzweiflung. Das Schicksal hatte ihn und seine Familie hart getroffen. Ich fühlte mit ihm.

„Wollen wir ins Museum oder hast du die Lust verloren?“

„Die Vorstellung, in Paris die Lust zu verlieren, ist grotesk", höhnte Kit. „Darf ich bitten, Mademoiselle Moreau", säuselte er und drückte mit seinem Oberarm an meinen, in den ich mich sofort einhakte.

„Sehr gerne, Monsieur Zarou." Mit jedem Miteinander näherte sich unser unweigerliches Ende. Deshalb hielt ich seine Armbeuge fest, denn es würde kein Morgen geben.

Der Gang durch das Museum mit seinen Spiegeln und dem Wasserfall begeisterte Kit. Zudem versetzte ihn die Vielzahl der weltberühmten Exponate in Staunen. „Ich hätte niemals geahnt, eines Tages diese Kunstwerke zu sehen", schwärmte er und erzählte mir heitere Geschichten über Werke von Matisse und Andy Warhol. Meine Mutter hätte ihre Freude gehabt. Mir wurde von Minute zu Minute unwohler, weil der Abschied nahte. Obwohl ich noch etwa achtzehn Stunden mit Kit verbringen konnte, überrollte mich die Traurigkeit wie eine neue Krankheit. Würde ich mich ein ganzes Jahr auf meine Gesangsausbildung konzentrieren können? Würden wir Kontakt halten oder uns eisern ein Jahr voneinander fernhalten?

„Werden wir uns gelegentlich schreiben?", rutschte mir die Frage raus, als wir nach dem Museumsrundgang erneut vor dem Treppen-Wasserfall verweilten. Das Rauschen bemühte sich umsonst, meine Unruhe zu besänftigen.

Meine Hand rutschte von seinem Oberarm, weil er sich zu mir wandte. „Möchtest du das nicht?" In seiner Frage lag eine Mischung aus Irritation und offenem

Angebot. Wie sollte ich mich entscheiden? War es besser, in Kontakt zu bleiben und damit die Sehnsucht weiter zu entfachen? Und zusätzlich meiner Unruhe, ob unsere Liebe ihm Unheil bringen würde, weiteren Sprengstoff liefern. Oder war es sinnvoller, sich voll auf sich selbst zu konzentrieren und das Jahr zum Trainieren von Vertrauen in die Liebe zu verbringen und zu verzichten?

„Ich glaube nicht, dass ich es ertragen kann, mit dir zu sprechen, dich aber nicht anfassen zu können", flüsterte ich mit gesenktem Kopf. Sein Finger hob mein Kinn. Die Berührung entfachte ein kleines Feuer im Herzen.

„Ist das wirklich der einzige Grund, Elsa?"

In seiner Stimme lag ein Hauch von Flehen, ihm die Wahrheit zu sagen. Den Grund für mein distanziertes Verhalten einer emotionalen Bindung gegenüber.

Brach ich ihm mit meinem Schweigen das Herz? Oder verjagte ich ihn? Und war das am Ende besser für ihn, weil ich ihn damit schützte?

„Lass uns ins Hotel fahren und für Erinnerungen sorgen, die ein Jahr lang halten, Elsa Moreau." Ein sanfter, feuchter Kuss folgte, der mir das Wasser im Mund zusammenlaufen ließ, und wie eine stille Akzeptanz wirkte. Ich nickte, hakte mich bei ihm unter und gemeinsam erschufen wir unvergessliche Stunden. Aber so was von.

Stunden später lagen wir erschöpft und schweißgebadet auf dem Hotelbett. Ich keuchte auf dem Rücken liegend, die Arme und Beine gespreizt. Kit lag neben mir und atmete laut von der Lust beseelt.

„Meinst du, das reicht für ein Jahr?", fragte ich krächzend. Leichtigkeit der Trennung gegenüber war zurückgekehrt.

„Es muss, wenn du den Kontakt vermeiden willst", raunte er und atmete schwer. Nicht sonderlich von der Idee überzeugt, aber immerhin sprach er es offen aus.

„Könnte ich einen Nachtisch bekommen? Das, was du als letztes mit diesem zarten Daumen getan hast. Davon hätte ich gerne mehr", kicherte ich, seinen Daumen berührend.

„So, so, das hat dir also gefallen." Die Tonlage in seiner Stimme war anzüglich und er drehte sich zu mir. Seine Hand wanderte über meine Brust, kniff in die Warze, die sich augenblicklich zusammenzog, und am Rippenbogen abwärts. Sofort spannte ich mich unter seiner Berührung an, bäumte meine Brust auf und drehte sie in seine Richtung. Ich wollte seine Zunge an meiner Knospe spüren, sie von seinen Lippen umschlossen fühlen, ihn saugend und wohlwollend stöhnen hören. Kit erfüllte mir diese Wünsche wie ein Zauberer, entführte mich mit seinen Fingern an meiner Mitte in mein persönliches Ekstasenland, in dem ich mich gänzlich verlor und nie wieder aufwachen wollte. Weder in einem Jahr noch sonst wann.

Tatsächlich schlief ich nach multiplen Orgasmen ein und wachte erst auf, als mich sanfte Küsse an der Schulter wach kitzelten.

„Hey, es wird Zeit für mich. Ich muss los. Bleib liegen und zieh dir Tür hinter dir zu. Ich möchte dich so in Erinnerung behalten. Verschlafen, verzaubert und glücklich. Ich werde am fünfundzwanzigsten Dezember um fünfzehn Uhr auf dem Eiffelturm sein. An der Eisbahn."

In seiner Stimme lag eine Mischung aus Bitten und Erwarten. Innerhalb weniger Sekunden hatte sich in meinem Hals ein monströser Kloß gebildet, mein Herz raste in Weltrekordstempo und ein nervöses Zittern überfiel meine Glieder. Tränenflüssigkeit sammelte sich in meinen blinden Augen, die ich weder wegdrücken konnte noch wollte.

„Sag nichts, Elsa Moreau. Ich weiß nicht, was dich am Glücklichsein hindert, aber ich werde mich an deinen Wunsch halten. Ich denk an dich. Immer." Ein Finger legte sich auf meine halbgeöffneten, zitternden Lippen, kein Kuss besiegelte diesen letzten Moment. Stattdessen löste sich die Berührung, Schritte ertönten, ein letzter Hauch von Mango-Sorbet erfüllte die Luft und mit dem Klacken der Hotelzimmertür und dem rollenden Koffer über den Gang verschwand meine Pariser Liebe aus meinem Leben.

Nur wenige Augenblicke später brach die Tränenflut aus mir heraus, die ich stumm in meinem Kissen erstickte. In mir brach alles zusammen, was lebendig war. So durfte es nicht weitergehen. Das kommende Jahr musste ich meine Vergangenheit aufräumen.

Erneut griff ich nach meinem Telefon und rief Francines Kontakt auf.

Und erneut siegte meine Feigheit.

8

Zurück in New York überkam die Stadt eine eiskalte Wetterphase, die ein Spiegel unserer Beziehung hätte darstellen können. Mein Handy blieb totenstill, und auch ich wagte keine einzige Nachricht an Kit. In den ersten Tagen drückte ich stündlich auf mein Telefon, doch es traf keine Meldung ein. Ich traute mich weder meine Mutter und noch weniger Emma um Rat zu fragen und fühlte mich damit ziemlich allein.

Meine Mitbewohnerin Sydney war seit meiner Ausbildung in New York zu einer netten Bekanntschaft geworden. Als sie unverblümt wenige Wochen nach Beginn der Ausbildung in den Gesangsraum gefragt hatte, ob jemand ein Zimmer frei hat, hatte ich mich spontan entschlossen, dieser lässigen, rauchigen Stimme zu vertrauen. Seitdem hatten wir uns gut verstanden, auch wenn sie weder ordentlich noch pünktlich oder zuverlässig in Sachen Kochen oder Einkauf war.

Sie spürte nach meiner Rückkehr sofort, dass ich Kummer hatte, trotzdem drängte sie mich nicht, etwas zu erzählen. Und so blieb ich auf meiner unerfüllten Sehnsucht nach einem Lebenszeichen von Kit und meiner Feigheit ihm zuerst zu schreiben sitzen.

Als ich am verregneten Valentinstag auf dem Ledersofa unter einer kuschligen Decke lag und zu Miles Davis' Musik summte, rief meine Mutter an.

„Hast du etwas von Kit gehört?", fragte sie ohne Umschweife. Ihre Frage löste Unbehagen in mir aus, und ich fuchtelte an meinem Septum.

„Nein. Glaubst du, es war ein Fehler?" Meine Stimme wurde dünn.

„Elsa. Ich kann dir die Frage nicht beantworten. Ihr habt das so beschlossen. Also ist es für euch das Richtige", erklärte sie unsere Entscheidung.

„Ja, schon. Irgendwie hat uns in dem Moment die Romantik gepackt. Ich habe nicht gedacht, dass es mir so schwerfällt. Ich glaube ..." Ich stockte und setzte mich auf.

„Ja?"

„Ich habe mich total verliebt", gestand ich und fühlte mich dumm und verletzlich.

Ein herzhaftes Lachen ertönte am anderen Ende der Leitung.

„Na, das hoffe ich doch, und keiner könnte dir das verdenken. Kit ist ein charmanter junger Mann. Ich wünsche dir wirklich mehr Zeit mit ihm."

„Danke", sagte ich knapp und schmunzelte über die ehrliche Reaktion meiner Mutter. „Soll ich ihn doch anrufen?"

Die Frage, die mir mein Herz seit meiner Ankunft stellte, hatte meinen Mund verlassen.

„Wie fühlt sich ein JA für dich an?", wollte sie wissen, und ich überlegte kurz.

„Ich weiß nicht. Irgendwie bin ich unschlüssig", entschied ich.

„Ich weiß nicht, heißt immer nein", sagte sie bestimmend. „Auch wenn es eine verrückte Entscheidung ist", gab sie mit einem Lachen zu.

„Stimmt. Ich hoffe, ich werde nicht verrückt. Verrückt vor Sehnsucht. Wie dumm kann man sein?", höhnte ich mit einer Portion Sarkasmus, bis wir beide lautstark lachten.

„Genieße den Frühling und es kann nicht schaden, deine Sehnsucht mit deinem Gesang zu verweben. Singen ist deine Bestimmung, Elsa."

„Okay, Maman. Machs gut. Und grüß Papa von mir. Hab dich lieb."

„Mach ich. Hab dich auch lieb. Bis bald. Kuss."

Wir legten auf, und ich sank zurück auf das Sofa. Miles' samtige Stimme waberte immer noch durch den Raum. Die Worte meiner Mutter waren wie ein Richtpfeiler, obwohl sie nie direkt etwas vorgab. Vielmehr ergaben sich die Wege im Gespräch mit ihr, und ich war wieder einmal glücklich, eine solche Mutter zu haben.

Zwischen mir und Emma blieb es ebenfalls still. Mit jedem weiteren Tag Abstand von der unschönen Begegnung am Tisch überkam mich mehr Scham. Wie hatte ich mich derart gehen lassen, ihr wie ein wütendes kleines Kind Kaffee entgegenzuschütten und den Esstisch zum Madison Square Garden umfunktionieren können?

Von außen musste der Vorfall ausgesehen haben, als würden zwei kleine Kinder um einen Ball streiten. Wie peinlich war das denn?

Gab es eine Entschuldigung für ein solches Verhalten?

Nein. Ich drehte und wendete die Situation und blieb schuldbewusst in den Flammen stehen.

Ich war wütend auf mich und wollte keinesfalls das Weihnachtsgeschenk meiner Eltern annehmen. So viel stand fest.

Was uns in diesem Moment getrieben hatte, war ein altes, mächtiges Gefühl. Jeder von uns hatte eins, das ihn leitete, und egal, wie es von außen gewirkt haben musste, wir hatten dieser wilden Wut freien Lauf gelassen.

Dieser Zwischenfall zeigte, wie es um unsere Seelen stand.

Beschissen.

Die Erkenntnis führte dazu, dass ich meine Eltern bat, die Reise zu stornieren.

„In Ordnung, Elsa. Aber irgendwann müsst ihr das zwischen euch wieder in Ordnung bringen", war die Antwort von meinem Vater.

„Ist gut, Liebes. Finde heraus, was dich so wütend macht. Und warte nicht zu lange", riet meine Mutter.

Ich versprach beiden, mich zu bessern. Was auch immer ich damit meinte.

Tatsächlich folgte ich dem Rat meiner Mutter und verlieh meiner Stimme mehr Sehnsucht.

„Elsa, Ihre Stimme. Was ist nur mit Ihnen in Paris passiert?", fragte mein Gesangslehrer Herr Ibramovic nach einer Probe. Meine Wangen wurden heiß, denn ich dachte seit Minuten an Kits Berührungen und fühlte mich ertappt.

Ich zuckte mit den Schultern. Wenige Sekunden danach fühlte ich seine Hände auf meinen beiden Oberarmen.

„Elsa, sind Sie verliebt?", fragte er. In seiner Stimme lag Verführung. Er hätte noch *Oh là là* dazu sagen können, dann wäre die Frage perfekt gewesen.

„Äh, ich weiß nicht, was Sie meinen, Herr Ibramovic", antwortete ich peinlich berührt, musste jedoch im nächsten Moment schmunzeln, weil es so offensichtlich war.

„Bleiben Sie so, Elsa. Ihre Stimme ist jetzt wie pure Leidenschaft."

„Das nehme ich als Kompliment. Danke", sagte ich und trat einen Schritt zurück. Seine Hände fielen von meinen Armen ab.

Auch wenn unser Gesangslehrer den Ruf eines Casanovas hatte, fühlte ich mich von ihm weder bedrängt noch angemacht. Er war ein Spieler und wusste, wer mitspielte.

Im Gesang verlor ich das Gefühl von Scham Emma und Schuld Kit gegenüber. Alles zerfloss in den Tönen zu einem Meer aus Musik, die mich und mein Herz durch den Frühling trug. Je mehr Wochen vergingen, desto weniger sinnierte ich über den möglichen Fehler, dieses absurde Abstinenzjahr vorgeschlagen zu haben. Auch die körperliche Auseinandersetzung mit meiner Zwillingsschwester wirkte wie ein schlechter Traum, der nie geschehen war. Zumindest zwang mich mein Unterbewusstsein, die Tat als Fiktion abzuhaken.

Alles ließ sich jedoch nicht wegsingen. Manche Tage und Wochen zogen sich wie ein Langzeitkaugummi. Obwohl es die New Yorker in jeder Sekunde nach draußen zog, fühlte ich mich bisweilen, als hätte die Natur und brillierende Stadt ihren Reiz verloren.

Belog ich mich, wenn ich mich übertrieben dem Gesang hingab und glaubte, meine Gefühle betäuben zu können? Denn das tat ich doch. Oder?

Kit.

In den letzten Wochen kam es immer wieder vor, dass meine Mitbewohnerin Sydney die Nächte durchfeierte und nicht nach Hause kam. Auch heute war ihr Zimmer leer geblieben, und ich hatte alleine gefrühstückt. Gelangweilt lag ich nun erneut auf meinem Bett und dachte an Kit. Seinen fruchtigen Duft, die samtweiche Haut und seine rauchige Stimme, die mich um den Verstand brachte.

Ich begann, mich zu streicheln, fühlte seine Haut auf meiner Haut, hörte seinen Atem an meinem Ohr und trieb seine imaginären Berührungen bis zu einem lautstarken Orgasmus, der kurz danach in ein Schluchzen kippte. Mein Körper vibrierte so stark, dass ich mir die Decke, obwohl ich schwitzte, wie zum Schutz überzog. Ich heulte in die Federn, weil ich Kit so vermisste. Auch mein Körper sehnte sich nach seinen Berührungen, obwohl wir uns nur kurz genossen hatten. Ich war auf Kit–Entzug, den ich selbst bestimmt hatte.

Da lag ich nun. In der tobenden Stadt und war dennoch allein. Selbstgewählt. So ging es nicht weiter. Ich musste hier raus. Sollte ich vielleicht doch das Angebot meiner Eltern annehmen und mich von einem Blindenhund begleiten lassen?

Mit ihm könnte ich nach Long Island oder an die Niagarafälle.

Der Gedanke an weitere Ausflüge beflügelte mich, und ich beschloss, meine Eltern nach einem Mittagessen anzurufen.

„Hey, Sydney. Da bist du ja. Alles okay bei dir?“ Ein Alkohol-Rauch-Parfumcocktail wehte mir entgegen, als die Tür ins Schloss fiel. „Puh, man riecht dich meilenweit.“

„Hey. Ja, die Nacht war … interessant.“ In ihrem Ton lag ein Hauch Erotik.

„Vielmehr heiß, oder?“ Ich kicherte. „Willst du mitessen?“

„Elsa, ich muss mit dir reden.“ Ihre Schritte und der Duft näherten sich dem Esstisch, an dem ich saß und den Pizzateig, den ich über Nacht hatte gehen lassen, erneut knetete.

„Setz dich. Was gibts?“, fragte ich.

„Ich schmeiß die Ausbildung. So gut wie du, werde ich ohnehin nicht und New York … New York wird mich killen, wenn ich nicht gehe.“

Ihre Worte waren wie immer ehrlich, und ich glaubte ihr. Wer in dieser irren Stadt kein Ziel hatte, konnte sich in der Anonymität verlieren.

„Keine Stimme ist wie die andere. Du solltest dich nicht vergleichen“, versuchte ich, ihr Urteil über sich selbst zu mindern.

„Du bist ein hoffnungsloser Optimist, Elsa.“

Wenn die wüsste, dachte ich.

„Wo solls hingehen?“

„Mal sehen. Zuerst Philadelphia, dann Richtung Florida und vielleicht in die Karibik. Ich liebe das Meer. Haiti wollte ich auch schon immer mal besuchen. Das Leben ist kurz.“ Sie redete und redete, aber ich war seit dem Ziel Haiti in eine Schockstarre verfallen. Mir war schlagartig der Appetit vergangen, und der Pizzateig klebte wie eine Kugel zwischen meinen Händen.

Wäre ich doch bloß so wagemutig wie Sydney. Unerschrocken und unbeeindruckt von den Tiefen des Lebens, die irgendwo auf einen lauern konnten. Im Gegensatz zu ihr wog ich immer öfter alles ab und beleuchtete jedes Detail und entschied mich dennoch dagegen. Emma und ich waren zwar zu mutigen jungen Frauen erzogen worden, aber ich musste mir seit Pierre eingestehen, dass ich feige geworden war. Emma nicht. Manchmal erinnerte mich Sydneys Leichtigkeit an die meiner Zwillingsschwester. Aber nur manchmal.

Sydney erzählte immer noch, und ich lauschte erneut, bis sie mit der Aufzählung aller Ziele durch war.

„Klingt, als hättest du einen Plan, der ein ganzes Leben dauert", konstatierte ich. Sydney lachte.

Mittlerweile war der Teig in meinen Händen warm geworden.

„Wann gehts los?"

„In zwei Wochen", sagte sie ohne Umschweife.

In mir stieg unerwartet Panik auf. Zwei Wochen? Warum hatte sie nichts vorher gesagt?

Sydney war für mich zwar keine richtige Freundin geworden, aber eine gute Begleiterin, der ich hier zu Hause und auch draußen vertraute. Mit ihr konnte ich gelegentlich einkaufen oder zur Gesangsschule gehen, und einmal waren wir auch auf Long Island und sind barfuß am Strand entlanggelaufen.

Wie sollte ich in den kommenden Monaten ohne sie zurechtkommen?

„Ich weiß, das ist kurzfristig, aber ich … ich kann nicht warten", entschied sie.

„Verstehe." In mir brach ein Gedanken- und Emotionschaos aus. Ich hätte spontan heulen können, tat es aber nicht.

„Wollen wir die Pizza zusammen belegen und uns einen alten Film ansehen und hören?"

Der heitere Themenwechsel hielt den emotionalen Vulkan in Schach. Ich nickte und war für ihre Empathie, den Film so zu wählen, dass ich ihn durch das Gehör verstehen konnte, dankbar.

Das Gespräch mit meinen Eltern verschob ich.

Sydneys Auszug fiel auf den ersten Juni. Wir lagen uns in den Armen und heulten wie Schlosshunde. Diese weiche Seite an ihr berührte mich, und dass sie mich offensichtlich mehr gemocht hatte, als sie mir gezeigt hatte, ebenfalls.

„Schick mir eine Nachricht aus Haiti, falls du dort wirklich ankommst. Um das Ziel beneide ich dich", sagte ich zum Abschied.

„Elsa, tut mir leid. Ich will ehrlich sein. Ich war noch nie gut im Halten von Freundschaften. Wenn ich etwas hinter mir lasse, dann endgültig."

Ihre gewohnte Ehrlichkeit konnte bisweilen wehtun. Wie jetzt. Davon abgesehen bewunderte ich diese Haltung. Ereignisse endgültig hinter sich lassen. Das wäre schon was.

„Funktioniert das immer?", rief ich ihr im Treppenhaus hinterher.

Ich hob meine Hand in der Hoffnung, dass sie meinen Gruß noch sah.

Sydney lachte laut. „Eigentlich ja."

Eigentlich. Und uneigentlich?

Wenige Sekunden später hörte ich die Haustür ins Schloss fallen.

Wahrscheinlich lag es an Sydneys leichtfüßigen Charakter. Sie blieb nicht lange, brachte nicht viel mit und zog mit der gleichen Menge weiter. Ohne nach hinten zu schauen. Es war eine Gabe. Oder eine Flucht.

In jedem Fall hatte mich der Abschied mal wieder gelehrt, mich besser auf mich selbst zu verlassen. Seitdem sie mir ihre Abreise angekündigt hatte, war meine Entscheidung getroffen.

Ich wollte einen Blindenführhund.

„Wir freuen uns, dass du endlich zustimmst", antworteten meine Eltern bei dem Telefonat, das ich am gleichen Nachmittag führte.

„Ich freue mich auch. Was meint ihr, wie lange es dauern wird?"

Meine Eltern kicherten.

„Nun, deine Mutter und ich haben uns schon vor einer ganzen Weile nach einem Blindenführhund umgesehen. Du weißt, ich nehme nur einen aus der ältesten Blindenschule an der Grenze zu Belgien. Aus Rong. Ich war bereits dort und ..." Mein Vater stockte.

„Jetzt sags ihr schon", befahl meine Mutter im Hintergrund. Was zur Hölle wollten sie mir mitteilen?

„Rio ist schon bei uns. Emma hat sich um ihn gekümmert, und wir haben ihn an unser Arrondissement gewöhnt, damit du dich hier mit ihm frei bewegen kannst."

In mir stieg gleichermaßen Wut wie Freude auf. Meine Schwester hatte sich auf das Abenteuer Hund eingelassen. Für mich?

Von meinem Vater wusste ich, dass die Hunde zunächst in Gastfamilien wohnten, bevor sie im ungefähren Alter von zwei Jahren zu ihren Einsätzen abgegeben wurden.

Hatte er den Blindenführhund ohne mich zu informieren geplant oder gab es einen anderen Grund?

Welchen Namen hatte mein Vater genannt?

Rio?

„Bevor du denkst, dass ich das über deinen Kopf hinweg entschieden habe, nein. Habe ich nicht. Aber es ist etwas Trauriges passiert und wir waren uns sicher, dass du unserem Vorschlag zustimmst, wenn du davon hörst. Deine Mutter wird dir den Rest erzählen und wir besprechen alles weitere in den kommenden Tagen."

Mein Vater verabschiedete sich, und ich blieb in der Leitung. Was würde jetzt noch kommen?

Fünf Minuten später saß ich wie gelähmt auf dem Sofa. Das Kissen vor den Bauch geklemmt. Zwar war meine Dunkelheit Bestandteil meines Lebens, aber in diesem Moment kroch sie wie schwarzer Rauch in mein Herz.

Eine blinde Freundin aus Paris hatte sich umgebracht. Sie war erst im Alter von fünfzehn Jahren an einem Glaukom erblindet, und mit diesem Schicksal Frieden zu finden, gelang ihr nicht. Ihre Familie war, wie meine Mutter erzählte, am Boden zerstört. Zweimal hatte sie versucht, sich das Leben zu nehmen, und dieses Mal hatte sie es geschafft.

Rio war *ihr* Blindenhund.

Die Nachricht traf mich mitten ins Mark. Menschen, die sehend geboren wurden und durch ein Ereignis oder eine Erbkrankheit nachträglich das Augenlicht verloren, fiel es meist schwerer, mit der Erblindung umzugehen. Etwas, das man liebte, zu verlieren, tat weh. Nicht jeder fand neuen Lebensmut. Manchmal halfen die besten Maßnahmen nicht über den Verlust hinweg.

Konnte ich mit Rio mein Glück finden, wenn sie es nicht gefunden hatte?

Die Frage erübrigte sich, als er nur wenige Tage später mit einer Trainerin namens Chrissy aus New York in meiner Wohnung stand. Mir lief eine Gänsehaut über den gesamten Körper, als er an mir schnupperte und seinen Kopf an meiner Hand rieb. Einer Katze gleich. Tränen der Freude rannen mir über die Wangen. Von jetzt auf gleich.

Warum hatte ich mich nur so lange gegen diese Unterstützung gewehrt?

„Weil ich auf dich gewartet habe, Rio, richtig?“, flüsterte ich und streichelte meinen eigenen Blindenführhund. Mit ihm würden die Tage leichter werden.

In den kommenden Sommerwochen war New York zu einem Brutkasten geworden, und ich war Chrissy dankbar, als sie nach dem Üben der gängigen Ziele in der großen Stadt ein Wochenende nach Westhampton vorschlug.

„Ist das dein Ernst? Du fährst mit mir nach Long Island?“ Ich jubelte in Gedanken an den letzten Ausflug mit Sydney.

„Deine Eltern haben mich schon auf deine Abenteuerlust vorbereitet“, neckte sie mich.

Obwohl Chrissy mich begleitete, fühlte ich mich zum ersten Mal unabhängig und frei, als ich im Meer badete.

Rio gab Laute, damit ich mich orientieren und den Abstand zum Strand einschätzen konnte. Genussvoll ließ ich mich einige Minuten im seichten Wasser treiben und wünschte, diesen Moment mit Kit zu erleben. Im Zug zurück umklammerte ich feige mein Handy und dachte an die vielen Wörter, die ich ihm jetzt gerne geschrieben hätte. Sie verflogen im Lärm der nahenden Metropole.

Mein Interesse an Abenteuern nahm mit Rio zu, und Chrissy kam meinen Wünschen kaum hinterher.

„Wäre auch eine Reise zu den Niagarafällen möglich?", fragte ich sie, nachdem wir einige Wochen Training hinter uns hatten, und es in New York herbstlich wurde.

„Na, du willst es aber wissen." Sie kicherte und bejahte anschließend mein Reiseziel.

Gemeinsam starteten wir daher erneut an einem Wochenende unseren Kurztrip mit Übernachtung. Zuerst bahnten wir uns den Weg zur Grand Central Station, obwohl wir mit dem Bus vom Times Square fahren würden.

„Den Grand Central musst du drauf haben", sagte sie. Ihr Ton klang wie ein Befehl. Überhaupt war Chrissy alles andere als nachgiebig. Mit liebevoller Strenge gab sie mir Anweisungen, die ich zu befolgen hatte, und rührte nicht von meiner Seite, bevor ich in der Lage war, sie auszuführen. Fehlerlos.

„Der Times Square war die größere Herausforderung", meinte ich, als wir endlich im Bus nach Buffalo saßen.

„Für Sehende auch. Glaub mir. Das ist das reinste Spinnennetz, in dem man von verkleideten Spidermanfiguren und menschlichen Freiheitsstatuen eingenommen wird. Hier ein Hotelzimmer zu nehmen, ist Irrsinn. Es sei denn, man will hier festkleben.“

Der Bus fuhr knapp zehn Stunden, und Rio vertrug die Fahrt mühelos. Mich nervte lediglich der Geruch vom Sitzpolster und ein Sitznachbar, der in regelmäßigen Abständen seine Nase hochzog, statt sich ein Taschentuch zu nehmen und hinein zu schnäuzen.

Nach der halbstündigen Weiterfahrt zu den Wasserfällen fiel ich abends todmüde ins Hotelbett und schlief bis zum nächsten Morgen durch.

„Guten Morgen Rio“, stöhnte ich, als mich seine kalte Hundeschnauze in der Handfläche berührte. Ich war so dankbar, dass er an meiner Seite war.

Nach einem ordentlichen Frühstück rüsteten wir uns für die berühmten Wasserfälle. Mein Herz schlug Purzelbäume, und mich auf Chrissys Anweisungen zu konzentrieren, fiel mir schwer.

Auf der Fähre bat ich meine Trainerin, mir diese Weile ohne Aufgaben zu gönnen.

Der sanfte Sprühnebel auf dem Gesicht, das tosende Geräusch des Wassers und die Ausrufe der erstaunten Touristen gaben einen magischen Cocktail. Da ich noch nie sehen konnte, vermisste ich nichts. Trotzdem spürte ich eine Sehnsucht, die Schönheiten der Natur sehen zu können.

Manchmal verspürte ich Traurigkeit, weil ich nicht sehen konnte.

„Komm mal mit", meinte Chrissy, als wir das Boot verlassen hatten, und es leiser wurde. Ohne auf eine Antwort zu warten, legte sie meine rechte Hand in ihre Armbeuge und zog mich einige Minuten neben sich her. Das Tosen der Wasserfälle hörte sich nicht sehr weit weg an, dafür niedriger.

Wo brachte sie mich hin?

Um uns herum wurde es luftig. Die Herbstsonne schien kräftig auf meine Haut, während ich auf Chrissys Worte wartete.

Sie ließ meine Hand aus ihrem Arm gleiten und griff nach meinem Handgelenk.

„Von hier bis dort verlaufen die Wasserfälle wie eine Mondsichel über Kopf."

Ihrer Beschreibung entsprechend führte sie meine Hand von links nach rechts, oben nach unten, griff nach beiden Händen und flocht unsere Finger ineinander, schwenkte und schob sie. In meiner Vorstellung entstand ein heller Vorhang aus Wasserdampf, der sich über die harten Felsen legte. Chrissys Stimme erinnerte mich an ein sanftes Saxophon, das in einem Pariser Salon zum Tanztee einlud.

Ich war ergriffen und umarmte sie spontan, als sie meine Hände losließ.

„Danke, Chrissy. Ich bin dir unendlich dankbar. Für alles." Trotzdem wünschte ich mir, diesen Moment mit Kit genießen zu können und schluckte meine Feigheit, Kit eine Nachricht zu senden, ein weiteres Mal hinunter.

Zurück in New York bewegte ich mich nun öfter außerhalb meiner Komfortzone. Das Leben mit Rio hatte sich in dieser großen Stadt verändert. Nun gab es für mich nicht nur die Musikschule, sondern auch ein Leben davor und danach außerhalb meiner Wohnung.

Mein Hund half mir ebenso, das Herzkino einigermaßen in Schach zu halten, obwohl meine Sehnsucht nach Kit und die Unruhe in meinem Herzen von Tag zu Tag größer wurde, je näher der Dezember rückte.

Als der letzte Monat des Jahres anbrach, schnürte es mir die Kehle zu.

Konnte nach diesem Abstand unsere Beziehung nahtlos weiterlaufen? Gab es überhaupt noch eine Beziehung?

Auf diesen Monat hatte ich über dreihundertdreißig Tage gewartet, und aus heiterem Himmel wuchs mein Unbehagen ins Unendliche. Die Frage, die mir seit Kits Abreise aus Paris im Kopf schwirrte, quälte mich jede Minute.

Was war, wenn er nicht auf dem Eiffelturm war? Immer wieder überfiel mich die Angst vor dieser Erkenntnis, erwischte mich während meiner Gesangsstunden. Beim Kochen, Spazierengehen und in meinen Träumen.

Wie würde ich mit dieser Enttäuschung weiterleben können? Würde sich Emma freuen? Rief ich ihn dann an, um den Grund zu erfahren? Gab es möglicherweise seit Monaten eine neue Frau, weil das Wir nur eine alberne Illusion vom Pariser *La vie en rose* war? Eine sehende Frau, weil einige Tage mit einer Blinden sexy und neu sein konnten, aber das gemeinsame Leben mehr Herausforderungen bergen würde?

Hatte ich ihm instinktiv die Sendepause mit mir geraten, damit er sich genau diese Fragen beantworten konnte?

Möglicherweise war ich längst eine verblasste Erinnerung, die keine Reise nach Paris wert war.

Die Fragen, deren Antworten mein Herz zerquetschten, steigerten sich, bis ich beinahe meinen heutigen Flug nach Paris gecancelt hätte. Rio stupste mich mit der Nase am Bein an. Wie so oft, wenn er meine emotionale Unruhe spürte.

Vor einigen Tagen hatte ich ihn als Begleithund angemeldet, und nun saß ich auf das Boarding wartend mit ihm am Gate, wo ich Kit vor dreihundertfünfundsechzig Tagen kennengelernt hatte und mir nun vor lauter Feigheit in die Hosen schiss. Mit Sicherheit würde ich im Flugzeug zwei kleine Flaschen Wein trinken, um meine Nervosität zu drosseln. Oder drei.

„Miss Moreau, wir könnten dann an Bord gehen“, hörte ich eine freundliche Stimme, die mir bekannt vorkam. Ich stand auf und gab Rio das Kommando *voran* zu gehen und folgte der Stewardess.

„Waren Sie letztes Jahr zufälligerweise auch hier, um mich ins Flugzeug zu bringen?“, fragte ich.

„Ich erinnere mich an Sie, Miss Moreau. Sie saßen damals neben dem gutaussehenden, sympathischen jungen Mann, nicht wahr? Und ohne Hund.“

„Richtig. Sie haben ein gutes Gedächtnis“, lobte ich. Dass sie sich an Kit erinnerte, erfüllte mein Herz. Ein Stück weit reiste er heute mit mir.

„Wir haben nicht oft einen Blindenhund an Bord. Ich muss gestehen, ich bin begeistert, dass es den Tieren gelingt, ihr Geschäft für die Flugdauer zu halten“, schwärmte sie.

„Ja, bewundernswert. Und dass es Bescheinigungen dafür gibt, die einem die langen Flüge erlauben, ist skurril", ergänzte ich, was uns beide zum Lachen animierte. Dass ich eine kleine faltbare Schüssel für den Notfall im Handgepäck hatte, erwähnte ich nicht.

Tatsächlich hatte mich mein Trainer vor einem halben Jahr darüber informiert, dass Rios Blase trainiert sei, bis zu neun Stunden auszuhalten. Er hätte eine offizielle Bescheinigung für lange Flüge. Dies war eine Voraussetzung, als meine Eltern ihn mir schenken wollten. Zwar gab es die Möglichkeit, ihn im Frachtraum mitzunehmen, aber die Strapazen hätte ich ihm niemals zugemutet. Rio war mittlerweile mein bester Freund, ich vertraute ihm und nicht selten förderte er Kontakte.

Am Flugzeugeingang am Ende der Passagierbrücke hielt Rio an, um mir eine Veränderung anzuzeigen. Jetzt wurde es enger und ich ließ ihn nach dem Weg suchen. Die Stewardess bat ich, an dem Platz stehenzubleiben, um Rio das Hindernis anzuzeigen. Da es derselbe Platz wie letztes Jahr war, wusste ich, dass wir lediglich einmal rechts abbiegen mussten und dann am Ziel ankamen. Rios Führgeschirr, das für ihn Arbeit bedeutete, nahm ich ab und gab es der Stewardess. Ebenso meine Jacke. Jetzt galt es, sich hinzusetzen, bevor die anderen Passagiere einstiegen. Stolz auf meinen tierischen Kameraden streichelte und lobte ich ihn für seine Arbeit.

Nun hatte er sozusagen fast frei, daher ließ ich ihn mit der flachen Handfläche nach unten vor meinen Füßen ablegen. Glücklicherweise blieb der Mittelplatz frei und am Gang saß eine Frau, die auf Rio freundlich reagierte. Er war definitiv ein Menschenmagnet und erleichterte mir sämtliche Erklärungen zu meiner Erblindung. Zudem stimmte seine Anwesenheit die Menschen, auf die ich traf, zugänglicher und hilfsbereiter. Ganz abgesehen von meiner Einsamkeit, die er mir Tag um Tag schmälerte. Was so ein Blindenführhund nicht alles vermochte.

Obwohl Rio bescheinigt bekommen hatte, seine Blase unter Kontrolle halten zu können, und es ihm auch gelang, war ich bei der Ankunft in Paris erleichtert. Mein Vater wartete vor dem Ausgang und ich fiel ihm stürmisch in seine kraftvollen Arme. Er hatte mir unsagbar gefehlt. Mein Fels in der Brandung und gleichzeitig mein stilles Gewissen. Seitdem ich Rio hatte, war seine Sorge um mich fast verflogen und unser losgelöstes Verhältnis zwischen Vater und Tochter war wieder eingekehrt. Ein großer Segen, denn es war eine Folter, wenn der Familiensegen schief hing.

„Hallo Rio. Erkennst du mich?", fragte er und ich spürte, wie Rio mit dem Schwanz wedelte, aber treu arbeitend an meiner Seite blieb.

„Sei so lieb und lass uns schnell zum Auto gehen und irgendwo anhalten, wo er sich erleichtern kann", bettelte ich. Ich litt mit ihm.

„Wir halten an der Tankstelle, da ist eine Baumreihe", erklärte mein Vater und wir setzten uns in Gang. Mein Vater nahm das Gepäck und lief zu meiner Rechten. Rio an seinem Führgeschirr an meiner Linken. Am Fahrzeug angekommen, berichtete mir mein Vater von einer Hundebox, die im Kofferraum stand und in die mein vertrauter Freund hineinsprang. Keine fünf Minuten später hielten wir erneut und ich ließ Papa mit Rio an die Bäume stapfen.

Jetzt war ich also zurück in Paris. Heute war der dreiundzwanzigste Dezember. In zwei Tagen würde ich Antwort auf meine Frage bekommen. Wie gern hätte ich Kit eine Nachricht geschickt und gefragt, ob er auch schon in der Stadt war, aber natürlich zügelte ich meine einjährige Ungeduld. Meine Uhr am Handgelenk verriet die Uhrzeit. Genau zehn Uhr am Vormittag und das Wetter war diesig bei elf Grad. Für ein paar Atemzüge öffnete ich die Beifahrertür und lauschte dem Rauschen der Flugzeuge am Himmel und Boden. Leichter Benzingeruch wehte von den Zapfsäulen der Tankstelle zu mir hinüber. Dazwischen roch es nach französischem Boden, einem Hauch Lavendel, Parfum und Baguette. Wasser lief mir im Mund zusammen, als ein Duft von frischen Croissants in meine Nase stieg. Gerüche waren Verbündete, die das Herz berührten. Mir könnte man Städte in Gläser abfüllen, ich würde sie erriechen.

„Ist hier eine Bäckerei?", fragte ich, als ich Rio an seinem Glöckchen am Hals erkannte.

„Ja. Hast du Hunger?"

„Wenn mich nicht alles täuscht, dann hat Maman gebacken und wartet mit gedecktem Tisch auf uns", neckte ich ihn.

„Meinst du wirklich? Wir könnten wetten", höhnte mein Vater durch die Heckscheibe, die geöffnet war, um Rio in die Box springen zu lassen. Ein Piepen ertönte, die Heckklappe fuhr herunter und mein Vater stieg ein.

„Die Wette verlierst du", sagte ich und lachte.

„Auf jeden Fall", sagte er, stimmte in mein Lachen ein und startete den Motor.

Zuhause angekommen, wartete das versprochene Frühstück auf uns. Der Duft von Butter und Hefe wehte uns bereits im Hausflur entgegen.

„Elsa, endlich." Meine Mutter knutschte mich herzlich ab und lockte uns sofort an den Tisch.

„Für Rio stehen eine Schüssel Wasser und Fressen bereit. Willst du ihn hinführen?"

„Gern", antwortete ich und führte ihn an die Wand der Küchenzeile. Sofort hörte ich das Schlürfen des Wassers und ein Schmatzen, das kurz darauf ertönte. Da er einige Wochen bei meinen Eltern gewohnt und mit Emma die Gegend erkundet und eingeprägt hatte, war Rio praktisch in seinem zweiten Zuhause. Am Tisch zündete ich mit einem Streichholz die beiden dicken Kerzen an, die auf breiten Ständern standen. Danach frühstückten wir ausgiebig. Gierig verschlang ich drei Croissants, aß zwei Rühreier und trank mehrere Cafés au lait. Mehrfach stöhnte ich vor Genuss und erwischte mich, mit vollem Mund zu sprechen. Meine armen Eltern vermieden, das Thema rund um mein Wiedersehen mit Kit anzusprechen. Beinahe konsequent sprachen sie über alles andere, obwohl ich ihnen insgeheim unterstellte, nur an das Treffen zu denken. Vielmehr an den Ausgang der Verabredung. Ich schwieg ebenfalls. Kit wurde nicht erwähnt und doch schwirrte sein Geist in jeder Sekunde durch die vier Wände der Familie Moreau.

„Wollen wir später eine Runde in den Parc Monceau laufen? Rio kennt den Weg. Dann kann er sich ein wenig von der Arbeit erholen", fragte meine Mutter. Ich roch förmlich ihre Neugier und sagte zu. Ich hatte sie schmerzlich vermisst und dieses Jahr wollte ich die Zeit mit meinen Eltern voll auskosten.

Oben in meinem Zimmer packte ich zunächst meine wenigen Kleidungsstücke, die ich unbedingt hatte mitnehmen wollen, in den Schrank. Alles andere passte mir von letztem Jahr und da ich mich nach wie vor farblich auf schwarz und weiß fixierte, änderte sich meine Garderobe nur minimal. Dennoch fieberte ich dem morgigen Shopping-Tag mit meiner Mutter und neuen Kleidungsstücken entgegen, auch wenn die Stadt an diesem Tag zu explodieren drohte. Gerade wollte ich mich auf mein Bett legen, um mich ein wenig auszuruhen, spürte ich etwas auf der Bettdecke liegen. Wenn ich mich nicht irrte, dann lagen dort eine Jogginghose und ein Sweatshirt. Mit den Händen ertastete ich den Stoff. Irgendwie kam er mir bekannt vor.

„Maman, was liegt hier auf dem Bett?", rief ich und hörte, wie meine Mutter die Treppen hinauflief. Ihre Schritte waren leiser und im Gegensatz zu meinem Vater schnaufte sie nicht.

„Kannst du das nicht erraten?", fragte sie. In ihrer Stimme lag Heiterkeit.

„Er kommt mir bekannt vor", antwortete ich und fühlte erneut den weichen Stoff.

„Das ist der Jogginganzug von Kit. Er hat ihn vor seiner Abreise hier vorbeigebracht und mich gebeten, ihn dir bei deiner Ankunft zu geben."

Damals hatte ich in das Hotelkissen geheult und Kit hatte einen Umweg zu meinen Eltern gemacht. Von jetzt auf gleich jauchzte ich vor Glück, sprang auf meine Mutter zu und umarmte sie.

„Er wird da sein. Mach dir keine Gedanken", beruhigte sie mich.

„Meinst du wirklich? Es ist ein ganzes Jahr vergangen und wir haben kein Wort miteinander gesprochen. Ich vermisse seine Stimme. Niemals hätte ich diese blöde Idee aussprechen dürfen, uns nicht zu kontaktieren. Das Jahr war der reinste Horror", motzte ich über meine dämliche Entscheidung und löste mich von ihr.

„Tja, da bist du selbst dran schuld. Vielleicht kannst du jetzt das Vergangene auf sich beruhen lassen. Es wird wirklich Zeit Elsa, dem Leben wieder zu vertrauen."

„Ich weiß."

„Und den Rest über dein Horrorjahr kannst du mir später erzählen. Ich bereite das Mittagessen vor und wir gehen in einer Stunde mit Rio, in Ordnung?"

Ich nickte und wandte mich erneut meinem Bett zu. Schnurstracks kroch ich unter die Bettdecke und schnappte den Jogginganzug. Tief saugte ich den Duft ein. Unter dem Waschmittel meiner Mutter lag ein zarter Duft meiner Lieblingsfrucht Mango. Irgendwo in den Fasern hatte sich Kits Körpergeruch verewigt. Den Stoff fest umklammert schloss ich die Augen und schlummerte erschöpft und beseelt zugleich ein.

Der Geruch von Zwiebelsuppe weckte mich. Keine Frage, ich hatte länger als eine Stunde geschlafen, wie mir anschließend meine im Zimmer verankerte digitale Assistentin bestätigte. Unten angekommen klapperte Geschirr, meine Mutter trällerte ihre Balladen und Rio lief mir entgegen. Ich streichelte und lobte ihn, mir ein treuer Freund zu sein, der auf mich wartet.

Dann wandte ich mich meiner Mutter zu und lief Richtung offener Küche.

„Warum hast du mich nicht geweckt? Wir wollten doch spazieren gehen", sagte ich und gähnte.

„Genau deshalb. Den Schlaf hast du gebraucht und dein Vater ist mit Rio um die vier Ecken gegangen. Er schläft, weil er gestern und heute Nachtschicht hat."

„Ach so", sagte ich und gähnte erneut. „Wollen wir trotzdem eine Runde gehen? Ich würde mich freuen, mit Rio in den Park zu gehen. Das hat er sich wahrhaftig verdient."

„Nach dem Essen. Setz dich. Es geht gleich los."

„Prima. Ich könnte einen Bären verdrücken", sagte ich und nahm Platz. Genüsslich löffelten wir zu zweit die Zwiebelsuppe, tunkten Baguette hinein und aßen still unsere Lieblingsspeise. Kurz schossen Erinnerungen an den Aufstieg in die weiße Basilika empor. Damals hatten meine Oberschenkel von der Anstrengung gezittert. Der Schnee wehte uns im Turm um die Ohren und Kit hatte mir die Hose über die Hüften gezogen und war in mich gedrungen. Kurz stockte mir der Atem bei dem Gedanken an seine Berührungen und ich ließ den Löffel fallen.

„Was ist? Ist sie zu heiß? Verbrenn dir nicht die Zunge!", ermahnte mich meine Mutter. Dass ich an andere Dinge mit meiner Zunge dachte, behielt ich für mich und schüttelte stattdessen den Kopf.

Nach dem Essen ging ich kurz auf Toilette, zog mir die gefütterte Lederjacke von letztem Jahr und die Baskenmütze an. Beinahe war alles wie vor zwölf Monaten.

Nur, dass ich jetzt einen Begleithund mithatte und lediglich minimale Gewissheit verspürte, Kit auf jeden Fall wiederzusehen.

Unser Spaziergang war ein gutes Training für Rio und mich. Als wäre er die letzten Monate hier und nicht in New York gewesen, erkannte er jede Straße, jeden Bordstein und führte mich geradewegs in den nahegelegenen Park. Hier löste ich sein Geschirr und die Leine und freute mich für ihn. Meinen Blindenstock klappte ich auseinander und setzte ihn ein, obwohl meine Mutter den Weg angab.

„Was hast du nur für ein Glück mit dem Hund. Er ist außergewöhnlich gelehrig und treu."

„Das ist er, und mit ihm war das letzte halbe Jahr erträglicher", sagte ich.

„Hast du dir nicht die Zeit mit schönen Ausflügen vertrieben?"

„Doch, hab ich. Aber keiner hat mich so abgelenkt, dass ich Kit vergessen hätte ", umschrieb ich die hundert anderen Eigenschaften, die Kit zu dem außergewöhnlichen Mann zauberten.

„Er wird da sein. Da bin ich mir zu hundert Prozent sicher. Fragt sich nur, wie es dann mit euch weitergeht. Du bist zwar dieses Mal zwei Wochen da, aber deine Prüfungen stehen im Frühjahr an und in New York hast du als Sängerin bessere Chancen. Wir haben zwar immer gehofft, du würdest zurückkommen, aber dein Erfolg liegt uns natürlich am Herzen. Mit einer solchen Stimme geboren zu werden, bringt auch Verantwortung mit sich."

Das stimmte, und darüber hatte ich mir ebenfalls schon mehr als einmal den Kopf zerbrochen. Auch wusste ich, dass meine Eltern deshalb einen Hund aus Frankreich bevorzugt hatten. Wenn ich zurückkehrte, sollte er sich in Paris auskennen.

„Ich habe keine Ahnung, Maman. Ich weiß nur, dass ich ihn wieder und wieder treffen will. Keine Ahnung, was passiert, wenn er übermorgen nicht auftaucht."

Sekündlich wechselten meine Gefühle in Angst, Traurigkeit, Beklemmung, Freude, Ekstase, Depression, Leichtigkeit, Glück. Sie spielten mit meinen Nerven ein grausames Spiel, das ich niemandem wünschte. Trotzdem gab es nur eine Option das ganze Gefühlschaos zu stoppen. Indem ich achtundvierzig Stunden absaß. Wir sprachen noch über dies und das. Meine Mutter über ihre Arbeit als Kunstlehrerin, Highlights, die sie erlebt hatte. Sie sprach von den vielen Nachtdiensten meines Vaters, die beiden an die Substanz ging. Wir alle schätzten den Beruf meines Vaters, aber wir hatten auch Angst um ihn. Als Ehepartner waren ihre Sorgen und der Verzicht sicher größer. Ein wenig konnte ich ihren Kummer, den ich in ihrer Stimme hörte, nachempfinden. Liebe war nicht nur ein ewiger Kreislauf des Glücks. Sie glich einem Buch mit heiteren und traurigen Kapiteln. Man musste den Mut haben, die Seiten umzublättern und mit Mut und offenen Herzens das nächste Kapitel aufzuschlagen.

Zuhause kuschelte ich mich mit Rio auf das Sofa im Wohnzimmer und schaltete den Fernseher ein. Ganze drei Weihnachtsklassiker zog ich mir rein, aß Chips und trank eine Flasche Rotwein. Die zweite trank meine Mutter, die sich beim letzten Film zu mir gesellte, kurz nachdem Papa zum Dienst aufgebrochen war. Übermüdet verabschiedete ich mich halbtrunken von meiner Mutter, die mir versprach, Rios letzte Runde zu übernehmen. Tief und traumlos fiel ich in den Schlaf und wachte ohne Kater und mit neuem Mut am nächsten Morgen auf. Bereit für das nächste Kapitel.

Heute gab es eine zweite Runde frischer Croissants, nur hatte sich mein Appetit wieder normalisiert. Papa war bereits aus der Nachtschicht zurück, mit Rio gelaufen, hatte gefrühstückt und schlief. Maman und ich stärkten uns, ich duschte und zog mich an.

„Wo wollen wir shoppen gehen?", fragte meine Mutter, als wir die Wohnung verließen.

„In der Rue de Rivoli und dann ab in die Gassen." Förmlich sah ich meine Mutter grinsen. Emma und ich waren zum achtzehnten Geburtstag versöhnlicher als sonst und in einer Shisha-Bar, in der man Wasserpfeifen rauchen konnte, versackt. Nachdem wir uns nach einem Shopping-Marathon von unseren Eltern abgeseilt hatten. Sie fanden uns vollkommen benebelt und als Quittung mussten wir die Heimfahrt, die uns mit der Metro untersagt wurde, selbst finanzieren. Maman und Papa hatten uns in der Gasse stehen lassen. Nach drei Jahren konnte man darüber lachen, aber damals hatten wir anschließend tagelang Kopfschmerzen und durften keinen einzigen Schultag schwänzen. So sehr sie uns Vertrauen einpflanzten, nahmen sie uns in die Selbstverantwortung, die nicht immer Zuckerschlecken war.

Heute blieben wir alle den gesamten Vormittag zusammen und ich ergatterte einen schwarzen Steppmantel aus veganem Leder, den mir meine Mutter anriet. Sie meinte, er wäre in der jungen Szene der letzte Schrei und es wäre doch schön, wenn ich mich trauen würde, ein wenig nach dem Trend zu gehen, statt ewig und drei Tage unauffällige Kleidung zu tragen. In Gedanken an Kit stimmte ich zu und war ebenso mit Schnürboots und Leggings einverstanden. Schwarz, aber einverstanden. Eine Strickmütze, die oversized auf meinem Kopf saß, gab den letzten Schliff, von dem Maman behauptete, sie würde gut zu meinen hellblonden Haaren passen. Der Pony verschwand, aber dafür lugten rechts und links meine Haarsträhnen geschwungen hervor.

In dem Outfit und mit leichten Fußschmerzen erreichten wir unser Zuhause, zogen uns um und tranken einen Kaffee. Nun begannen die Vorbereitungen für unser weihnachtliches Réveillon. Wie immer startete unsere Zeremonie mit Leckereien. Heute entschieden wir uns für Lachs, der beim Probieren so zart war, dass ich ihn mit der Zunge zerdrücken konnte. Ich genoss die Vorbereitungen in vollen Zügen und betete innerlich um Frieden mit Emma.

Während ich die Biskuitrolle fertigte, mir von der sprechenden Waage die Maßeinheiten nennen ließ, Sahne schlug und Schokolade schmolz, dachte ich an letztes Jahr. Ich hatte meine Mutter mit den Vorbereitungen komplett alleingelassen. Das schlechte Gewissen überrannte mich in Lichtgeschwindigkeit.

„Tut mir echt leid, dass ich dich letztes Jahr damit im Stich gelassen habe", sagte ich in ihre Richtung. Reue war auch ein Jahr später ein ekliges Gefühl.

„Lieb, dass du das sagst. Ehrlich gesagt, habe ich dich verstanden. Ich würde die Liebe auch langweiliger Küchenarbeit vorziehen, und wenn der Champagner noch so gut schmeckt. Er prickelt niemals wie Schmetterlinge im Bauch.“

Diese Einstellung und ihr Einfühlungsvermögen liebte ich an meiner Mutter mehr als alles andere auf der Welt. Ihre Weitsicht und Geduld waren legendär.

„Danke, Maman. Du bist die Beste.“ Ich ließ das Handrührgerät los und ging auf sie zu. Tastend suchte ich nach ihrem Kopf und gab ihr einen dicken Kuss auf die Wange.

„Warte mal“, sagte sie und ging einen Schritt zur Seite.

Klatsch, hatte ich etwas Weiches, Kaltes im Gesicht. Jetzt überprüfte ich, was ich da auf der Wange hatte. Es war die Schokoladencreme.

„Oh, du Biest“, rief ich, suchte nach meiner Schüssel und einem Löffel und lud ihn voll. „Wo bist du? Komm schon. Sag etwas“, motzte ich, musste aber gleichzeitig lachen.

„Piep“, machte es auf drei Uhr und keine Sekunde später feuerte ich den vollen Löffel wie ein Katapult in ihre Richtung.

„Ätsch, nicht getroffen.“ Sie prustete und ich wollte erneut in die Schüssel greifen. Aber die war verschwunden. Von jetzt auf gleich landete eine ganze Hand mit Schokoladencreme in meinem Gesicht.

„Von wegen verständnisvoll. Ätsch. Das hätte ich letztes Jahr mit dir machen sollen. Aber ehrlich gesagt, finde ich es heute lustiger.“ Sie gackerte und ich stimmte ein. Nur mit meiner Mutter konnte ich lachen, bis der Arzt kam. Wir kugelten uns und anschließend rutschte ich als i-Tüpfelchen auf der Creme aus und landete mit meinem Po in dem Geschmiere. Für manchen Außenstehenden mochte das eine nicht zu tolerierbare Sauerei sein, als Erwachsene zusätzlich albern oder kindisch, aber meine Mutter hatte ihr eigenes Ventil, um mit den Herausforderungen des Lebens umzugehen. Nicht jeder mochte das verstehen. Ich tat es.

„Warte, zieh dich am besten gleich aus und geh unter die Dusche. Ich mach hier sauber und dann fangen wir von vorne an. Einverstanden?"

Ich nickte und zog mich aus, was meine Mutter zu einem neuen Lachanfall brachte, weil mein Gesicht nach wie vor mit Soße beschmiert war. Das musste ausgesehen haben, als sei ich in Rios Hundehaufen gefallen, aber ich verzieh ihr. Immer. Im Prinzip war ich glimpflich davongekommen. Tausend Mal besser als vor einem Jahr in den schwingenden Höhen der Airline. Mit Kaffee bis auf die Unterhose. Die anschließende Haarewaschprozedur war weniger elegant. Es brauchte vier Waschgänge, um das Fett zu entfernen. Ohne Chanel-Outfit als Belohnung.

Der Heiligabend verlief friedlicher wie vermutet. Emma trank zwar die übliche Menge an Alkohol, aber sie provozierte mich kein einziges Mal. Auch ihr herzlicher Umgang mit Rio stimmte mich milde und die Tatsache, dass er hin und wieder ihre Nähe suchte.

Wir schnabulierten bis zur Mitternachtsmesse, betraten dann den Balkon und hörten die Glocken der entfernten Kirche. Meine Nervosität hatte nachgelassen.

Dafür hatte mein Vater gesorgt. Zwischen den Mahlzeiten spielten wir Riech-Verstecken, wobei sich unser Vater natürlich nicht wirklich verstecken musste, sondern lediglich an einen Ort seiner Wahl hinzustellen hatte, und wir seinen Standort erriechen mussten. Emma war in dem Spiel kaum zu schlagen, aber heute Abend war ich feinfühliger und schneller und erntete jedes Mal eine liebevolle Umarmung meines Vaters. Voller Warmherzigkeit drückte er mich an sich und versöhnte damit meine angespannten Nerven. Beim letzten Durchlauf ließ ich Emma gewinnen, obwohl ich Papa sofort gerochen hatte. Jedes Mal verlieren ließ meine Schwester zu einer Furie dans la sacre nuit mutieren.

Auf dem Balkon hatten wir uns aufgereiht, umarmt und lauschten dem Glockengeläut. Links von mir stand mein Vater, rechts neben mir Emma und neben ihr Maman. An dem Begriff Heiligabend war schon was dran. So distanziert Emma und ich über das Jahr hin waren, in diesem Augenblick herrschte Frieden.

Mitten in der Nacht wachte ich schweißgebadet mit kräftigem Herzrasen auf. Ein grausamer Traum aus lautem Sirenengeheul, schreienden Menschen und warmes, nach Eisen riechendes Blut in meinen Händen hatte mich heimgesucht. Helle Kreise tanzten vor meinem inneren Auge und symbolisierten die weiße Basilika. Mit einem Mal liefen mir Tränen über die Wangen. Ich fühlte mich verloren und einsam und der Herzschmerz saß tief. Schnell stand ich auf, bevor ich wieder einschlief und sich der Traum wie eine Endlosschleife wiederholte. Erst setzte ich mich auf die Bettkante und trank einige Schlucke Wasser. Dann trottete ich in mein Badezimmer und wusch mir mit kaltem Wasser das Gesicht ab. Nur langsam beruhigte sich der Herzschlag und noch langsamer kehrte ich in mein Bett zurück. Von meiner digitalen Assistentin ließ ich mir einige Witze erzählen. So lange, bis mir die Angst nicht mehr im Nacken saß. Was dauerte.

Mit allen Kräften versuchte ich mir Kits beruhigende Hand auf meinem Kopf vorzustellen, Berührungen an meinem Arm, zärtliche Küsse. Alles, was mich besänftigte. Doch die körperlichen Erinnerungen an seine Nähe waren verblasst. Was war, wenn es morgen nur eine einzige geben würde? Die, einer einsamen Elsa an der Schlittschuhbahn mitten auf der ersten Etage des Eiffelturms? Wahrscheinlich war mein Traum eine Angstgeburt, redete ich mir ein. Sowas konnte schon vorkommen. Das wusste schließlich jeder. Mir gut zuredend schlief ich wieder ein. Die Sirenen begleiteten mich jedoch aus der Ferne in jeder Schlafsequenz. Erst am frühen Morgen sank ich noch einmal in ein ruhigeres Traumland. In wenigen Stunden war es soweit. Ich würde wissen, was ich Kit wert war.

Emma lümmelte bereits auf dem Sofa und hatte sich einen Tee gekocht. Kleinere Provokationen, in denen sie den heutigen Tag als Tag der Tage benannte, ließ ich unkommentiert. Stattdessen warf ich den Milchwächter in einen Topf, schäumte diese nach dem Piepen auf und goss sie in eine Tasse Kaffee. Unsere Eltern schliefen noch, deshalb übernahm ich im Anschluss an mein Getränk den Morgenspaziergang mit Rio. Auch wenn sich Emma vor seiner Ankunft bei mir um ihn gekümmert hatte, war klar, dass die Verantwortung für ihn in meinen Händen lag.

An seinem Führgeschirr leitete er mich geradewegs in den Park. Ich gab ihm das Kommando, mir eine Bank zu suchen, die er prompt fand, und ich mich darauf niederließ. Rio entließ ich aus seinen Pflichten und löste die Leine. Ein Akt des Vertrauens, den ich genoss. Allerdings hörte ich kurz darauf zwei kläffende Hunde, die sich auf etwas zu stürzen schienen. Rio bellte, was er selten tat. Dann knurrte er, was er noch nie getan hatte. Schließlich hörte ich rasche Schritte auf dem Kies, die von den immer noch kläffenden Hunden begleitet wurden.

„Sie können doch Ihren Hund nicht hier rumlaufen lassen", keifte mich eine Frau an diesem schönen Morgen an.

„Eigentlich schon. Rio kennt sich hier aus und verhält sich freundlich", konterte ich ebenso freundlich. Schließlich glichen sich Mensch und Tier des Öfteren.

„Aber er hat meine Zwergschnauzer angegriffen. Haben Sie das nicht gesehen?", zeterte sie weiter.

„Nein. Das habe ich nicht *gesehen*. Rio hat noch nie andere Hunde angegriffen. Kann es sein, dass sie ihn zuerst attackiert haben? Es hörte sich so an", erklärte ich immer noch versöhnend und mit der Betonung auf das Wort gesehen.

„Dann sollten Sie mal Ihre Augen aufsperren und den Hund an der Leine lassen. Wenn der richtig zubeißt, dann sind meine kleinen Hunde tot", gab sie sich ihrer Theatralik hin.

Jetzt wurde es mir langsam zu bunt. „Schön, dass Ihre Augen so gut funktionieren. Meine sind seit meiner Geburt blind und Rio ist ein Blindenhund. Er beißt überhaupt niemanden. Und schon gar nicht tot. Und jetzt nehmen Sie Ihre provokanten Viecher und lassen mich in Ruhe. Frohe Weihnachten", schmetterte ich ihr entgegen und stand vehement auf. Bestimmend rief ich nach Rio, der sofort angerannt kam und sich von mir trotz der kläffenden Köter an seiner Seite friedlich das Führgeschirr anlegen ließ. Dann gab ich das Kommando, den Rundweg entlang zu laufen, und verzog mich mit meinem treuen Freund. Leute gab es auf diesem Planeten! Kein Wunder, dass so mancher Tiere den Menschen vorzogen.

Zuhause angekommen, fröstelte es mich ein wenig, deshalb nahm ich ein wärmendes Bad und schwelgte in Erinnerungen und Zukunftsvisionen. Im Laufe des Tages sollte es einen Temperatursturz geben, der sich jetzt schon bemerkbar machte. Schnee wie letztes Jahr hatte es in diesem Winter nicht gegeben. Maman hatte mir bei ihren Nachrichten oft von einem besonders nassen Herbst und Nieselwetter berichtet. Jetzt fror der nasse Film auf den Straßen und verwandelte Paris in kleine Glatteis-Arrondissements. Deshalb wollte mich Papa heute keinesfalls mit der Vespa kutschieren, sondern bat mich, mir später ein Taxi zu bestellen.

Mit jeder Minute häuften sich die Schmetterlinge in meinem Bauch, die jene ganzjährigen Zweifel wie banalen Staub wegpusteten. Jetzt saß ich mit meinen neuen Schuhen, dem lässigem Steppmantel und in Kits

Jogginganzug mit Rio im bestellten Taxi und war bis zum Zerplatzen erregt

„Danke. Ich weiß nicht, was ich mache, wenn er nicht da ist."

„Das ist Bullshit, Elsa. Er hat den Jogginganzug vorbeigebracht."

„Du hast Recht. Er wird da sein." Ich versprach, mich bei ihr zu melden und legte auf.

Mein Vater hatte mit Rio den Weg von der Seine seitlich durch den Park trainiert. Am Zielort gab ich dem Taxifahrer vor lauter Freude fünf Euro Trinkgeld und verließ den Wagen. Ich ließ mich von Rio Richtung vorderem Aufzug rechts führen, wo ich mich durchfragte und von einer zusätzlichen Begleitperson geführt wurde. Der Aufzug war brechend voll. Wie mein Gehirn, das sich Millionen Bildern hingab und sich doch für keines entscheiden konnte. Jeden Moment würden wir im ersten Stock ankommen. Wieder trommelte mein Herz einen haitianischen Tanz in Pariser Gassen. Nur wenige Minuten fehlten, bevor sich mein Traum erfüllen oder zerplatzen würde.

Hektisch atmend verließen wir den Aufzug und wurden zur Eisbahn gebracht. Ich bedankte mich und verharrte an der verabredeten Stelle. Mein Gehör focht eine Challenge mit sich selbst. Im Hintergrund schliffen Kufen auf dem harten Eis und kratzen Kurven. Kinder und Erwachsene lachten. Weihnachtschansons liefen blechern aus Lautsprechern. Stimmengewirr wirbelte dreihundertsechzig Grad um meinen Kopf. Und dann roch ich ihn. Mir stockte der Atem. Ich schluckte hart. Zwei Hände umarmten meine Taille und ich sog mein Mango-Sorbet mit einem tiefen Atemzug ein. Und all der Liebe, die ich ein Jahr für ihn aufgestaut hatte.

„Du bist gekommen“, hauchte er mir ins Ohr. Sein Atem kitzelte meinen Hals. Ich wollte etwas sagen, blieb aber stumm. Ich wollte mich umdrehen, blieb jedoch versteinert. „Elsa“, hauchte er und innerhalb einer Millisekunde setzte ich mich in Gang, drehte mich um und blieb zitternd vor ihm stehen.

„Küss mich, Kit. Küss mich wach“, bettelte ich und er gehorchte. Nichts hatte sich verändert. Die Weichheit seiner Lippen, die zarten Berührungen seiner Finger an meinen Wangen, die Zunge, die zärtlich in mich eindrang und mich zum Spielen animierte, sein Geschmack, der mich ins Traumland entführte. Wir waren wieder zusammen und wie lange wir es sein würden, war mir genauso egal wie vor einem Jahr.

Minuten vergingen, in denen wir den Geschmack des anderen aufsaugten, bis wir unsere Lippen voneinander lösten und tief atmeten.

„Ich wusste, dass du kommst. Jetzt werde ich dich nicht mehr loslassen, Elsa Moreau“, flüsterte Kit und streichelte mir zärtlich mit der Rückseite seiner Finger über meine Wange.

„Das musst du auch nicht. Ich gehöre dir. Für jetzt und solange, wie es dauert“, antwortete ich verliebt über beide Ohren.

„Das können wir jetzt gemeinsam bestimmen. Mit dem Chanel-Anzug und dem wunderbaren Freund an deiner Seite. Darf ich ihn streicheln? Wie heißt er?“

„Das ist Rio, mein Blindenführhund. Ja, streichle ihn. Er ist großartig. Rio hat sogar eine Bescheinigung, dass er über Flugstrecken nicht pinkelt, ist das nicht verrückt?“ Ich lachte gelöst. Mir war zu allem zumute. Beflügelt von Kits Anwesenheit, von den verflogenen Zweifeln, von meinem strotzenden Selbstwert und letztendlich von dem ekstatischen Gefühl der sehnsüchtigen Liebe.

„Das ist grandios. Er wirkt treu und freundlich.“

„Schön, dass du ihn magst. Er gehört jetzt zu uns.“

„Perfekt.“ Erneut wandte sich Kit Rio zu, streichelte ihn und lobte ihn für seine Treue. Dann griff Kit nach meiner Hand. Sofort kribbelte jede Zelle meines Körpers und zauberte mir ein Lächeln auf meine Lippen.

„Hast du lange gewartet?“, fragte Kit mit seiner rauchigen Stimme.

„Ein Jahr“, antwortete ich schlagfertig.

„Nicht ganz. Es waren dreihundertdreiundsechzig Tage, du Schummlerin“, neckte er mich, wie damals und küsste mich ohne Ankündigung erneut. „Ich konnte nicht aufhören, an dich zu denken. Dass du hier bist, ist das Beste, was in diesem Jahr passiert ist. Mir war, als ob mein Leben seinen Glanz verloren hat. Ohne dich ist mein Leben ohne Freude.“

„Mir ging es genauso“, flüsterte ich und suchte gierig nach seinen Lippen, sog den Geruch, den ich schmerzlich vermisst hatte, ein und legte meinen Kopf an seine Brust. Seine Nähe wärmte mein Herz, obwohl es hier oben kalt und ungemütlich war.

In dieser Einheit standen wir einige Minuten und sagten nichts. Genossen das Wiedersehen, die Berührung des Körpers, den wir vermisst hatten. Das Kratzen der Schlittschuhe auf dem Eis, die Musik und das Geplapper der Eiffelturmbesucher wurden von seinem Herzschlag übertönt. Als wären meine Ohren auf Kitkanal gestellt.

„Ich habe zwar Schlittschuhfahren gelernt, aber willst du das wirklich, oder lieber was anderes?" In seiner Stimme lag purer Sex. Natürlich wollte ich nicht kaltes Eis unter meinen Füßen, sondern einen heißen Haitianer, der mich zum Schwitzen bringt, in einem Bett.

„Was anderes", krächzte ich beinahe und hätte am liebsten Flügel ausgebreitet, die uns ans andere Ende von Paris tragen. Direkt in sein Hotel.

„Dann lass uns gehen", sagte er lüstern und ich schenkte ihm ein Lächeln, das er hoffentlich sah. „Aber vorher fehlt noch etwas", kündigte er an und im nächsten Moment fühlte ich unsere Handschelle an meinem rechten Handgelenk. „Rio kann eine Pause einlegen. Ich führe dich nach unten. Treppe, nicht wahr?"

„Definitiv. Ihr Sehenden habt die Aussicht, ich brauche das Maß der Höhe."

Rio in der linken Hand, mit Kit auf der rechten verbunden fühlte ich mich doppelt abgesichert. Seine Erklärungen waren so exakt wie letztes Jahr. Ruhig und präzise, jeder Schritt saß.

Rio hielt dennoch bei jedem Treppenansatz an. Fast gleichzeitig mit Kits Anweisungen, so dass ich Treppe um Treppe flüssig abstieg.

„Wir sind fast unten. Die Ameisen werden größer." Seinen Humor hatte ich vermisst und stimmte mit ein. Mir waren schon Ameisen über die Hände gelaufen und im Biologieunterricht hatten wir ein vergrößertes

Modell erfühlt, wie alle anderen Tiere auch. Ich erinnerte mich an Kits Geschichte von dem Riesen und seinen Zwergen und schwelgte in den Erinnerungen an unsere gemeinsamen Tage, als ich plötzlich einen unkontrollierten Schritt auf den Riffelblechstufen ausführte.

Der rechte Fuß knickte um, ich strauchelte und fiel vorne über.

„Elsa. Nein", schrie Kit und ich spürte, wie mein rechter Arm über die Handschelle nach unten gerissen wurde. War Kit vor mich gesprungen? Dumpfe Schläge ertönten, ich fiel auf einen Körper. Auf Kit, der unter mir laut stöhnte. Rio jaulte und riss an der Leine. Dann schrien mehrere Menschen durcheinander. Nur Kits Stimme fehlte.

„Kit, Kit, was ist mit dir? Sag doch was? Kit", schrie und schluchzte ich liegend auf dem Mann meiner Träume, doch ich erhielt keine Antwort.

„Beruhigen Sie sich. Wir holen einen Krankenwagen", sagte ein Mann, der sich bemühte, ruhig zu klingen.

„Was ist passiert? Kit?", rief ich erneut aufgeregt.

„Ihr Mann ist verletzt. Können Sie sich aufrichten? Warten Sie, ich löse Sie von der Handschelle."

Alle Glieder zitterten. Ich hatte einen Schock. Die Fessel am Gelenk löste sich und jemand half mir auf die Beine, aber ich sackte sofort wieder zusammen. Im Hintergrund hörte ich Sirenen. Menschen tuschelten, aber ich konnte kein Wort verstehen. Der Mann führte mich auf eine Stufe, auf der ich zitternd kauerte. Was war mit Kit passiert? Warum hörte ich ihn nicht? Rio leckte mir die Hände ab, die sich an meinen Knien festkrallten. Die Sirenen waren jetzt ohrenbetäubend unter uns. Fußgetrampel auf den Stufen, als sei eine Horde wilder Tiere auf der Flucht.

„Zur Seite."

„Hallo, können Sie mich hören?"

„Nehmen Sie bitte den Aufzug."

„Machen Sie Platz für den Notarzt."

„Hallo, können Sie sich bewegen?"

„Wie heißen Sie?"

„Wo tut es weh?"

„Können Sie mich verstehen?" Auf Englisch, Französisch, Spanisch.

„Was ist mit Ihnen?", wandte sich mir jemand zu, aber ich konnte nicht antworten. Zitterte weiter, hielt meine Knie fester.

„Können Sie mich verstehen?", fragte mich eine Frau auf Englisch. Ich konnte nicht antworten. Jemand legte mir eine Decke um, aber ich zitterte weiter.

„Wir brauchen hier eine zweite Bahre", forderte die Frau. „Ihnen wird gleich geholfen."

Ich zitterte unaufhörlich. Die vorhandene Panik steigerte sich. Mein Atem beschleunigte sich und wurde lauter. Schwindel und Übelkeit überkam mich. All die Euphorie wandelte sich in pure Verzweiflung und unsagbare Ohnmacht. Das war der schlimmste Moment in meiner Blindheit. Plötzlich hörte ich einen schrillen Schrei. Ich war es selbst.

„Was ist mit Kit passiert?", schrie ich auf Französisch und war senkrecht in die Höhe geschossen. „Sagen Sie mir, was mit meinem Freund passiert ist. Ist er tot?"

Meine Stimme überschlug sich, ich schluchzte und heulte verzweifelt.

„Beruhigen Sie sich. Ist das ihr Freund? Wissen Sie seinen Namen? Welche Sprache spricht er?", fragte mich die weibliche Stimme und hielt mich am Arm fest.

„Das ist Kit Zarou. Er kommt aus Haiti und spricht Französisch. Das ist mein Freund." Ich schluckte. „Bitte sagen Sie mir, ob er lebt", flüsterte ich heulend.

„Er lebt und ist bei Bewusstsein. Kann sich aber nicht bewegen und nicht sprechen. Mehr können wir zu diesem Zeitpunkt nicht sagen. Wir würden ihn mitnehmen und Sie auch, um bei Ihnen innere Verletzungen auszuschließen. Haben Sie jemanden, den Sie kontaktieren können?"

In Trance entsperrte ich mein Handy, drückte auf das Symbol für meinen Vater, wählte und hielt der Frau das Telefon entgegen.

Sachlich erklärte sie den Vorfall und wohin man uns brachte. Dann gab sie mir das Telefon zurück und bat mich, sitzen zu bleiben, bis die zweite Trage ankam.

Ich nickte nur und nahm die ärztliche Versorgung von Kit wahr. Schnallen, Rollen, Fußstapfen, Stimmen, eine Mischung aus mechanischen und menschlichen Hilfeleistungen, die meine Panik schürten und einen Gedanken formten.

Kit war für mich gefallen.

Würde er wegen mir sterben?

9

Auf der Krankenbahre ging alles recht schnell. Man legte mir eine Infusion an, die meine Nerven gezwungenermaßen stilllegten. Im Krankenhaus wurden innere Blutungen ausgeschlossen. Einige Schürfwunden an der Hüfte und meiner rechten Hand und Wange brannten erst Stunden später. Rio war auf einer Decke im Rettungswagen mitgekommen. Der Sanitäter meinte, von einem Hund würden weniger Bakterien ausgehen als von dem ganzen Blut, Urin, Erbrechen und Sonstigem, was er sonst im Rettungswagen über sich ergehen lassen musste.

Im Krankenhaus wurde Rio an der Anmeldepforte abgegeben. Meine Eltern waren kurz nach mir eingetroffen und hatten ihn ins Auto gebracht. Mit Engelszungen redete ich auf die Krankenschwestern und den Arzt ein, mir eine Auskunft über Kits Gesundheitszustand zu geben. Ihr Herumdrucksen beängstigte mich noch mehr, als ich ohnehin schon war. Der einzige Lichtblick war die Erlaubnis, meine Telefonnummer zu hinterlassen, falls sich etwas Neues ergab. Als Freundin von Kit wollten sie mich informieren. Ob ich weitere Angehörige ausfindig machen konnte, bejahte ich.

Meine Eltern versprachen, sofort im Hotel auf Haiti anzurufen.

Am frühen Abend wurde ich mit Schmerztabletten und dem Hinweis, mich einige Tage auszuruhen, entlassen.

Im Auto sagte ich kein Wort. Zum einen, weil ich von der Infusion zugedröhnt war, zum anderen, weil es mir die Sprache verschlagen hatte. Rio tröstete mich am meisten. Er durfte bei mir auf der Rücksitzbank liegen und legte seinen Kopf auf meine Oberschenkel.

Zu Hause baten mich meine Eltern, mich auf das Sofa zu legen. Ich war zu schwach, um zu widersprechen. Über Google fand meine Mutter Kits Blog und das Hotel der Eltern mit entsprechender Telefonnummer. Glücklicherweise war es in Haiti sechs Stunden zurück und damit Mittagszeit. *Maman* erklärte so besonnen wie möglich, was passiert war und bat uns zu informieren, sobald sie nähere Einzelheiten erfuhr.

„Kit hat eine sehr nette Mutter. Die arme Frau. Sie ist verzweifelt und macht sich furchtbare Sorgen. Sie hat versprochen, sich bei uns zu melden", sagte sie und setzte sich auf den Sessel zu meiner Rechten.

„Ich hasse meine Blindheit", sprach ich zum ersten Mal laut aus, was ich schon häufiger gedacht hatte.

„Ich weiß", sagte meine Mutter. Mehr nicht.

Stunden vergingen, in denen ich halb schlafend, halb wachend auf dem Sofa verbrachte, lahmgelegt für das Leben und blind vor Liebe durch eine fiese Laune der Natur. Im Hintergrund zogen Handlungen im Fernseher an mir vorbei, denen ich nicht folgte. Von Menschen, die wie ich ein Leben hatten. Aber ich hatte nur

Aufmerksamkeit für mein eigenes, das ich in diesen Stunden hasste, wie kein anderes. Ein Teil von mir fühlte sich tot an. Gestorben auf dem Eiffelturm. Und nirgendwo gab es einen Kokon, in dem ich mich verkriechen konnte. Abwartend auf ein neues, bunteres, freudvolleres Leben. Fliegend und den Sommer des Lebens genießend. Der Schmerz in der Brust brannte alles nieder. Ich wusste jetzt einmal mehr, dass ein Herz brechen konnte. Ein Mensch konnte durch ein gebrochenes Herz sterben.

Würde sich der Schmerz durch meine Zellen fressen bis ich aufgab, wenn auch Kit meinetwegen sterben würde?

Ein weiterer Mann, der seine Liebe zu mir mit dem Leben bezahlen musste?

Wie Pierre damals?

Ein Anruf kurz vor Mitternacht nahm meine Mutter entgegen. Als sie das Telefonat beendete, atmete ich hektisch. Kit hatte mehrere Rippen- und Beckenbrüche und die Schulter war angebrochen. Es gab keinerlei innere Verletzungen. Alles würde zwar große Schmerzen verursachen und eine lange Rehabilitation erfordern, aber heilen. Ein Meer aus Tränen lief unkontrolliert über meine Wangen. Doch dann kam die Botschaft, die mir den Todesstoß in mein verletztes Herz trieb. Der Sturz hatte Kit einen Schlag gegen die Halswirbel verpasst, die wiederum den Kehlkopf und die Stimmbänder gequetscht hatten. Die Konsequenz war der Verlust der Stimme.

Kit war stumm.

Das Sofa verwandelte sich in eine Wolke aus gasförmigem Betäubungsmittel. Die Stimmen meiner Eltern nahm ich aus der Ferne wahr. Sie zogen an mir. Zerrten mich von der Wolke auf den Balkon. Besänftigende Worte bewirkten das Gegenteil. Ich grollte beim Atmen, während im Hintergrund Paris meinen Schmerz ignorierte und sein *La vie en rose* fortsetzte. Mein Augenlicht war nicht nur schwarz gefärbt, jetzt war auch mein Leben ein *vie en noir*. All die Wut, die Verzweiflung, der Schmerz und eine Portion Wut gegen mich selbst, dass ich Kit doch hätte aus meinem Herzen verbannen sollen, um ihn zu schützen, wollten gleichzeitig dem Paris der Liebe eine Kampfansage bieten. Innerhalb einer Millisekunde explodierten alle Emotionen in mir und ich schrie so laut und kraftvoll wie nie zuvor in die Dunkelheit über die Dächer der Metropole. Immer und immer wieder. Gleichzeitig weinte ich bitterlich. Ich schrie, bis meine Kehle brannte und ich nur noch krächzte, dann sackte ich auf die Knie und schluchzte in meine Hände. All die Tapferkeit, die ich über zwei Jahrzehnte ertragen hatte, löste sich in Luft auf. In diesem einen Moment über den Dächern von Paris.

Erst Minuten später nahm ich die Arme wahr, die sich tröstend von rechts und links auf meine Schultern gelegt hatten. Wie so oft hielten meine Eltern die Stellung. Was hatten sie nur für ein Schicksal mit zwei blinden Töchtern. Woher nahmen sie all die Kraft, dieser Endgültigkeit zu trotzen und ihr Positives abzugewinnen?
Zum ersten Mal stellte ich alles in Frage, obwohl ich keine Gedanken formen konnte. Nur den einen eines riesengroßen Fragezeichens der Vergangenheit, Gegenwart und Zukunft meines Lebens.

„Kit ist für mich gesprungen. Weil ich gestolpert bin. Weil ich blind bin. Ich bin schuld. Schon wieder“, sagte ich mit wackliger Fistelstimme.

„Elsa. Du bist blind geboren und daran hat keiner Schuld. Kit ist für dich gefallen, weil er dich schützen wollte. Es war seine Entscheidung“, erklärte mein Vater sachlich.

„Nein. Wir waren mit den Handschellen verbunden. Es ist alles meine Schuld. Meine Blindheit hat nicht nur euer Leben verdorben, sondern auch Kits. Ich werde mir das niemals verzeihen.“

Im Hintergrund läuteten Glocken zum Ende der Messe. Der Straßenverkehr bestand aus einer rauschenden Komponente, die niemals versiegte. Ebenso wie Gelächter und Schreie. Paris interessierte sich nicht für Kit oder meinen Schmerz. Der Stadt war meine Blindheit egal, Kits Verletzungen ebenfalls. Wir waren nur Spielbälle der Metropole. Sie ließ sich ihren Ruf als Stadt der Liebe nicht durch das Schicksal zweier Menschen ruinieren.

Kraftlos schleppte ich mich vom Balkon, ließ meine Eltern stehen, deren Blicke ich auf mir haften spürte, und suchte wacklig mein Bett auf. Samt Kleidung ließ ich mich fallen und starrte in meine lebenslange Dunkelheit. Bis ich einschlief.

Von fürchterlichen Schmerzen am Handgelenk, welches mich mit Kit in die Tiefe gerissen hatte, erwachte ich spät in der Nacht. Ohne Schmerzmittel brannten die aufgeschürften Stellen. Schweiß- und Blutgeruch vermischte sich mit Desinfektionsmittel und bildete einen zum Erbrechen widerlichen Geruch. Ich fragte meine digitale Assistentin nach der Uhrzeit und erfuhr, dass es viertel vor fünf war. Ohne Tabletten würde ich nicht weiterschlafen können und der Gestank an meinem Körper glich einer Leichenhalle.

Die Tür ging auf. Ein Lichtstrahl fiel aus dem Flur in mein Zimmer.

„Brauchst du etwas, Elsa?", fragte meine Mutter. Wie oft sie schon instinktiv in mein Zimmer gekommen war. Seit zweiundzwanzig Jahren war ihre Intuition mit meinen Handlungen verbunden und die meines Vaters für Emma. Eine schlaue Aufteilung elterlichen Verhaltens.

„Kannst du mir die Tabletten bringen? Es tut so weh", krächzte ich einem neuen Heul-Schreikrampf nah. Meine Stimmbänder waren enorm in Mitleidenschaft gezogen worden. Eine weitere Heulattacke würde mich in neue Schmerzsphären heben.

„Was genau tut weh?"

„Frag mich, was nicht wehtut. Mein gesamter Körper tut mir weh. Samt Herz und Seele." Ich setzte mich auf die Bettkante.

„Bleib sitzen. Ich hole die Medikamente", sagte sie betont leise und schlich die Wendeltreppe hinab. Kurze Zeit später erschien sie wieder und setzte sich neben mich. Zwischenzeitlich hatte ich das Licht eingeschaltet und war kurz auf die Toilette gegangen.

„Mach deine Hand auf."

Ich hielt ihr die linke entgegen und sie legte mir zwei Tabletten in die Handinnenfläche. Mit der rechten pickte ich zuerst eine Kapsel auf, dann eine längliche Tablette mit einem Schlitz in der Mitte. Nacheinander legte ich sie auf die Zunge.

„Hier ist eine Flasche Wasser." Meine Mutter berührte mit der Flasche meine Hand. „Der Deckel ist schon abgedreht."

Ich nahm die Flasche, trank einige Züge und schluckte die Wundermittel hinunter.

„Kannst du ein wenig bei mir bleiben bis die Tabletten wirken?", bat ich kraftlos. Eigentlich wollte ich sie fragen, ob sie mich im Bad waschen könnte, aber die Schmerzen saugten mir jedwede Energie fort. Die Leichenhalle siegte mit ihrem abartigen Geruch.

„Das hast du mich schon lange nicht mehr gefragt, Elsa. Gerne. Gib mir die Flasche."

Maman konnte hellsehen. Ihre Augen waren meine und sie kannte exakt meinen Handlungsablauf. Wir agierten wie ein eingeschweißtes Team. Langsam ließ ich mich auf mein Kopfkissen sinken. Das wenige Licht, das ich wahrnahm, erlosch und die Schritte meiner Mutter näherten sich meinem Bett. Dann kroch sie auf meiner linken Seite unter die Bettdecke und schnaufte. Sofort liefen mir die Tränen, ich wandte mich ihr zu und umarmte sie wie ein kleines Kind. Richtig, sie hatte schon lange nicht mehr neben mir im Bett gelegen. Das letzte Mal war, als das Unglück mit Pierre war. Das war jetzt Jahre her und trotzdem empfand ich nach wie vor denselben Schmerz. Als ob er sich aus dem Untergrund zurückmeldete.

Gab es so etwas wie ein Schmerzgedächtnis? Und würde ich noch mehr davon aushalten müssen? Das Leben zog an den Schubladen und wir hatten uns mit den Emotionen abzufinden?

Unter der Decke in den Armen meiner Mutter fühlte sich der Schmerz zwar noch genauso an, aber mir war, als ob ich ihn nicht alleine tragen musste. Im Inneren der Brust tobte ein Messer und zerschnitt mein Herz. In kleine Fetzen, die das Leben oder ich zu heilen hatten.

„Es tut so weh in der Brust", klagte ich, meine Tränen kurz stoppend. Kit würde vielleicht niemals wieder sprechen können und das meinetwegen. Die Schuld lähmte mich. „Ich schäme mich so", ergänzte ich und heulte wieder los. So lebendig und voller Freude, wie ich mich vor vierundzwanzig Stunden erlebt hatte, ebenso verletzt und zerstört sah es jetzt in meiner Seele aus. Meine Mutter sagte kein Wort. Hielt mich. Eine ihrer Hände streichelte meinen Kopf, bis ich vor Erschöpfung und den Tabletten erneut einschlief.

Im Traum brach der Boden unter mir auf und ich hielt mich am Abgrund fest. Alles war dunkel und ich allein. Ich fiel und zappelte verzweifelt. Keiner fing mich auf oder hörte die Seelenschreie. Der Boden unter mir war mir entzogen worden und niemand konnte meinen Fall aufhalten. In das Dunkel. In den Schmerz. In die Einsamkeit.

Der Ganzkörperschmerz ließ mich erneut erwachen und ich tastete nach links. Das Bett war leer.

„Wie viel Uhr ist es?", grummelte ich.

„Es ist neun Uhr und vierundzwanzig Minuten", gab die nüchterne Stimme der digitalen Assistentin bekannt.

Von unten roch es nach frischen Croissants und die Stimme meiner Schwester war nicht zu überhören. Das übliche Weihnachtsfrühstück fand unter mir statt. Mir war eher nach Leichenschmaus. Langsam richtete ich mich auf und stellte mich auf die wackligen Beine. Ich zitterte und mir war von den Tabletten und dem langen Liegen schwindlig. Deshalb kehrte ich zum Bett zurück und setzte mich auf die Kante. Ich brauchte Hilfe.

„*Maman*?", rief ich nach unten. Stuhlrücken, Schritte, Treppe.

„Guten Morgen, mein Kind. Hast du wieder Schmerzen? Warte, ich geb dir Tabletten."

„Kannst du mit mir ins Bad gehen? Ich weiß nicht, wo ich mich nicht waschen darf. Mir ist, als ob der ganze Körper geprügelt wurde." Und die Seele.

„Selbstverständlich. Nimm erst mal die Tabletten und wir warten noch eine Viertelstunde, bis sie wirken. Dann gehen wir ins Bad, einverstanden?"

Ich nickte und nahm erneut die Kapsel und die große Tablette, tastete nach der Flasche am Bettrand, öffnete sie und trank.

„Rufst du, wenn die Schmerzen nachlassen? Magst du ein Croissant oder Kaffee?"

„Ich krieg nichts runter", krächzte ich und vergrub mich unter der Bettdecke. Essen war Energie. Wozu sollte ich welche brauchen.

„In Ordnung. Bis gleich", sagte sie und lief nach unten. Wieder hörte ich Schritte. Hatte sie etwas vergessen oder brachte sie mir doch ein Croissant in der Hoffnung, dass ich es essen würde?

Jemand kam auf leisen Sohlen in mein Zimmer und ich wusste sofort, wer dieser Jemand war.

„Elsa? Es tut mir so leid, was passiert ist. Kann ich irgendetwas für dich tun?"

Meine Schwester stand vor meinem Bett und ich wünschte mich in einem Kokon, aus dem ich bestimmte, wann ich mich der Welt zur Verfügung stellte.

„Darum hatte ich dich so oft gebeten. Jetzt kannst du nur noch die Asche aufsammeln."

Autsch. Ohne es beabsichtigt zu haben, hatte ich meiner Zwillingsschwester verbal eine Ohrfeige verpasst.

„Wir haben uns doch früher auch gegenseitig geholfen, wenn es einem von uns mal schlecht ging", widersprach sie mir und setzte sich mütterlich auf meine Bettkante. Wie ich das hasste.

„Genau. Früher. Bevor du mir wegen Pierres Tod die Schuld gegeben hast. Das müsste für dich doch ein innerer Vorbeimarsch sein, dass ich jetzt wieder an einem Unglück schuld bin. Nur dieses Mal ist es mein eigener Freund und nicht deiner. Das dürfte dir gefallen." Wut und Verzweiflung hatten sich meiner Zunge bemächtigt. Ich konnte nicht anders, als Emma zu meiner Zielscheibe auszuwählen.

„Was weißt du schon über meine Gefühle von damals? Wenn du glaubst, dass ich deshalb nicht mit dir geredet habe, dann irrst du dich gewaltig. Und kennen tust du mich offensichtlich kein bisschen. Deine Gedanken über mich sind so was von krank. Ehrlich, Elsa. Pfui", schmetterte sie mir entgegen und verließ mein Zimmer.

Kaum war sie unten angekommen, wetterte sie so lautstark über mich, dass ich sie bis in mein Zimmer hören konnte. „Ich glaube, ich habe mich mein Leben lang in meiner Schwester getäuscht. Man sagt immer, Zwillingsgeschwister fühlen den Schmerz und die

Freude des anderen mit, aber Elsa ist weit davon entfernt."

Was hatte sie damit gemeint? War der Grund für ihre damalige Verschwiegenheit ein anderer, als mir die Schuld an Pierres Tod zu geben?

So sehr mir auch eine Lösung für die alte Geschichte am Herzen lag, forderte mein Seelenschmerz vollen Fokus auf das Überleben von Kit. Emma war jetzt nebensächlich. Sie konnte von mir aus bleiben, wo der Pfeffer wuchs. Kit lebte. Das war mein einziger Trost. Aber ob ich mir jemals den Sturz verzeihen würde oder die Idee, ihn vor lauter Verliebtheit körperlich an mich zu ketten? Auf wie viele Hindernisse würde er bei einem Leben an meiner Seite noch stoßen? Gab es für eine Blinde und einen Stummen überhaupt die Chance auf ein glückliches Leben, wenn einer an dem Schicksal des anderen schuld war?

Meine Gedanken überschlugen sich und meine Glieder erzitterten. Was war mit mir los? Hatte ich eine Panikattacke?

„Maman?", krächzte ich, aber niemand kam. *„Maman, Maman, Maman"*, schrie ich. Endlich hörte ich rasches Fußgetrampel.

„Was ist?", fragten sie und mein Vater gleichzeitig.

„Ich weiß es nicht. Mir geht's gar nicht gut. Ich muss brechen. Mir ist schwindlig. Ich ..." Weiter kam ich nicht, bäumte mich auf und erbrach das bisschen Wasser auf den Fußboden.

„Elsa, um Himmels willen. Du hast immer noch einen Schock." Meine Mutter setzte sich auf meine Bettkante. „Hol mir einen nassen Waschlappen", bat sie meinen Vater, der ins angrenzende Bad ging.

Wasser rauschte. *Maman* schob irgendetwas unter meine Beine und lagerte sie hoch.

„Achtung, jetzt wird es frisch an deinem Kopf, Elsa. Nicht erschrecken", kündigte sie an und im nächsten Moment berührte der nasse Waschlappen meine Stirn. Zuerst zitterte ich weiter. *Maman* streichelte meinen Arm und wendete einige Male den Waschlappen.

Dann sagte mein Vater: „Mach den Mund ein wenig auf. Ich gebe dir ein paar Tropfen gegen die Schmerzen. Die Tabletten sind mit dem Erbrochenen wieder rausgekommen."

Gottergeben gehorchte ich.

Erinnerungen an ähnliche Erlebnisse hatte ich nicht. Selbst bei Pierre nicht. Sein Tod tat weh, aber alles, was folgte, hinterließ Wunden. Die Ignoranz meiner Schwester, die von jetzt auf gleich begann. Meine Verbündete, Schwester und gleichzeitig beste Freundin, die mir das Leben geschenkt hatte, war verloren gegangen. Francine, die ich aus meinem Leben verbannte, weil sie mit ihrer Anwesenheit die Erinnerungen wachgerufen hatte.

Das hier war eine neue Form des Schmerzes. Beängstigend und fundamental. Mir war die Grundlage für einen Sinn in meinem Leben abhandengekommen. Ohne Kit würde es in meinem Leben schwer werden. Aber mit ihm und der Schuld im Nacken war es hoffnungslos.

Nach und nach hörte ich auf zu zittern. Meine Atmung beruhigte sich, der Schmerz außen und innen wurde betäubt. Zum x-ten Mal sackte ich weg. Ohne Dusche, stinkend und vollgepumpt mit Medikamenten.

Am Nachmittag erwachte ich erneut. *Maman* hatte an meiner Seite gewacht und fragte mich, ob wir nun ins Bad wollten. Definitiv. Der Schwindel hatte nachgelassen und die Schmerzen waren erträglich. Noch auf der Bettkante zog ich mich aus. Obwohl ich selbständig laufen konnte, stützte sie mich an meinem linken Arm, was ich geschehen ließ.

Vorsichtig wusch sie zuerst mein Gesicht, dann die Glieder. Einige Stellen kündigte sie an, weil Brennen vorprogrammiert war. Höllisches Brennen, aber ich gab keinen Laut von mir. Anschließend reichte sie mir den Waschlappen für den intimen Bereich.

„Ich möchte die Stellen noch desinfizieren, Achtung, es brennt jetzt noch mal an der Hüfte." Tat es. Erneut höllisch. Weitere Stellen kündigte sie an und versorgte sie.

„Möchtest du noch die Zähne putzen?" Ich nickte. „In Ordnung. Ich such dir was Bequemes zum Anziehen raus. Einverstanden?" Ich nickte erneut und reinigte meine Zähne.

Seit gestern Abend hatte es nur den Weg vom Bad ins Bett und wieder zurückgegeben. Kraft, mich anderem zu widmen, fehlte mir. Den Kokon hatte ich mir gewünscht und kreiert. Ungern würde ich ihn jetzt schon verlassen. Für was auch?

Deshalb setzte ich mich wieder auf den Bettrand und *Maman* gab mir ein Kleidungsstück nach dem anderen.

„Hat der Anzug von Chanel was abgekriegt?" Ein Test, wie gnädig der liebe Gott war. Kits Namen brachte ich nicht über die Lippen.

„Ja, leider. Vielleicht können wir bei Chanel anfragen und ein Chanel-Abzeichen kaufen. Dann könnte ich es über den Riss nähen", bot *Maman* an. Ich schwieg. „Willst du nicht zu uns runter kommen? Dein Vater macht sich Sorgen, dass dein Kreislauf absackt und du hier oben allein bist." Es war sicher nicht der Kreislauf, der meinen Vater beunruhigte. Dachte er etwa, ich würde mir etwas antun?

„In Ordnung. Ich komme mit runter, aber ich will nichts reden müssen", verhandelte ich.

„Gut."

Gemeinsam gingen wir die Treppe hinab. Geschwächt hakte ich mich bei meiner Mutter unter. Auf dem Sofa angekommen, grub ich mich unter die Decke und legte meinen Kopf seitlich auf das Kissen.

„Wollen wir zusammen einen Film hören? Vielleicht *Betty und ihre vier Schwestern* oder *Wie ein einziger Tag?*", fragte Emma. Ihre Stimme klang aufheiternd und ehrlich bemüht. Tat ich ihr unrecht und sie sorgte sich ernsthaft um mich? Würde es zwischen uns endlich wieder leichter werden?

„Können wir machen", stimmte ich versöhnlich zu. Teilweise hatten wir die passenden Bücher gelesen oder Hörbücher gehört. Die dazugehörigen Filme ließen wir laufen, wenn wir uns nicht vollständig auf die Geschichte einlassen, sondern sie im Hintergrund an uns vorbeiziehen lassen wollten. Die unkommentierten Szenen füllten wir mit den Erinnerungen an dieselbigen im Buch oder wir ignorierten sie schlichtweg. Ich nahm an, dass Emma zum DVD-Schrank lief. Meine Vermutung bestätigte sich, als kurz darauf die Stimme des PenFriend zu hören war, ein stiftähnliches Gerät,

das mithilfe von Aufklebern vorher aufgenommene Informationen wiedergeben konnte.

*Twilight, Ghostbusters, Das Glücksprinzip, Die Geis-
ter, die ich rief, Doktor Schiwago, Wie ein einziger Tag.*

„Na endlich", stöhnte Emma. Bekannte Geräusche
von der DVD-Hülle, die aufgeklappt wurde, Emmas
Hand, die nach dem Recorder tastete, dann nach den
Tasten und schließlich ihrem Hinsetzen waren Alltag
für mich, um meine Umgebung wahrzunehmen. Kurz
darauf ertönte bereits der Anfang der Liebesgeschichte.
Ob ich mir damit nicht ins eigene Fleisch schnitt, einen
romantischen Film anzuhören? Drama hatte ich doch
gerade selbst genug. Kraftlos ließ ich den Anfang des
Films an mir vorüberziehen. Die junge Liebe zwischen
Noah und Allie, die aus unterschiedlichen gesellschaft-
lichen Schichten stammten, und voneinander getrennt
wurden. Aber er ging ja gut aus. Vielleicht brachte er
einen Funken Hoffnung in mein Herz.

Irgendwann gesellte sich meine Mutter in die Runde
und kommentierte einige Stellen, die in der Blinden-
version, in der auch Grimassen erklärt wurden, nicht
erläutert wurden. Feinheiten, von denen sie wusste,
dass sie uns beiden besonders gefallen würden. Als
Noah im Film sein Haus fertiggebaut hatte, wurden wir
durch das Klingeln meines Handys unterbrochen. Ich
schoss in die Höhe, erstarrte aber jäh, als das Telefon
mir den Anrufer mitteilte. Anruf von Kit Zarou, sagte
die Stimme. Ich war starr vor Angst.

„Soll ich dran gehen, Elsa?", fragte meine Mutter und
ich nickte rasch.

„Hallo. Hier ist Madame Moreau. Elsas Mutter."

Die folgende Stille brachte mich um den Verstand. Wild pochte mein verletztes Herz gegen sein Gefängnis.

„Ich verstehe. Ich sage es ihr. Vielen Dank, dass Sie sich gemeldet haben. *Au revoir.*"

Unsicher, ob ich wissen wollte, was gesagt worden war, starrte ich Richtung Fernseher.

„Kit ist aufgewacht und hat der Krankenschwester aufgeschrieben, sie soll dich anrufen. Er schreibt, er liebt dich", berichtete meine Mutter und legte ihre Hand auf meine, die sich in meinen Oberschenkel krallte.

„Es wird alles gut werden, Elsa. Versprochen", sprach sie mir zu. Schluchzend hielt ich den Kopf zwischen meine Hände.

„Wie kann er mich lieben, wenn ich sein Leben zerstört habe?", jammerte ich.

„Elsa, du hast sein Leben nicht zerstört. Seine Wunden werden sicher heilen. Du musst aufhören, dir die Schuld zu geben. Seine Mutter ist zwar schon auf dem Weg nach Paris, aber Kit braucht dich jetzt, mehr als alles andere", erklärte meine Mutter.

Kits Mutter war auf dem Weg nach Paris? Würde sie uns besuchen kommen und mich sehen wollen? Diejenige kennenlernen, für die ihr Sohn fast gestorben wäre?

„Aber wenn ich nicht gewesen wäre, dann wäre das alles nie passiert!"

„Hör auf damit!", mischte mein Vater sich vom Esstisch ein.

„Ich weiß nicht, ob ich das kann. Ob er mir jemals verzeihen kann? Ob er jemals wieder ein Wort sagen kann? Und wenn ja, kann ich damit leben? Womit soll ich denn noch alles leben können?" Von Satz zu Satz war ich lauter geworden und die letzte Frage hallte als Schrei durch den Wohn- und Essbereich.

„Verdammt, Elsa. Hör auf, dich in etwas hineinzusteigern", schimpfte mein Vater. „Kit braucht Zeit und die Ärzte tun, was sie können. Der Unfall ist erst gestern passiert. Dir wird noch einiges im Leben widerfahren. Gewöhn dich dran", schnaubte er. Resolutheit schwang in seiner Stimme. Aber auch ich wurde mir über eines klar. Ich wollte nie wieder für einen Unfall aus Liebe verantwortlich sein.

Kit ließ mich noch eine Woche lang jeden Tag anrufen. Botschaften der Liebe, bettelnde Wünsche, ihn zu besuchen. Meine äußeren Wunden heilten. Die inneren nicht. Paris war für mich zum Albtraum geworden. Erneut. Warum hatte ich aus Pierres Tod nicht gelernt und Kit von Anfang an lediglich als Liebelei gesehen? Der Tag, an dem ich zurück nach New York fliegen sollte, nahte. Ein zweites Mal war die Metropole ein Zufluchtsort. Nur dieses Mal war auch ich verliebt und das Herz blutete und blutete.

Immer wieder versuchten mich meine Eltern zu überreden, Kit unbedingt zu besuchen. Er braucht dich. Schau doch, er liebt dich. Du bist nicht schuld. Kit grollt dir nicht. Alles Sätze, die meine Gefühle von Schuld und Scham nicht eliminierten. Im Gegenteil. Je länger ich hierblieb, desto stärker wurde die innere Blockade. Was für ein Leben hätte ich ihm bieten können? Er stumm, ich blind? Was für eine Ironie des Schicksals. Sollten wir uns über den Computer unterhalten?

Nach den Anrufen hatte Kit angefangen, mir Nachrichten zu schicken, die ich mir vorlesen ließ. Intensive Zeilen, die seine Gefühle und Gedanken widerspiegelten. Ich brach mehrfach in Tränen aus und fühlte mich unter Druck gesetzt, ihn in diesem Drang, mich zu halten, auch noch zu unterstützen. Liebe war nicht, den anderen über seine Grenzen hinaus an sich zu binden. Man konnte auch in Liebe loslassen. Dass sich Loslassen wie das Herauskotzen seiner eigenen Gedärme anfühlte, wurde allerdings in keinem Buch erwähnt. Und wie sich das Leben danach anfühlen würde, ebenso wenig. Ich musste irgendwie einen Schlussstrich unter dieses Dilemma ziehen, doch wie sollte ich das anstellen, wenn ich mich nicht einmal mit Rio vor die Tür traute? Einerseits sehnte ich mich nach einem Besuch, andererseits würde diese Nähe den Schmerz nur vervielfachen. Aber wie zur Hölle konnte ein Schlussstrich aussehen?

Jetzt saß ich am Frühstückstisch und hatte es geschafft, eine Orange und ein Joghurt zu essen. Meine Eltern hatten mich gewarnt, mich nicht in den Flieger steigen zu lassen, wenn ich mich weiterhin weigerte, Nahrung zu mir zu nehmen. Essen war somit meine Eintrittskarte zur Flucht. Zudem hatte ich mir vorgenommen, heute das erste Mal mit Rio in den Park zu laufen, damit sich meine Eltern diesbezüglich sicherer fühlten. Es war der zweite Januar und morgen früh flog ich zurück. Ich zählte die Stunden, bis ich außer Reichweite meiner Eltern war und gänzlich zusammenbrechen konnte. Von den Beruhigungstabletten nahm ich ohne ihr Wissen die doppelte Dosis. Das würde ich nicht ewig verheimlichen können, wenn ich meinen Aufenthalt in Paris verlängerte. Genauso wenig wie den tiefen Schnitt im Herzen.

Emma war seit Kits Unfall nur einmal in ihre eigene Wohnung zurückgekehrt, um ein paar Sachen zu holen. Aufopfernd und liebevoll bemühte sie sich, meine schlechte Laune zu ertragen und mich aufzumuntern. Das letzte Schicksal hatte uns auseinandergetrieben. Brachte uns dieses wieder zusammen? Ich hoffte es inständig, auch wenn ich nach wie vor in Habachtstellung war. Als ich ankündigte, mit Rio spazieren zu gehen, bot sie ihre Begleitung an, die ich ablehnte.

„Das ist lieb, Emma, aber ich möchte ein wenig allein sein. Ich brauche auch keinen Babysitter." Autsch. Ich hatte mich derart an unser fieses Miteinander gewöhnt, dass ich Zeit zum Umdenken benötigte.

Würde es mit Francine auch Anlaufschwierigkeiten geben, wenn wir wieder zueinander finden würden? Zu gerne hätte ich sie jetzt an meiner Seite gewusst, mit ihr über alles gesprochen, aber ich hatte keine Kraft für diesen Neustart, auch wenn sie mir noch so fehlte.

„In Ordnung. Ich wollte nur für dich da sein", sagte sie. In ihrer Stimme schwang Resignation.

„Danke trotzdem", grummelte ich, mich an das neue Elsa-Emma-Duo gewöhnend, und stand auf. Langsam ging ich den gewohnten Weg zur Garderobe, zog mich an und rief Rio zu mir. Vor Freude fiepte er, rannte von mir zu Emma, die ihn abwimmelte und zu mir schickte, damit ich ihm das Führgeschirr überziehen konnte.

„Du gehörst wohl zu denen, die sich auf die Arbeit freuen, was?", sprach ich ihn an und tätschelte ihm am

Kopf. Der Moment, in dem ich auf die Straße trat, glich dem Tor zur Freiheit. Eine frische Brise wehte mir um die Nase, einige Vögel zwitscherten, es roch nach Frühling, obwohl das Jahr erst zwei Tage alt war. Rio nahm gewissenhaft seine Tätigkeit als Blindenführhund auf. Ja, dieser Hund führte mich definitiv durch den Alltag. Geschult achtete er auf jedes kleine Hindernis und brachte uns beide sicher an unser Ziel.

„Such Bank", gab ich beim Erreichen des Parks den Befehl und wenige Augenblicke später hielt Rio an.

„Brav, Rio", lobte ich und gab ihm ein Leckerli aus meiner Jackentasche. Mit der Handfläche tastete ich die Bank ab. Feuchtigkeit lag auf dem Kunststoff, sowie einige Blätter, die ich wegwischte, und mich setzte. Rio ließ ich von der Leine. Zweimal würde ich die hysterische Kuh mit ihren Zwergschnauzern sicher nicht treffen.

Kaum saß ich eine Minute, als das Handy erneut klingelte. Anruf von Kit Zarou, sprach es. Ob er mich auch nach einem Jahr noch anrufen würde? Selbst dann würde ich nicht abheben, zumal ich ihn bei jedem Anruf verzweifelt im Hintergrund erahnen würde. Das war keine Basis für Glück. Das Klingeln wirkte wie ein Schrei seiner Sehnsucht, die ich nicht befriedigen konnte. Noch wollte. Endlich endete der Ton und ich atmete auf. Rio kam angelaufen. Das Glöckchen an seinem Hals war ein zuverlässiges Signal. Wieder streichelte und belohnte ihn mit einem Hundedrops. Und schwups, rannte er wieder weg.

Nachricht von Kit, ertönte es aus meiner Sprachfunktion. Irgendwann musste er doch aufgeben! Mich aufgeben.

Tief einatmend gab ich den Befehl, vorzulesen. Mit wildem Pochen meines Herzens, das keine weitere Verletzung mehr ertragen würde.

bitte vergib mir, dass ich dich nicht in Ruhe lassen kann. Ich habe dich vor einem Jahr kennenlernen dürfen und mich schon am Flughafen Hals über Kopf in dich verliebt. Das eine Jahr ohne dich war schlimmer als das Erdbeben auf Haiti. Diese Wunde hast du in der ersten Sekunde unseres Wiedersehens heilen können. Niemals wieder wird es einen Menschen geben, der mich so berührt, den ich so begehre, mit dem ich sicher bin, jeden Moment des Lebens glücklich zu sein. Selbst jetzt, wo ich meine Stimme verloren habe, denke ich nur an dich. Ich vermisse dich von ganzem Herzen. Warum du dich nicht meldest, weiß ich nicht. Glaubst du, wir können auf diese Weise nicht zusammenfinden? Kannst du mich ohne meine Stimme nicht mehr lieben? Oder fühlst du dich schuldig an dem Unfall?
Seit Tagen versuche ich darauf Antworten zu bekommen. Aber ohne dich werde ich mir wohl falsche oder richtige zusammenreimen müssen. Mit aller Kraft bemühe ich mich, Antworten zu finden, die mich nicht an deiner Liebe zweifeln lassen. Es war doch alles echt zwischen uns, oder?
Auch darauf wirst du sicher nicht antworten. Ich bin zerrissen.
Meine Heilung geht gut voran. Die Rippenbrüche tun beim Atmen weh, aber ich bin tapfer und folge den Anweisungen, mit einer Pfeife zu trainieren. Was mir we-

gen der Stimmbänder ebenso schwerfällt. Die Gedanken an dich erleichtern mir die Aufgaben, auch, dass meine Mutter da ist und mir Trost schenkt. Sie ist eine wunderbare Frau. Ich wünschte, ihr hättet euch kennengelernt.

Was auch immer der Grund für dein Schweigen ist, wohl oder übel werde ich ihn akzeptieren müssen. Ob ich jemals darüber hinwegkomme, weiß ich nicht. Aber mir ist wichtig, dass du eines weißt: Ich bin für dich gefallen.

Es war meine Verantwortung. Ich liebe dich und ich wäre auch noch tiefer gesprungen, um dich zu schützen. Wenn das zu viel Liebe für deinen Geschmack ist, dann entschuldige ich mich dafür und gebe dich frei. Es wird mich für immer zerreißen, aber besser mich, als dich.

Elsa, dies ist nun das letzte Mal, dass ich mich bei dir melde. Vergib mir meine Liebe für dich. Lebe glücklich!

Dein Kit

Schon während die blecherne Stimme die Worte formte, liefen die Tränen über meine Wangen, beim letzten Satz weinte ich bitterlich. Die Brust tat so weh. Ich konnte an gebrochenem Herzen sterben.

„Hören Sie, junge Dame. Mir ist zwar nicht bekannt, was Ihnen beiden widerfahren ist, aber ich finde, dieser Kit verdient eine Antwort. Und wenn Sie es nicht ihm zuliebe tun wollen, dann wenigstens Ihnen zuliebe.“

Erschrocken stoppte ich mein Geheule und schniefte peinlich berührt in mein Taschentuch, das ich aus meiner Jacke gefischt hatte.

„Das war aber unhöflich, sich nicht bemerkbar zu machen", maulte ich die Frau zu meiner Rechten an.

„Schätzchen, Sie haben sich zu mir auf die Bank gesetzt. Ich bin nicht schuld an Ihrer Erblindung und reden muss ich auch mit niemandem", konterte sie. Eins zu null.

„Ich bin auch nicht an meiner Blindheit schuld. Trotzdem muss ich damit leben", verteidigte ich mich, obwohl ich die Felle schwimmen spürte. Madame war schlagfertiger als ich. Und das sollte schon was heißen.

„Sieht so aus, als hätten Sie die Chance auf Ihr Glück gerade weggeworfen. Dieser Kit klingt wie ein Jackpot. Die Frage ist nur, ob Sie auch einer sind", stellte sie in den offenen Raum.

„Was wissen Sie schon von einem glücklichen Leben?", blaffte ich sie an und stand auf.

„Schätzchen. Ich bin 102 Jahre alt. An mir sind Kriege, Weltwirtschaftskrisen und Pandemien vorübergezogen. Einen Mann habe ich im zweiten Weltkrieg verloren. Zwei Kinder sind vor mir gestorben. Einen Jackpot erkenne ich sofort. Eine Chance auch. Ob blind, taub oder im Rollstuhl. Es gibt genauso viele blinde Mistkerle, wie sehende. Und ebenso viele Biester im Rollstuhl wie auf zwei gesunden Beinen. Es ist keine Frage des Handicaps, sondern des Herzens. Gehen Sie noch einmal in sich und überprüfen Sie sich. Dieser Kit hat in Ihnen etwas gesehen. Finden Sie es."

Mit jedem Wort der alten Frau sackte ich zurück auf die Parkbank und schrumpfte zu einem von Kits Zwergen zusammen. Bis mein Selbstwert einem Krümel glich.

„Und nun verabschiede ich mich. Ich wünsche Ihnen einen schönen Tag." Im nächsten Moment knirschte der Kies unter ihren langsamen Schritten. „Ach, noch etwas. Ihr Hund hat da hinten eine Freundin gefunden. Sie hat nur drei Beine. Der hat wohl den Dreh schneller raus", konstatierte sie und zog ab.

Fassungslos starrte ich in ihre Richtung. Mundtot. Das hatten bislang nicht viele geschafft. Plötzlich schämte ich mich für mein Verhalten ihr und Kit gegenüber. War ich tatsächlich ein Jackpot, den er unter allen Umständen behalten wollte?

Ich rief Rio und zog ihm das Geschirr über. „Na, hast du eine Freundin gefunden? Das tut mir leid für dich. Wir werden morgen abreisen und wohl beide jemanden zurücklassen."

Rio führte mich glücklicherweise den gesamten Weg ohne viele Anweisungen nach Hause, denn die deutlichen Worte der Jahrhundertdame waberten durch mein Gehirn. Bislang hatte lediglich mein Vater auf diese Weise mit mir gesprochen. Mit jedem Schritt, den ich lief, fühlte ich mich schäbiger.

Wie sollte ich einer so alten Frau vormachen, Schmerz besser zu kennen? Lachhaft.

Andererseits war sie nicht blind. Diese alte Schrulle kannte mich nicht. Sie hatte keine verdammte Ahnung, was mit Kit passiert war. Noch, was Jahre zuvor mit Pierre geschehen war. Wäre ihre Standpauke gnädiger ausgefallen, wenn sie die ganze Wahrheit und meine Emotionen gekannt hätte?

Sie nagte an mir. So viel war klar. Jedes Handicap hätte dafür verantwortlich sein können. Aber in meinem Fall waren zwei ähnliche Schicksale eines für meine Persönlichkeit zu viel. Jeder Mensch würde sich beim zweiten Unfall die gleichen Vorwürfe geben. Niemandem war es möglich, sich in den anderen hineinversetzen, weil jedes Empfinden mit der eigenen subjektiven Vergangenheit zusammenhing.

Rio hielt an. Waren wir tatsächlich schon zu Hause? Kurz ging ich im Geist die letzten Meter durch, als mich ein beklemmendes Gefühl beobachtet zu werden befiel und mir ein sanftes Parfum entgegenwehte.

„Elsa Moreau?"

Abrupt wurde ich aus meinen Gedanken gerissen. Ich schätzte wenige Meter von unserer Haustür entfernt zu sein und das Stolpern meines Herzens brüllte Alarm.

„Ja, bitte?", fragte ich unsicher zurück.

„Sind Sie Elsa Moreau?", wiederholte sie die Frage.

„Ja. Ich bin Elsa Moreau. Wer möchte das wissen?"

„Ich bin Madame Zarou. Kits Mutter."

Rio zuckte unter meinem Zucken. Krallend hielt ich mich an dem Führgeschirr fest. Meine Beine drohten zu versagen. Mit aller Kraft bemühte ich mich, standhaft zu bleiben.

„Was kann ich ...", ich räusperte mich, „Was kann ich für Sie tun?", riss ich mich zusammen. War ich dieser Begegnung gewachsen? Mir lag ein „Es tut mir so leid" auf der Zunge, aber ich brachte die mitfühlenden Worte nicht zustande. Kit hatte mir eben erst eine Nachricht hinterlassen. Mit dem Wunsch, seine Mutter kennenzulernen. Wusste er von ihrem Besuch?

„Ich wollte Sie mir ansehen. Sehen, in wen sich mein Sohn verliebt hat. Sehen, was für ein Mensch meinen Sohn im Krankenhaus allein lässt." Ihre Stimme war ruhig, aber bestimmend.

„Und? Was sehen Sie? Eine blinde Sadistin, die ihren Sohn beinahe umgebracht hätte?“ Nicht nur meine Stimme zitterte, sondern auch Rios Glöckchen bimmelte leise, weil ich meine Hände nicht unter Kontrolle hatte.

„Ich sehe einen Menschen, der in der Not davonläuft. Das Leben bietet uns nur das, was wir auch aushalten, Mademoiselle. Was für ein Mensch steckt noch hinter dieser Erscheinung?“ Mir wäre lieber gewesen, wenn sie mich aus Verachtung angeschrien oder angespuckt hätte. Tat sie aber nicht. Brauchte sie auch nicht, um ihre berechtigte Missbilligung auszudrücken. Ihre Worte waren tiefgründig und vernichtend.

„Ein Mensch, der seiner größten Liebe nicht weitere Steine in den Weg legen will. Ein Mensch, dessen Blindheit schon zu viel angerichtet hat. Ein Mensch, der dem anderen ein freies Leben gönnt, ohne an eine Blinde gekettet zu sein.“ Jetzt kämpfte ich erneut mit Tränen.

„Sie haben ein Jahr auf ihn gewartet. Geben Sie ihm ein zweites. Geben Sie meinem Sohn Hoffnung. Er ist für Sie gefallen, Elsa.“ Mittlerweile veränderte sich ihr Ton. Ihre Anklage mutierte zu einer Bettelpartie. Eine Mutter, die verzweifelt für ihren Sohn kämpfte.

„Hat Kit Sie geschickt?“, wollte ich wissen, aber sie antwortete nicht.

„Hat Kit Sie geschickt? Ich muss es wissen“, drängte ich ein zweites Mal.

„Nein. Er weiß nicht, dass ich hier bin. Mich vorgeschoben hat er noch nie.“ Es klang nach der Wahrheit und entsprach meiner Meinung über Kit.

„Ich muss darüber nachdenken“, murmelte ich und setzte mich in Bewegung.

„Rechts von Ihnen befindet sich der Eingang. Etwa ein Meter entfernt.“ Das Talent, mit Blinden umzugehen, hatte Kit offensichtlich von seiner Mutter, obwohl die Erklärung, wo ich zu Hause war, überflüssig war.

„Danke. Auf Wiedersehen“, sagte ich mit festerem Ton.

„Das hoffe ich. Unter besseren Umständen.“

Ich ging zwei Schritte und tastete nach der Tür. „Es tut mir alles sehr leid“, sagte ich und spitzte die Ohren. Ich hörte ein leises „Hm“ und sich entfernende Schritte. Zittrig gab ich den Code zum Öffnen ein und drückte die Tür auf. Die Beine drohten zu versagen. Rasch zog ich die Tür hinter mir zu und lehnte mich ausatmend dagegen.

„Was sollen wir denn jetzt machen, Rio?“, murmelte ich. „Was sollen wir jetzt machen?“

Mit dem Aufzug fuhr ich nach oben und öffnete mit dem Schlüssel die Tür. Bevor ich Rio vom Führgeschirr befreite und mich auszog, hörte ich die Schritte meiner Mutter.

„Elsa, Kits Mutter war hier. Du hast sie gerade verpasst.“ Ihre Stimme klang erregt.

„Nein, habe ich nicht. Sie hat mich unten abgepasst. Sie war hier oben?“

„Allerdings. Sie wirkt mutig.“

„Und verzweifelt“, stellte ich in den Raum.

„In der Tat. Mit Recht. Offensichtlich ist ihr nicht nur ihr eigenes Kind, sondern auch du ihr wichtig. Ehrlich, Elsa, ich will mich nicht einmischen, aber du kannst nicht immer davonlaufen. Geh nach New York. Gut. Aber kläre das mit Kit. Und verdammt, kläre das auch mit deiner Schwester. Es reicht mit deinem selbst auferlegten Einsamkeitswahn. Menschen verlieben sich und Menschen haben Schicksale. Ein Leben ist zu lang, um reibungslos abzulaufen. Und was ist überhaupt mit Francine? Auch sie hat dein Schweigen nicht verdient. Ruf sie endlich an. Ihr seid Freunde. So! Das musste mal gesagt werden."

Stille trat ein. Ich wusste nicht, ob ich auf meine Mutter wütend sein sollte oder ihr im Stillen recht gab. Vermutlich lag die Wahrheit irgendwo dazwischen.

„Kannst du nicht verstehen, dass ich mich trotzdem nicht unter Druck setzen lassen will? Ja, Kit ist für mich gefallen. Aber ich habe ihn nicht darum gebeten. Genauso wenig, wie ich Pierre damals nicht gebeten habe, hinter mir herzulaufen. Niemandem kommt in den Sinn, dass ich die anderen nur vor mir schützen will."

In mir wirbelten alle Emotionen zu einem nicht definierbaren Sturm. Ich zog die Stiefel aus, stellte sie schnaubend auf und ging Richtung Wendeltreppe. In weniger als vierundzwanzig Stunden war ich auf dem Weg nach New York. Hatte dann alles ein Ende so wie ich es mir wünschte? Was wünschte ich mir wirklich? Kit niemals wiederzusehen? Der Gedanke trieb Tränen in meine Augen. Bald standen die Prüfungen an. Ich hatte mich Jahre abgerackert, um meinem Ruf zu folgen. Nach Pierres Tod hatte ich mich ebenfalls erfolgreich mit Lernen abgelenkt. Würde die Methode ein zweites Mal funktionieren?

Plötzlich hielt mich jemand am Arm fest. Mit einem Ruck versuchte ich den festen Griff am Ellbogen abzuschütteln, aber die Finger krallten sich nur tiefer.

„Elsa. Es reicht jetzt. Seit Pierre suchst du, wenn es um Männer geht, den Grund in unserer Erblindung. Entweder ist es eine Entschuldigung oder ein Hindernis. Ich muss dir sagen, warum ich damals so lange nicht mit dir gesprochen habe.“

Emmas Griff löste sich und ich verharrte auf der Stelle. Folgten nun weitere Vorwürfe? Die vielen Jahre Schwesternfeindschaft zehrten nach wie vor an meinen Kräften. Wenn dieser Unfall von Kit Emmas und meine Beziehung heilte, war er wenigstens zu irgendetwas gut. Deshalb holte ich tief Luft, um ihr eine Chance zu geben. Und mir.

„Na gut. Rück raus damit. Dann haben wir das endlich geklärt“, sagte ich schroffer als gewollt.

„Lass uns an den Tisch setzen. Die meisten Kriegsbeile haben wir hier begraben, oder?“

„Stimmt“, gab ich zu und lief Richtung Tisch. Emma folgte. Wir zogen wie Kontrahenten gegenüberliegende Stühle zurück und setzten uns. Rio folgte uns und legte sich unter den Tisch. Als wolle er für eine friedliche Atmosphäre sorgen.

„*Maman*, machst du uns einen Tee?“, bat Emma.

„Kommt sofort“, antwortete sie wieder sanfter und im nächsten Moment hörten wir den Wasserkocher blubbern.

Obwohl mein Vater manchmal über Vorfälle schwieg, oder meine Mutter oft die Ruhe selbst war, irgendwann kam alles aufs Tablett. Wir hatten gelernt, dass wir uns die Zeit für unsere Emotionen nehmen, sie uns aber auch gegenseitig mitteilen durften. Eigentlich hatten wir auch gelernt, einander zu verzeihen.

Was damals mit Pierre passiert war, hatte uns verändert, und die Zeit war reif, zumindest in unserer Familie aufzuräumen. Allerdings hoffte ich, meine Entscheidung, den Fluchtinstinkt zu unterdrücken, nicht zu bereuen. Neugier war eine miese kleine Kröte.

„Damals, als ich mich in Pierre verliebt habe und merkte, dass er dich liebt, war ich am Boden zerstört. Aber nicht, weil ich ihn dir nicht gegönnt habe. Im Gegenteil. Ich konnte ihn verstehen. Du warst immer die Mutigere von uns beiden. Die, mit mehr Herz, mehr Talenten, mehr Humor und mehr Rückgrat. Diejenige, die man mehr lieben konnte. Und musste.“

Emma holte einmal tief Luft. Ihre Nervosität lag wie ihre trommelnden Finger auf dem Tisch.

„Du hattest in jeder Hinsicht verdient, dass du die besseren Noten bekamst, weniger Streit und mehr Freundinnen hattest. Und, dass die Jungs dir hinterherliefen. Wirklich, es ist in Ordnung. Du bist die Bessere von uns beiden.“

Wie konnte Emma einen solchen Bullshit erzählen? War das ihre Sicht von mir? In vielen Fächern war ich schlechter und meine Freunde waren auch ihre gewesen. Hatte ich mich mein Leben lang in ihren Gefühlen getäuscht? Gab es etwas, das sie mir bis heute verschwieg?

Jemand schnäuzte in der Küche in ein Taschentuch. Weinte meine Mutter?

„Nach außen habe ich es mir niemals anmerken lassen. Aber ich war immer mindestens zwei Schritte hinter dir.“

Hm. Emma sah sich als die schwächere Schwester. Das entsprach definitiv nicht meiner Sichtweise.

„Als Pierre an dem Abend hinter dir herlief und verunglückte, war ich nicht wütend auf dich. Ich wusste, dass du dir niemals verzeihen würdest, wenn du denkst, dass sein Tod an deiner Blindheit lag. Ich wollte dir stattdessen einreden, dass ich eifersüchtig war, und er nur gestorben ist, weil er dich und nicht mich geliebt hat. Deshalb habe ich nicht mit dir geredet. Ich dachte, ich hätte es geschafft. Erst viel zu spät habe ich gemerkt, dass sich dadurch auch unser Verhältnis zueinander geändert hat. Hätte ich geahnt, dass wir uns über Jahre verfeinden, hätte ich anders gehandelt. Ich habe dich jeden Tag vermisst.“

Jetzt schnäuzte auch Emma. Ihre Sätze wurden wackliger und weinerlich. Rio stand auf und hechelte in ihre Richtung. Einem Trostpflaster gleich.

„Pierre ist nicht gestorben, weil du blind bist, sondern weil er unachtsam war. Und an Kits Unglück bist du ebenso wenig schuld. Er wäre genauso für dich gesprungen, wenn du sehen könntest. Gib unserer Behinderung nicht die Schuld für das Geschehene. Und gib Kit und dir eine Chance. Du wirst dir niemals verzeihen, wenn du jetzt davonläufst.“

In mir brach ein Gefühlschaos aus. Emma hatte mich damals zu meinem Schutz angelogen und wir hatten uns anschließend auseinandergelebt. Aus friedlichen Zwillingsschwestern wurden Feindinnen. Was hatten wir uns da nur eingebrockt? Die Geschehnisse waren massiv für mein verwundetes Herz. Ich brauchte Zeit und Abstand. Von Paris, von Emma, von meinen Eltern und von Kit. Und wenn es im Bereich des Möglichen gewesen wäre, auch Abstand von meiner Blindheit.

„Elsa, ruf ihn an. Bitte", bettelte Emma, aber ich stand abrupt auf.

„Stopp. Genug jetzt. Ich kann und will mir nichts mehr anhören. Keine Ahnung, ob Zeit unsere Wunden heilt, aber ich brauche welche. In mir fühlt es sich an, als hätten die letzten Jahre mein Herz durch einen Fleischwolf gedreht. Und nun erwartet ihr, dass ich Bouletten daraus brate?"

Unwirsch rief ich in den Raum hinein und drehte dabei meinen Kopf Richtung Küche. Wollte meine Mutter mir auch noch etwas mitteilen, was ich nicht wusste?

„Ich weiß einfach nicht mehr, was richtig und falsch ist. Vor wenigen Tagen war meine Blindheit für beide Schicksale verantwortlich. Jetzt weiß ich nicht, was mir helfen kann, außer morgen nach New York zu fliegen. Ich liebe Kit so sehr, dass mir alles weh tut. Aber wenn ich uns eine Chance geben will, dann muss ich hier weg." Resolut lief ich Richtung Wendeltreppe und nach oben in mein Zimmer. Rio folgte mir, wofür ich dankbar war. Für ihn verließ ich es zwei weitere Male und war froh, als die letzte Nacht in Paris anbrach.

10

Abschied war ohne Streit und Sorgen bereits ein unschönes Ritual. Heute war er fast schweigend verlaufen. Keiner sprach das Thema Kit erneut an. Eine kluge Entscheidung. Am Flughafen küsste ich jeden rasch, bevor ich von einer Begleitperson mit Rio durch die Kontrollen navigiert wurde. Jetzt saß ich mit Rio am Gate und in wenigen Minuten würde ich Paris den Rücken kehren. Hoffentlich lange genug, um alles zu vergessen. Würde es mir gelingen?

Was sind Sie für ein Mensch, der seinen Partner in der Not zurücklässt? Ich wollte mir die Person ansehen, die meinen Sohn im Krankenhaus allein lässt. Er ist für Sie gefallen.

Die Worte von Kits Mutter ploppten wie Stoppschilder vor mir auf. War ich tatsächlich so ein Mensch? Sie hatte recht. Was konnte Kit dafür, dass ich mir seit Jahren die Schuld am Tod eines Menschen gab? Hatte er das Erbe von Pierre verdient?

Ruckartig stand ich auf. Ich durfte nicht ohne einen Anruf aus Paris abfliegen.

„Entschuldigung, können Sie mich bitte an eine ruhige Stelle bringen? Ich müsste noch schnell ein persönliches Telefonat führen", fragte ich meine Begleitperson nervös.

„Ja, gern. Aber Sie müssen sich beeilen. Ihr Aufruf wird bald erfolgen", riet sie mir und führte mich einige Meter weiter. „Ich werde Sie dann gleich wieder holen, wenn Sie aufgelegt haben. In Ordnung?"

Rasch nickte ich und holte mein Handy aus der Jackentasche.

„Anruf Kit Zarou", sagte ich ins Telefon, und keine Sekunde später hörte ich einen Atem. Seinen. Mein Herz trommelte gegen meine Brust. Nur seinen Atem zu hören, brachte mich sofort um den Verstand. Ich liebte ihn, und ich würde es niemals schaffen, von ihm loszukommen. Die Gewissheit brannte sich wie ein Tattoo in meine Seele.

„Kit, ich … ich meine … bitte hör mir nur zu …" Stille am anderen Ende. „Kit ich …" Meine Stimme brach, aber ich überwand mich, mir selbst die Stirn zu bieten. Emma hatte gesagt, ich sei die mutigere von uns beiden. Also …

„Vor einigen Jahren war Emma verliebt. Der Junge war aber in mich verliebt und ist hinter mir hergerannt. Er war auch blind. Ich bin über eine Straße gelaufen, weil ich nicht warten wollte, bis es grün war. Ich hatte großes Glück, aber Pierre nicht. Er ist damals ums Leben gekommen." Mein Puls hatte sich beschleunigt. Atmen am anderen Ende. „In den letzten Tagen dachte ich, alles wiederholt sich. Wieder verunglückt jemand, weil ich blind bin. Ich wollte dich vor einem

Leben mit einer Blinden schützen." Jetzt liefen mir Tränen aus den Augen, die ich tapfer hinunterschluckte. „Ich liebe deine Stimme, aber ich werde dich auch ohne einen Ton von dir lieben, wenn du es wirklich ernst mit mir meinst. Deshalb bitte ich dich uns noch ein Jahr Zeit zu lassen. Wenn wir beide das nächste Weihnachten wieder in Paris sind, dann treffen wir uns wieder. Auf dem Eiffelturm." Seine Atmung wurde schneller, deshalb wollte ich meinen Anruf beenden. „Kit. Bitte verzeih mir, dass ich jetzt nicht für dich da sein kann. Glaub mir. Ich liebe dich. Du bist zu meinem Leben geworden. Ich lege jetzt auf, Kit. Bis zum nächsten Jahr", krächzte ich und legte auf.

Was für ein Monolog. Würden wir ein Leben lang genauso ohne seine Stimme wie ohne meine Sehkraft glücklich sein können? Hatten wir tatsächlich eine Chance? Krächzend und tastend? Zwei Krüppel vereint in Harmonie?

„Mademoiselle Moreau, das Boarding beginnt", hörte ich die vertrauenswürdige Stimme meiner Begleitperson. Besser war es, keine Zeit mehr in den Gedanken zu investieren, dass ich mich das erste Mal in meinem Leben als Krüppel bezeichnet hatte. Mit Kit hatte es ein oder andere erste Male gegeben. Die Zukunft würde uns zeigen, was noch möglich oder nötig war.

Wochen verbrachte ich zwischen Selbstvorwürfen und Gesangstraining. Mehrfach hinterfragten meine Lehrer das mäßige Engagement, welches ich an den Tag legte. Sang ich eines der Lieder aus Paris, brach die Stimme. Alle anderen sang ich ohne Seele. Rio war meine Rettung. Ohne Gegenleistung begleitete er mich.

Führte mich sicher zu den Zielen, die ich ihm vorgab, und erfreute mich täglich mit seiner Treue.

Chrissy war meine einzige Abwechslung. Sie schlug neue Ziele vor.

„Lass uns einen Flug buchen. Wohin du willst", bot sie an, aber ich gestand ihr lediglich einen Museumsbesuch und eine Bootsfahrt über den Hudson zu.

„Wenigstens bekommst du da ein wenig Wind um dein Septum", scherzte sie, um mich aufzumuntern.

Erneut hatte ich diese bescheuerte Entscheidung getroffen, mich für ein Jahr von Kit zu trennen.

Was brachte mir das?

Auch wenn ich dafür keine logische Erklärung abgeben konnte, fühlte sie sich richtig an.

Ich wollte, dass wir beide frei waren und uns nicht verpflichtet fühlten. Für die Heilung des jeweils anderen. Das fühlte sich zu groß, zu schwer an. Man sollte nicht das Glück in anderen Menschen suchen, sondern mit ihnen glücklich sein. Genauso wenig konnte man jemand anderen retten, wenn er es nicht von ganz alleine wollte.

Wir beide hatten Prüfungen zu bestehen, und ich hoffte, weder Kit noch ich würde versagen.

Meine Gesangsprüfung bestand ich, obwohl man mir immer noch ans Herz legte, die Seele wieder auszupacken. Wie und wo war die Frage. Trotzdem erhielt ich kleinere Engagements und hielt mich finanziell über Wasser. Den Sommer verbrachte ich die meiste Zeit auf Long Island am Meer. Dabei landeten wir jeden Tag an einem anderen Strand. Westhampton Beach war definitiv mein Favorit, und ich war meinen Eltern dankbar, als sie mir dort ein kleines Ferienhaus für einen Monat mieteten. Die langen Spaziergänge mit Rio hellten mein Gemüt auf, und es gelang mir sogar, Urlaubsbekanntschaften einzugehen und Spaß zu haben. Ins Bett ließ ich allerdings keinen einzigen. Mir war bewusst, dass ich zu keiner Beziehung fähig war, bevor ich nicht Klarheit über Kit und mich hatte.

So losgelöst ich im Sommer war, der Herbst brachte die alte Unruhe zurück. Je näher das Jahresende rückte, desto unkonzentrierter verliefen die Tage. Hinzu kam eine Nachricht meines Gesangslehrers, der mich nach dem Monat auf Long Island kontaktierte und mich zu einer Bewerbung drängte. Eine Newcomer Band suchte für das kommende Jahr eine weibliche Stimme. Die Gruppe bestand nur aus Frauen, die durch Europa reisen wollten, um alte und neue Jazzimpulse zu finden und zu kombinieren. Das Angebot war ein Traum, fühlte sich aber wie eine Flucht vor einer in der Schwebe stehenden Zukunft an.

Der Dezember war einige Tage alt, als Herr Ibramovic ein letztes Mal auf mich einredete, bei der Gruppe vorzusingen und mir selbst eine Chance zu geben. Mittlerweile wusste er von Kits Unfall und meinen Schuldkomplexen und ging daher achtsamer mit mir um.

„Elsa, Sie brauchen einen Neuanfang, etwas, woran Sie sich festhalten können. Worin Sie gut sind. Ihre Stimme ist etwas Besonderes. Werfen Sie Ihre Chance nicht weg", redete er mir zu.

Wir hatten uns in der Upper Eastside in einem meiner kleinen Lieblingsrestaurants Mama Ganoush getroffen. Die mediterrane Küche mit ihrem üppigen Gemüse und dem Hauch Orient in den Gewürzen erinnerte mich an zu Hause. An das Cartier Latin mit seinen syrisch-libanesischen Imbissen voller Falafel und Koriander. Und an die erste Nacht mit Kit in seinem Hotel, samt Riechchallenge auf dem Balkon. Ich schluckte die Erinnerungen mit der arabischen Limonade hinunter. Rio lag zu meinen Füßen und ruhte, und ich fiel über einen gemischten Teller mit Hummus, Kichererbsen und frittiertem Gemüse her. Alles Häppchen, die ich gut ohne Hilfe essen konnte.

„Ich weiß das zu schätzen, Herr Ibramovic. Die vielen Jahre, in denen Sie mich gefördert und an mich geglaubt haben. Ich verdanke Ihnen alles, was ich kann. Aber das hier könnte …"

„Ihre Chance sein", unterbrach er mich. „Elsa, Ihre Stimme leidet unter ihrer Seele. Wenn Sie ihr Volumen wiederfinden und …"

„Wenn, Herr Ibramovic. Wenn", unterbrach ich ihn jetzt.

„Werfen Sie Ihren Traum nicht für die Liebe weg. Er hält länger und wird Sie bis ans Ende Ihres Leben quälen. Ich weiß, wovon ich rede." Schmerz klang in seinen Sätzen mit. Hatte er diesen Fehler begangen? So klang es. Würde er mir davon erzählen, wenn ich ihn fragte? „Sie wollen jetzt sicher wissen, was mein Traum war, nicht wahr?" Ich nickte. Klar wollte ich.

„Es war der Broadway. Meine Karriere hätte nicht steiler sein können. Die Musical-Branche riss sich um meine Stimme, meinen Witz und Charme." Die Erinnerungen schienen ihn zu amüsieren, denn seine Stimme hatte den typischen humorvollen Klang, der Menschen anzog. „Zahlreiche Affären folgten. Wow, war das eine heiße Zeit. Sich die Frauen aussuchen zu können, ist für Männer wie ein Schlaraffenland." Jetzt gluckste er. Männer. Kit kam mir erneut in den Sinn und die Aussage meiner Mutter, er würde charmant und smart aussehen. Konnte er auch alle Frauen wählen? Besser war es, wenn Herr Ibramovic rasch mit diesem Thema aufhörte, sonst würde ich den nächsten Flug nach Haiti buchen und auf Knien um Kit betteln. „Aber Sex ist nun mal nicht alles. Ich verliebte mich. Sie hatte mich in der Hand. Eine eifersüchtige Russin, die mich Stück für Stück von der Bühne holte und in meiner Karriere eine Gefahr sah. Für sie gab ich alles auf und nahm Jobs ohne Bühnenpräsenz an. Wir wurden eine Familie, und irgendwann war ich ihr zu häuslich, zu devot. Unsexy, sagte sie damals", höhnte er. „Für Musicals war ich zu alt. Ich fing als Gesangslehrer an, und da bin ich nun."

„Dem Himmel sei Dank. Beizeiten werde ich Ihrer Exfrau dafür danken", scherzte ich.

„Ich ihr nicht. Ihre Eifersucht war das Ergebnis ihrer eigenen Angst. Aber die Schuld liegt bei mir. Niemals hätte ich mich vom Broadway ablenken lassen dürfen. Ich hätte sie nie betrogen. Meine Liebe zu ihr war zu einzigartig, als sie für ein Abenteuer aufs Spiel zu setzen."

Herrn Ibramovic mit seinem Casonovaruf als treuen Mann zu wissen, fiel mir schwer.

„Ich weiß, was Sie denken, Elsa. Und ich kenne meinen Ruf. Jetzt lasse ich es wie damals krachen. Im Leben kommt meist nur einmal die große Liebe."

Ich schaufelte die letzte Kichererbse in mich hinein und trank einen Schluck der Limonade.

„In Ordnung. Ich überlege es mir."

Am Tag meiner Abreise nach Paris war meine letzte Amtshandlung das Absenden der Bewerbung mit einer Probeaufnahme von mir. Schlussendlich stellte eine Bewerbung keine Verbindlichkeit dar und damit beruhigte ich mich. Rio und ich saßen am Gate, als der Anruf einer Frau namens Kaya Choice kam. Ich versprach, mich nach Paris bei ihr zu melden. Würde ich nach Paris die Kraft für eine Band haben? Mit Kit? Oder würde sie zu der Flucht meines Lebens mutieren, nachdem Kit nicht auftauchte?

Der Flug nach Paris war definitiv aufreibender als meine Rückkehr nach New York vor einem Jahr.

Schmerz wog weniger wie tiefe Enttäuschung. Er war intensiv, unvorhersehbar, schob sich wie kalter Stahl in ein heißes Herz. Enttäuschung dagegen zerlegte das Herz in Scheiben, formte Gulasch und ließ ihn lange auf einem Lagerfeuer durchköcheln. Lag sie vor mir? Mir graute es davor, den Herzgulasch essen zu müssen. Zudem ging es Rio auf diesem Flug überhaupt nicht gut. Nervös stand er mehrfach auf, hechelte und erbrach schließlich auf den Fußboden. Mir schien, er litt mit mir und übernahm meine Emotionen, die ich mit aller Macht unterdrückte.

Am Pariser Flughafen erreichten wir mit Ach und Krach das Parkhaus, bis mein Vater meinte, ich könne Rio das Kommando geben, sich zu entleeren. Endloses Wasserlassen ertönte und Rio stupste mich anschließend dankbar an. Ich lobte ihn über den grünen Klee, den er sicher bepinkelt hatte. Diese Tortur wollte ich ihm so schnell nicht mehr aufbürden. Vielleicht wäre er eine Zeitlang bei meinen Eltern besser aufgehoben. Bis ich mit der Band durch Europa tourte? Die Option wirkte wie eine getroffene Akzeptanz mit einem Eiffelturm-Desaster im Schlepptau.

Mulmig stieg ich ins Auto und setzte meine Kopfhörer auf. Die Wahrscheinlichkeit, von meinem Vater über Kit ausgefragt zu werden, war hoch und ich scheute mich vor Antworten, die ich weder geben konnte, noch wollte.

„Sag Maman, dass ich noch eine Runde mit Rio in den Park gehe. Er hat sich Bewegung redlich verdient", verkündete ich meinem Vater vor der Haustür.

„Gute Idee. Bis später meine Große." Meine Große. Das hatte er schon lange nicht mehr zu mir gesagt. Es hatte einen Hauch von Vertrauen und Stolz. Ich mochte beides.

Mit jedem Meter, den ich treu durch die Straßen geführt wurde, keimten der alte Schmerz und die Sehnsucht auf. Der Duft einer Bäckerei, die Sirenen im Hintergrund, die französisch sprechenden Passanten waren zu Kits geheimen Verbündeten mutiert, von denen er nichts ahnte. Leise flüsterten sie mir Erinnerungen an unsere gemeinsame Zeit zu. Verdrängt hatte ich sie in New York, aber hier erwachten sie zu neuem Leben. Je mehr ich die Düfte und Erinnerungen einsog, umso zuversichtlicher wurde ich. Auf dem Rückweg war das schmerzhafte Jahr wie von Zauberhand weggeblasen. Nur die Sehnsucht tobte in meiner Brust.

Lautes Quietschen erschrak mich. Zitternd blieb ich stehen, Rio fest am Griff.

„Hat Ihr Hund Tomaten auf den Augen?", schrie ein Mann in unmittelbarer Nähe des Autos. Wahrscheinlich war es der Fahrer.

„Eigentlich nicht. Eher bin ich hier die mit der Sehbehinderung. Ist denn hier kein Bordstein?“, fragte ich mich zur Ruhe zwingend.

Stille. „Wenn hier kein Bordstein ist, dann kann mein Blindenführhund nicht den Unterschied zwischen Straße und Fußweg unterscheiden. Danke, dass Sie gehalten haben“, sagte ich in seine Richtung.

„Schon gut. Ist ja nichts passiert. Sie hätten im Krankenhaus landen können. Und das an Weihnachten.“

Ich nickte. „Das stand definitiv nicht auf meiner Wunschliste ans Christkind“, lockerte ich die Stimmung auf.

„Ha, der war gut. Na dann, frohe Weihnachten, Mademoiselle. Ich warte, bis Sie über die Straße sind.“

„Ihnen auch. Frohe Weihnachten. Danke“, wünschte ich und lief weiter. Der Gestank des Diesels nebelte mich bereits ein und ich war froh, dem entkommen zu sein.

Einige Meter weiter überlegte ich, ob Rio mich das letzte Mal an der gleichen Stelle ohne anzuhalten über die Straße geführt hatte. So musste es gewesen sein. Mit verdammt viel Glück. Wie heute.

Schon von Weitem roch es nach dem Duft von Emmanuels gebackener Pizza. Mir lief das Wasser im Mund zusammen. Am liebsten hätte ich mir direkt meine Lieblingspizza Elsa bestellt, aber damit würde ich Maman sicher verärgern, weil sie mit absoluter Wahrscheinlichkeit alle Lebensmittel für unser Weihnachtsessen eingekauft und einen Essensplan für die kommenden Tage hatte. Oben angekommen umarmte mich meine Mutter, als ob sie mich nach Jahren wiedergefunden hatte.

„Maman, du kannst mich wieder loslassen", sagte ich lachend. Ihre Umklammerung ließ nach, wenngleich ich sie immer noch in meinen Armen spürte. Wir beiden wirkten gelöster.

„Du weißt doch, wie es um Weihnachten herum mit mir einhergeht. Die Zeit macht mich eben sentimental", begründete sie ihre überschwängliche Art, dabei war uns beiden bewusst, wovon ihre Emotionen rührten. Vom unvorhersehbaren Wiedersehen mit Kit. Wenn es denn stattfand.

„Ich hab einen Bärenhunger. Eben lief mir schon das Wasser im Mund zusammen, als der Geruch von Emmanuel zu mir wehte."

„Dann wirst du dich sicher freuen, dass wir morgen dort den Heiligabend feiern." Gemeinsam liefen wir zum Esszimmertisch und ich setzte mich. Meine Mutter schaltete die Kaffeemaschine an und brühte uns beiden einen Espresso auf.

„Warum? Gibt es denn morgen nicht unser traditionelles Essen? Mit allem drum und dran?" Enttäuschung kam auf, aber auch Vorfreude auf etwas Neues.

„Emmanuel feiert morgen sein zwanzigjähriges Jubiläum. Er hat die ganze Familie eingeladen. Das gibt ein großes Fest."

„Wow. Ich habe nichts dagegen, unser Ritual für ein Jahr zu unterbrechen. Auch wenn mir übermorgen bestimmt etwas fehlen wird."

„Dir wird übermorgen eher schlecht sein. Wenn das morgen genauso wie vor zehn Jahren wird, verbringen wir den ersten Feiertag wie nach einer Völlerei auf der Couch", kicherte meine Mutter.

Grandioser konnte keine Ablenkung sein.

Nach dem Espresso wärmte ich mir ein großes Stück Quiche Lorraine auf, das ich mit Hochgenuss verputzte und mich für den restlichen Nachmittag kulinarisch versöhnte. Unser gemeinsamer Abend lief mehr oder weniger gezwungen ab. Mit Gemeinschaftsspielen und zwei Flaschen Wein bemühten sich meine Eltern, vom Thema der Themen abzulenken. Mit Erfolg. Gegen zehn Uhr abends fiel ich, den Jetlag in allen Knochen fühlend, halbtrunken in den Schlaf. Mein immer einsatzbereiter Vater nahm mir die letzte Runde mit Rio ab. Halleluja.

Viele Monate hatte mich Kit nur in Gedanken am Tag begleitet. Die Nächte hielt er Abstand. Als hätte er geplant, nicht in meine Träume zu kriechen, sondern mich mit vollem Bewusstsein entscheiden konnte. In den letzten Wochen war Kit jedoch in meine Träume zurückgekehrt. So auch heute Nacht. Seine damaligen Erzählungen über den Riesen im Eiffelturm flocht ich mit ein. In meinem Traum nahmen wir die Identität der Zwerge an. Hand in Hand rannten wir wie Winzlinge über die Wiesen vor dem Stahlturm, doch er schlug erbost und mit voller Wucht eine der Eisenstange der Länge nach direkt zwischen uns. Ein tiefer Graben entstand mitten in Paris, den keiner von uns überwinden vermochte. Ich hasste diese Träume. Sie wurden von meiner Angst genährt und ich gab ihnen permanent Futter. Offensichtlich hatte mein Unterbewusstsein keinen Frieden mit dem abstinenten Jahr gefunden. Was zur Hölle musste noch geschehen?

Mitten in der Nacht wachte ich auf und lief auf die Toilette. Neugierig tastete ich anschließend nach meinem Handy auf dem Nachttisch. Ich fragte, ob Nachrichten eingegangen waren. Drei an der Zahl, aber keine von Kit. Wir hatten kein bestimmtes Datum genannt. Keine Uhrzeit. Erwartete Kit von mir eine Nachricht, wann ich in Paris war?

Unruhig fand ich in den Schlaf zurück. Viele weitere Traumvarianten folgten, nur das Ende war jedes Mal ähnlich. Irgendjemand grätschte zwischen uns. Kein Happy End. Die Angst war die Siegerin.

Obwohl mich meine Eltern das ganze Jahr über mit üppigen Geschenken überhäuft hatten, eröffneten sie mir und Emma am nächsten Tag, uns für zehn Tage an die Côte d'Azur zu schicken. Getrennt oder zusammen durften wir uns aussuchen. Ebenso den Zeitraum. Saint-Tropez war zwar im Sommer überfüllt, aber im Mai ein herrliches Ziel. Emma und ich umarmten uns herzlich und hüpften dabei sogar erfreut in die Luft. Das Jahr über hatte sie sich immer wieder liebevoll nach mir erkundigt und es schien, als ob der Knoten zwischen uns endgültig geplatzt war. Wir waren wieder die alten. Trotzdem beschlich mich das Gefühl, dass sie mir nach wie vor etwas verschwieg. Wann sie damit rausrücken würde, entschied sie allein.

Gegen siebzehn Uhr standen wir alle geschniegelt und gestriegelt mit einer Flasche Champagner und einer Schale Orchideen vor Emmanuels Restaurant. Fröhlich wurden wir empfangen und von allen Seiten begrüßt.

„Elsa, meine Göttin. Da bist du wieder. Zuhause. In unserem schönen Paris", trällerte er, griff ohne Vorwarnung meine Oberarme und zog mich an ihn. Ich fiel quasi in Emmanuels Arme, was ich ihm jedoch niemals übelnehmen würde.

„Ich freue mich auch, Emmanuel, dass ich mit dir dein Jubiläum feiern darf. Herzlichen Glückwunsch", wünschte ich. Das war schon was. Zwanzig Jahre zu bestehen.

Er nahm wieder Abstand von mir, hielt mich jedoch weiter an den Oberarmen fest. „Elsa, wie siehst du aus? So eine Augenweide. Dieser schwarze Lederrock und oh là là, dieses heiße Oberteil aus schwarzer Spitze ist wirklich sexy", lobte er und pfiff.

„Danke, ich weiß ja, von wem das Kompliment kommt", kicherte ich.

„Oh là là, apropos sexy. Dein Schicksalsfreund war gestern hier und hat deine Pizza gegessen. Pizza Elsa hat er verlangt und sie verschlungen. Dazu eine Flasche Rotwein, oh là là, er war betrunken, als er die Pizzeria verließ. Hat noch lange vor eurer Tür gestanden. Plötzlich war er weg."

Von jetzt auf gleich tanzte mein Herz Hula-Hoop. „Kit war hier? Bei dir?"

„Ja. Hier bei mir. Euer schlimmer Unfall hat mich damals schwer erschüttert. So ein schöner Mann mit solch einem Schicksal", sagte Emmanuel und schnalzte mit der Zunge.

„Aber heute, Elsa, wollen wir fröhlich sein und du bekommst heute sogar als einzige ein Extra aus der Küche. Deine Pizza Elsa", triumphierte er und klatschte in die Hände.

Irritiert und mit tausend Fragen im Kopf bekam ich keine Minute später bereits ein Glas Prosecco in die Hand gedrückt und meine Eltern, Emma, Emmanuel und ich stießen lautstark miteinander an. Kit war in Paris. In meinem Lieblingsrestaurant. Vor unserer Tür. Warum hatte er nicht geklingelt? Was hatte er vor? Wartete er auf ein Lebenszeichen von mir? Und was war mit seiner Stimme? Hatte der Unfall bleibende Schäden auch ein Jahr später hinterlassen? Mir kribbelte es auf der Zunge, Emmanuel zu fragen, wie Kit bestellt hatte. Mit Handzeichen oder seiner Stimme, aber ich schämte mich. Ein Jahr hatte ich nicht nach seiner Genesung gefragt. Kein einziges Mal ihn ermutigt oder Trost zugesprochen. Wenn ich diese Frage stellte, dann ihm persönlich. Und von niemand anderem wollte ich von seiner Genesung erfahren. Nur von ihm. Gleich ob sie mir nur noch wie ein böser Schatten vorkam. Aus meiner Angst und alten Schuldkomplexen geboren. Wie töricht, mich nicht dem Leben mit all seinen Herausforderungen gestellt zu haben. Wer traf im Leben auf die wahre Liebe? Mit aller Disziplin kämpfte ich gegen die Millionen aufkeimenden Gedanken an. Ich schloss sie in ein abendliches Gefängnis und warf den Schlüssel weg. Emmanuel verdiente seine Party und Emma und ich wollten für ein unvergessliches Jubiläum sorgen. Der Schlüssel klopfte zwar minütlich bei mir an, aber ich verbot mir, ihn zu benutzen.

Gegen halb fünf am Morgen verließen Emma und ich als letzte das Lokal. Sie hatte noch auf den Tischen getanzt und mein Gesang sie begleitet. Wir waren sturzbetrunken und eine ganze Nacht lang wieder glückliche Zwillinge. Der Kater schlug am ersten Weihnachtsfeiertag kräftig zu. Lachend brachte Maman Emma und mir, die mit mir in meinem Bett geschlafen hatte, jeweils eine Schmerztablette. Die Kopfschmerzen und das schwummrige Gefühl im Magen waren die Hölle. Kaum einen Gedanken an Kit ließ ich zu. Vielmehr bettelte ich das Universum an, mich heute zu verschonen. Es funktionierte.

„Wow. Wart ihr voll", kommentierte mein Vater unseren Zustand am Frühstückstisch. „Aber wenigstens seid ihr wieder die Gackerhühner von früher. Das war ja nicht auszuhalten mit euch in all den Jahren. Das nächste Mal sprecht ihr euch früher aus", maulte er und brachte uns alle vier zum Lachen. Zahlreiche Male hatte er versucht, mich und Emma zu versöhnen. Irgendwann resignierte er, weil wir Zwillinge schon immer gemeinsame Sache gemacht hatten. Im Frieden wie im Streit.

„Wie sieht es mit eurer Motivation aus? Habt ihr Lust auf einen Spaziergang an der Seine? Das Wetter ist mild und die Luft ist herrlich."

„Gerne, Maman. Das haben wir schon lange nicht mehr gemacht", schwärmten Emma und ich gleichzeitig. Da waren sie wieder. Die eingeschweißten Zwillinge.

Nach dem Frühstück räumten wir gemeinsam den Tisch ab und verabredeten uns eine halbe Stunde später. Jeder verzog sich nochmal in sein eigenes Reich. Ich checkte sofort meine Nachrichten, aber weiterhin waren es nur die drei von vorgestern, die ich abhören musste. Meine Mitbewohnerin aus New York wünschte mir schöne Weihnachten, das quasi schon vorbei war. Von Kaya kam der gleiche Wunsch per Sprachnachricht. Sie freue sich, mich kennenzulernen. Die dritte Nachricht war von Herrn Abramovic, der mir viel Erfolg in Paris wünschte und an Kaya erinnern wollte. Keine Nachricht von Kit, obwohl er schon mindestens drei Tage hier war. Langsam stieg Unruhe auf. Warum hatte er nicht bei uns geklingelt, wenn er hier war?

Aufgewühlt lief ich die Wendeltreppe hinunter. Emma und meine Eltern waren schon bereit. Rio hüpfte aufgeregt umher.

„Du brauchst nur deine Jacke und Schuhe anzuziehen. Rio ist schon startklar", erklärte mein Vater und ich nickte. Neben meiner gefütterten Lederjacke zog ich noch einen schwarzen Schal an und stopfte außerdem eine schwarze Strickmütze sowie Handschuhe in den Rucksack. Ein Spaziergang an der Seine war meist zugig und erkältet zu sein, stand nicht auf Platz eins meiner Lieblingssituationen. Gemeinsam verließen wir die Wohnung. Nach zwanzig Minuten erreichten wir die Seine. Emma hakte sich bei mir unter, ich griff nach dem Führgeschirr. Rio durfte heute für uns beide arbeiten. Eine ganze Weile liefen wir in Stille nebeneinander her. Die Seine rauschte, Boote fuhren an uns vorbei, Spaziergänger genossen wie wir das Stadtbild vom Fluss aus. Die Bootsfahrt mit Kit auf der Seine war eins der schönsten Erlebnisse mit ihm. Mir war, als ob ich auch jetzt noch die Gebäude sähe. Kit hatte sie mir damals mit seiner Form des Beschreibens nachhaltig in meine Erinnerungen gepflanzt. Auch wenn wir keine gemeinsame Zukunft haben würden, die Tage mit ihm würden Paris auf ewig prägen.

Ich vermisste ihn. Sehnsüchtig. Im Rückblick auf die zwei Jahre verstand ich mich selbst nicht mehr. Mit Emma hatte ich Jahre vergeudet, mit Francine hätte ich in dieser Zeit eine gute Freundin an meiner Seite haben können. Und die gefundene Liebe hatte ich von mir gestoßen. Einem Schutzinstinkt folgend. Auch meine Eltern und jede andere Person hielt ich auf Abstand, weil der Schmerz vor neuem Verlust und die Angst für den Schmerz anderer verantwortlich zu sein, unerträglich tief saß. Diese Ketten hatten mich in meinem selbst kreierten Gefängnis eingesperrt. Über Jahre. Leben muss man immer wollen hatte ich mal gelesen. Es stimmte. Wenn man nicht bereit war, dem Leben mit allen Wenns und Abers zu begegnen, schlug es zu, um einen jeden zu wecken. Nur war man für das Erwachen selbst verantwortlich. Ich hatte mich sozusagen schlafen gelegt. Aus Angst und Sorge. Dabei war ich auf dieser für mich sicheren Insel mehr als vereinsamt. Es war wie es war. Nicht jede getroffene Entscheidung machte für alle Sinn. Menschen waren unterschiedlich. Jeder hatte seinen ganz eigenen Rhythmus. Ich hatte die Zeit und Distanz für meine Heilung benötigt. Nun wollte ich im Prinzip keine Zeit mehr verlieren. Ob Kit das genauso sah, oder war er die Warterei satt?

„Meinst du, er ist schon in Paris?", fragte Emma.

„Ja. Ist er. Emmanuel hat mir gesagt, er wäre einen Tag vor Heiligabend bei ihm gewesen. Emma, er hat sogar meine Pizza Elsa gegessen", verriet ich ihr.

„Aber wenn er hier ist, ist er an einem Treffen interessiert. Warum rufst du ihn nicht an?"

Ja. Warum eigentlich nicht?

„Ich glaube, ich habe Angst", gestand ich.

„Dass er immer noch keine Stimme hat?"

„Ja." Definitiv.

„Würdest du ihn dann nicht mehr wollen?"

„Doch, doch. Das weiß ich mittlerweile. Aber inzwischen ist alles so verworren. Ich schäme mich für diese blöde erste Verabredung, bei der er gestürzt ist. Dann habe ich ihn allein gelassen und ein weiteres Jahr warten lassen. Verdammt, Emma. Er musste die ganze Heilung ohne mich durchstehen. Ich bin so feige gewesen und alles nur wegen Pierre." Mittlerweile war die Sehnsucht nach Kit größer, als alle Handicaps uns voneinander trennen konnten und meine Selbsterkenntnis überrollte mich wie ein D-Zug.

„Hör mal, Schwesterherz. Du hast dich schuldig gefühlt. Ein Mensch ist gestorben, weil er dir blind hinterhergerannt ist. Und Kit ist für dich gefallen, weil er dich liebt. Du hast zweimal schon das Glück gehabt, geliebt zu werden. Ich verstehe deine mulmigen Gefühle und ich finde sie absolut legitim. Du hast Zeit gebraucht. Das ist okay. Stell dir vor, du wärst das Jahr über an seiner Seite gewesen. Hättest deinen Gesang an den Nagel gehängt. Hättest dich geopfert aus Schuldkomplexen. Glaubst du, daraus wäre eine glückliche Beziehung entstanden?"

„Ich weiß nicht. Eigentlich schon", sagte ich, glaubte mir aber meine eigenen Worte nicht.

„Und uneigentlich?"

„Hm." Darauf hatte ich keine Antwort.

Rio stoppte kurz und ich fühlte nach vorne. Ein Poller versperrte uns den Weg. Wie leicht Blindenhunde Hindernisse erkannten und selektierten. Man brauchte nur anzuhalten und drumherumzulaufen. Wir Menschen interpretierten Hindernisse komplizierter. Sie wurden mit vergangenem abgeglichen, die Überwindung in unterschiedlichen Wegen durchdacht. Die wenigsten spannen aus Mist Stroh oder gaben Salz und Tequila zur angebotenen Zitrone. Aber diese Herangehensweise musste ich mir unbedingt angewöhnen. Nach Paris.

„Brav, Rio, brav", lobte ich ihn und kramte eine Belohnung aus meiner Jacke hervor. Dann lief er im Bogen um das Hindernis herum.

„Elsa, ich denke, dann muss ich dir etwas sagen", begann Emma mit ernstem Ton. Sie blieb stehen. Rio und ich auch.

Ich wandte mich zu ihr. „Du hast dich bitte nicht wie ich angezogen und mit Kit geschlafen", stellte ich in den Raum. Halb amüsiert, halb beängstigt, die Büchse der Pandora geöffnet zu haben.

„Du bist eine böse Zwillingsschwester und hast mein Geständnis gar nicht verdient", meckerte sie.

„Geständnis? Also, was hast du angestellt liebe Zwillingsschwester?", höhnte ich.

„Alles in Ordnung bei euch?", wollte mein Vater wissen.

„Es gibt jetzt hoffentlich keine Schlägerei an der Seine", motzte meine Mutter.

„Niemals. In das schmutzige Wasser will ich nicht fallen", sagte Emma amüsiert in die Richtung unserer Eltern, die sich, der Stimme nach zu urteilen, einige Meter vor uns befanden.

„Was ist? Jetzt rück schon raus", forderte ich.

„Damals, als du weggelaufen bist und Pierre dir hinterherlief ... ich war es ... ich habe Pierre gesagt, er soll hinter dir herlaufen, wenn er dich wirklich liebt. Ich habe ihm gesagt, er soll dich nicht aufgeben, wenn er ehrliche Gefühle für dich hat. Elsa, ich habe ihn ermutigt und losgeschickt. Das hätte ich niemals sagen dürfen. Pierre war betrunken. Ich habe ihn in den Tod geschickt."

Pierres Beichte, mich zu lieben, ploppte in meinen Gedanken auf. Der Abend im Quartier Latin Viertel. Viel Wein. Meine Taxibestellung, um Pierre aus dem Weg zu gehen. Seine Rufe hinter mir. Das Quietschen der Reifen. Ein Aufprall. Schreie. Mein Körper stand mit Emma, Rio und meinen Eltern an der Seine. Mein Geist flog Jahre zurück auf die andere Seite des Flusses. In die Nacht ohne Wiederkehr.

„Elsa, es tut mir wirklich leid, dass ich dir das nicht eher gesagt habe. Es war der Fehler, den ich mir selbst erst verzeihen musste. Und wahrscheinlich konnte ich das erst nach eurem schrecklichen Unglück. Aber jetzt geht es um Kit. Er ist für dich gefallen, weil er dich liebt. Er ist hier. Wegen dir. Hab Vertrauen. Kit wird sich melden. Ganz sicher."

Ihr Wort in Gottes Gehörgang. Ihre Hände hatten meine während ihrer Beichte fest im Griff. Dann ließ sie los. Mit einem Schlag sah die Vergangenheit nochmal anders aus. Als wäre das letzte geschmiedete Kettenteil, das mein Herz noch in Schach hielt, gänzlich gesprengt worden. Das Unglück mit Pierre blieb. Ich wusste, wir beide waren nicht schuld, dennoch fühlte es sich über Jahre so an. Konnte wirklich alles gut ausgehen?

Ich blieb stehen und atmete die kalte Dezemberluft ein. Die frische Luft wehte auch frischen Wind in meine Liebessegel. Unser Schicksal war in die Sterne geschrieben worden. Ich nahm Emmas Worte kommentarlos entgegen, aber wir beide spürten meine unsagbare Freude.

„Ich würde sagen, wir kehren um und Rio darf noch ein wenig Freilauf bekommen, in Ordnung?" Unsere Mutter war auf uns zugekommen. Mit dem Vorschlag einverstanden, hakte ich mich bei ihr unter. Unser Vater bot Emma den Arm an. Dieser Moment hatte etwas von Glückseligkeit. Wir sollten ihn genießen. Zu schnell waren solche Augenblicke Schnee von gestern. Auch wenn dieses Jahr erneut keiner vorhergesagt war.

Die Stunden mit meinen Eltern standen, ohne dass es jemand aussprach, unter einem haitianischen Stern namens Kit. Jede Bemühung wirkte wie eine Ablenkung von der unweigerlichen Tatsache, dass sich Kit nicht bei mir meldete. Mehrmals stand ich kurz davor, ihn anzurufen. Jedes Mal siegte die Feigheit, obwohl es meiner Meinung nach an mir war, Kontakt aufzunehmen. Emmanuel tröstete mich jeden Abend mit einer Pizza Elsa und meinem obligatorischen halben Liter Rotwein. Jetzt saß ich wieder bei ihm. An Silvester und der Laden tobte, obwohl es gerade erst halb sechs am frühen Abend war.

„Elsa, meine Göttin. Was kann ich nur tun, um dich aufzuheitern?", fragte er mich.

„Ich verstehe nicht, warum er nicht geklingelt hat? Was hat er dann an unserer Tür gewollt?", fragte ich, obwohl ich von Emmanuel natürlich keine Antwort erwartete.

„Meinst du den sexy Typ von vor zwei Jahren, mit dem du hier warst? Hast du nichts im Briefkasten gefunden? Er hat doch vor einigen Tagen irgendwas hineingeworfen, als ich draußen eine rauchen war", sagte Chloé, die langjährige Bedienung, die mir auch am Herzen lag und Kit vor zwei Jahren kennengelernt hatte. Kit hatte mir damals ein Bild zu ihrer Haarfarbe kreiert, das ich nun vor mir sah.

Mit einem Satz sprang ich auf und schüttete dabei mein Glas um. Scherben klirrten. „Oh, tut mir leid. Ich … ich machs wieder gut", stotterte ich und griff nach meinen Sachen.

„Kein Problem Elsa. Viel Glück", riefen beide gleichzeitig hinter mir her und ich verließ, so schnell es mir möglich war, das Restaurant. Die wenigen Meter bis zum Briefkasten wirkten wie tausend Meilen. Ein Fahrzeug nach dem anderen hinderte mich an der Überquerung der Straße, als wollten sie mich aufhalten. Endlich entstand eine Autopause und ich stand vor dem Eingang. Rasch zückte ich mein Telefon und rief meine Mutter an.

„Maman, bitte komm mit dem Briefkastenschlüssel runter. Schnell", rief ich ins Telefon. Die Minuten waren pure Folter. Endlich öffnete sich die Tür.

„Was willst du denn nachsehen? Ich habe jeden Tag den Briefkasten geleert. Es war nichts für dich drin, Elsa. Ich wünschte, es wäre anders. Glaub mir", sagte sie in einem versöhnlichen Ton.

„Bitte, Maman. Schließ ihn auf. Irgendwas stimmt nicht. Da ist so ein Gefühl", erklärte ich, ohne es erklären zu können.

Der Schlüssel quietschte im Schloss und die kleine Klappe klackerte.

„Hier ist nichts drin. Der Kasten ist leer", sagte sie.

„Moment. Ich möchte es selbst fühlen", folgte ich meinem Instinkt und hielt die Finger in den offenen Kasten. Langsam tastete ich den Rand und anschließend den Metallboden ab. Gerade wollte ich meine Hand wieder herausziehen und resigniert meiner Mutter recht geben, als ich etwas Schmales entlang der Front ertastete. Ich nahm es heraus und fühlte genauer.

„Ist das ein USB-Stick?", fragte ich und hielt ihn meiner Mutter vor die Nase.

„Tatsächlich. Da steht was drauf. Warte. Ich halte ihn ins Licht."

Das Leben war voller Wartezeiten. Selbst kurze konnten grausam sein. „Für Elsa, steht hier", las meine Mutter vor.

„Ich muss sofort nach oben. Bitte Maman", bettelte ich. Schnurstracks führte sie mich in unsere Wohnung und an die Treppe, die ich hochjagte. Laptop an, Stick rein. Herzrasen.

Elsa,

Wie du hörst, kann ich wieder sprechen. Das war das härteste Jahr meines Lebens und nur der Gedanke an dich hat es mich ertragen lassen. Jede Aufgabe, das mühselige Atem- und Stimmtraining wurde durch den Gedanken an dich erträglich. Es war richtig, dass du nicht dabei warst. Wir wären verzweifelt und vielleicht hätte es unsere Liebe zerstört. Ich hoffe, du bist in Paris und ich hoffe, dass du mich sehen willst. Aber wenn es nicht so ist, dann fühl dich nicht verpflichtet. Wir sind alle freie Menschen und ich möchte kein Mitleid. Aber

wenn du mich liebst, dann komm bitte an den Eiffel-
turm. Ich werde jeden Abend um achtzehn Uhr am lin-
ken Fuß stehen, wo wir uns vor zwei Jahren getroffen
haben. Bis Silvester. Du hast also einige Tage Zeit, dich
zu entscheiden.
Ich bin dort, und auch wenn du nicht kommst, wün-
sche ich dir alles Glück der Erde und werde mein Leben
lang an dich denken.
Machs gut.

Mit einem Herztrommelwirbel hatte ich die Sprachnachricht gehört.

„Maman, Maman", schrie ich und sprang auf. „Ruf ein
Taxi. Sofort. Und zieh dich an. Ich muss zum Eiffel-
turm. Jetzt", forderte ich und jagte, so schnell es meine
Blindheit zuließ, die Wendeltreppe hinab.

„Wie viel Uhr ist es?", schrie ich meine digitale Assistentin durch den Wohnraum an und erhielt die Antwort: Es ist siebzehn Uhr vierundfünfzig. In einem Akt
der Verzweiflung wählte ich seine Nummer. Die ab-
wartenden Sekunden machten Hackfleisch aus meinem gebrochenen Herzen. Drei Mal rief ich an. Drei
Mal ging der Anruf ins Leere und ich flehte auf den An-
rufbeantworter, Kit möge auf mich warten. Ich verlor
Zeit.

„Fuck", schrie ich jämmerlich, aber meine Mutter
nahm mich herrisch am Arm.

„Du wirst jetzt auf der Stelle ruhig sein. Wir brauchen
keinen weiteren Verletzten. Hast du verstanden?",
keifte sie, wie selten in unserem Leben.

Ich nickte, trotzdem forderte ich sie, sich zu beeilen. Den Taxifahrer jagte ich ungeduldig die wenigen Minuten bis zum Eiffelturm und meine Mutter die wenigen Meter bis zum Ziel. Dann bat ich sie, mich allein zu lassen. Keinesfalls wollte ich mit meiner Mutter unter dem Eiffelturm auf Kit warten. Irgendwo hatte alles seine Grenze.

Keuchend stand ich dort. Meine Uhr gab mir achtzehn Uhr zwölf als Uhrzeit an. Ich drehte und wandte mich in alle Richtungen, rief nach Kit, erhielt aber keine Antwort. Ich wartete, wie er gewartet hatte. Jeden Tag hatte er hier gestanden und auf mein Kommen gehofft, und ich war eine närrische, zweifelnde Idiotin gewesen. Am Ende war er heute überhaupt nicht mehr erschienen. Die gerechte Strafe für all mein Zweifeln.

Die erste Träne der Verzweiflung lief mir über das von außen kalte und von innen kochende Gesicht. Gleich würde die nächste folgen, die nur ein zarter Mangoduft hätte aufhalten können. Ich war zwölf Minuten zu spät. Zwölf verdammte Minuten. Der Schmerz klopfte an meine Seelentür, die ich mit dem verdammten Schlüssel öffnen musste. Es gab keinen Ausweg. Ich hatte mir selbst das Herz gebrochen.

„Elsa Moreau, darf ich um einen Tanz bitten?", hauchte eine Stimme von rechts in mein Ohr und gleichzeitig lief die nächste Träne über meine Wange. Augenblicklich versiegte sie vom Karibikduft, der wie ein in Schmerzmittel getränktes Taschentuch auf meine Seele tupfte. Zitternd verharrte ich auf der Stelle. Kit war hier. Hinter mir. Er hatte auf mich gewartet und mit all seinen Facetten übernahm er die Kontrolle über meinen Körper und meine Seele.

„Nur, wenn Sie mich vorher küssen, damit ich weiß, dass Sie es sind, Herr Zarou“, bettelte ich mit wackliger Stimme.

„Ihr Wunsch ist mir Befehl“, sagte er mit einer nur unmerklich veränderten Stimme. Küsste mich am Hals unterhalb meines Ohres, arbeite sich weiter Richtung Kinn, während er um mich herumlief, bis er schließlich vor mir stand und ich seinen warmen, geliebten Atem spürte und hörte. Ganz abgesehen von dem Mango-Sorbet, das mich schlagartig hypnotisierte.

Zitternd standen wir voreinander. Nur Zentimeter voneinander entfernt. Unsere Lippen vibrierten vor Nervosität, vor Leidenschaft, vor unbändigem Hunger auf den anderen. Alles, wovor wir Angst hatten, löste sich in Luft auf. Alles, woran wir gezweifelt hatten, fühlte sich wie ein vom Schicksal geführter Weg an. Wir waren hier. Hatten aufeinander gewartet und füreinander gearbeitet. An uns, für den anderen. Schuld und Scham wurden wie Ketten gesprengt.

„Ich liebe dich, Kit“, hauchte ich. Lechzend nach seinen Lippen.

„Das will ich schwer hoffen“, flüsterte er und berührte meine Lippen mit seinen. Warm und weich streichelten sie einander, Kits Hände hielten meinen zitternden Kopf. Hungrig lechzte ich nach seiner Zunge, aber seine Lippen nahmen wieder minimalen Abstand.

„Es tut mir leid, dass du so lange auf mich warten musstest.“

„Ich hätte auch länger gewartet. Die Ernte hält sicher länger als zwei Jahre“, meinte er buddhalike.

Eine Hand löste sich von meinem Hals. Musik ertönte im Hintergrund und ich erkannte es sofort. Jeden Moment würde Michael Bublé beginnen "Birds flying high" zu singen. Den neuen Tag, das neue Jahr mit neuem Leben zu beginnen und sich gut zu fühlen.

Blasinstrumente erfüllten den offenen Platz und erfüllten uns mit Liebe, während mich Kit in seinen Armen tanzend delegierte. Er gab den Takt und den Ton an, drehte mich, zog mich an sich, wandte sich mit mir rhythmisch, bis ich vor Verlangen kochte. Michael Bublé sang seine Zeilen, erotisch und wiegend, bis sich die Musik beruhigte und Kit nah an mich herantrat.

Flüsternd keuchte er vor meinen Lippen „I feel so good" und presste sie auf meine. Im Hintergrund jubelte jemand, wie schön der Eiffelturm glitzerte. In uns glitzerte es auch. Wie Diamanten. Aus purer Liebe geschliffen.

11

Nachdem wir wie wilde Tiere übereinander hergefallen waren, lagen wir keuchend auf dem Hotelbett. Diesmal hatte Kit ein Hotel in der Nähe unserer Wohnung bezogen. Unfassbar. Ich konnte kaum glauben, dass er die letzten Tage unweit von mir entfernt auf mich gewartet hatte. Die letzten Stunden hatte ich seine jetzt wenig tiefere Stimme genossen und seine Sehnsucht über seine Erektion in mir gespürt. Wir liebten, befriedigten und sorgten für uns. Es dauerte Stunden, bis wir voneinander abließen. Erst jetzt waren wir bereit für Gespräche. Jeder ließ den anderen seine Gedanken in Worte fassen. Keiner kritisierte. Im Gegenteil fand Kit ähnliche Worte wie Emma. Meine Flucht hatte in ihm ein heilendes Feuer entzündet. Die Stimmbänder waren nach wie vor angeschlagen, aber die Ärzte waren mehr als zufrieden und Kit stellte die Verletzung als Teil eines bewegten Lebens dar. Ihm zuzuhören ergänzte mein fehlendes Puzzleteil. Sein Optimismus steckte mich an.

„Ich hätte nie gewusst, ob du aus Mitleid mit mir zusammengeblieben wärst", behauptete er. „Deine Entscheidung war eine Chance für uns. Danke." Küsse auf meine Wange folgten, während seine Finger über meine Knospen wanderten. Mein Körper zuckte durch seine Berührung und lechzte nach weiterer.

„Du hättest nicht für mich fallen dürfen, Kit."

„Elsa. Und wenn es das Letzte ist, was ich tue. Ich werde immer wieder für dich springen, fallen und alles andere, was uns schützen wird. Jetzt erst recht. Weil wir ab sofort gemeinsam an unserer Geschichte schreiben." Er verschwand im Badezimmer.

Die Ereignisse der letzten Jahre bildeten eine Zeitleiste vor meinem geistigen Auge. Francine und Pierre tauchten auf. Beide verschwanden damals, aber Francine lebte noch und ich wollte sie endlich wieder in meinem Leben wissen.

Vielleicht meldete sie sich morgen oder übermorgen, aber bitte irgendwann.

Still betete ich, es würden bei ihr nicht ebenfalls Jahre werden. Mein Beten wurde prompt erhört. Mein Handy signalisierte mir in diesem stillen Moment eine Antwort von Francine. Sie freute sich über meine Nachricht und schlug ein Treffen in unserem Lieblingscafé vor.

Mein Herz jubelte vor Glück. Endlich durften die Wunden heilen.

Kit kehrte aus dem Bad zurück. „Was war das für eine Stimme?"

„Das war Francine. Meine Freundin. Du wirst sie mögen." Ich wettete, mein Grinsen war nicht zu übersehen.

Zurück an meinen Körper schmiegend erzählte mir Kit von einem Auftrag einer Hotelkette in Europa. Das klang wie Musik in meinen Ohren. Alles würde sich zusammenfügen. Das Leben war auf unserer Seite. Herr

Ibranovic hatte es gewusst und ich wusste es jetzt auch. Niemals mehr würde ich an unserem gemeinsamen Weg zweifeln.

„Unsere gemeinsame Geschichte schreiben klingt megakitschig. Darf ich es mir noch einmal überlegen? Vielleicht schicke ich dir ab und zu meine Zwillingsschwester vorbei, wenn du zu oft für mich fällst", ulkte ich und berührte seine Finger, die mittlerweile um meinen Bauchnabel kreisten.

„Nur, wenn sie dieses sexy Septum in der Nase trägt." Ein Kuss auf dem Metallring folgte.

„Wag es nicht", warnte ich. „Warum bist du eigentlich nicht drangegangen, als ich dich kurz vor sechs angerufen habe?", wollte ich wissen und drehte mich sanft zu ihm.

„Du meinst, nachdem ich mehrere Tage durch die Hölle gegangen bin, darf ich dich nicht hinterherschicken?" In seiner Stimme lag purer Sarkasmus. Aber liebevoller.

Als Strafe strich ich über seine geschwollene Mitte, die sich mir entgegenstreckte.

„Elsa Moreau. Du machst mich fertig wie keine andere. Ich würde zwei weitere Jahre auf dich warten, wenn es sein muss. Auch wenn ..."

Mittlerweile hatte ich die Decke von uns gezogen und entlockte ihm einige Lusttropfen mit meinen Streicheleinheiten. Er stockte und stöhnte laut.

„Du wirst weder zwei Jahre warten müssen noch mich vor etwas schützen müssen. Außer vor zu viel Liebe zu dir. Ich liebe dich, Kit Zarou. Das habe ich seit deiner Beschreibung der Website gespürt. Das Leben hat uns geprüft und Verantwortung abverlangt. Jetzt geht es nur noch um uns."

Von jetzt auf gleich warf mich Kit auf den Rücken und ließ sich auf mir nieder. Sanft und drängend glitt er zwischen meine Beine in meine Liebeshöhle, die bereitwillig auf ihn wartete. Seine Hand strich mir liebevoll über die Haare, während seine gierigen Lippen mit meinen spielten. Wir waren wie geschaffen füreinander und die Zukunft hatte sich an unserer Liebe zu orientieren. In diesem Moment schob ich alle Zweifel des Lebens beiseite, bäumte mich Kit entgegen und gab mich meinem Seelenpartner hin. Kit war für mich gefallen und nun war ich dran. Meine Seele sprengte ihre Hülle und fiel in die Tiefen von Kits offenem Herzen, wo ich für jetzt und immer weich landen würde.

Nachwort

Die Idee zum vorliegenden Roman ist scheibchenweise entstanden.

Zur Figur von Elsa wurde ich durch eine ehemalige Schülerin inspiriert, mit der ich seit ihrem Abschluss über Instagram vernetzt bin. Ich wollte einfach wissen, wie es mit ihr weitergeht. Da sie in regelmäßigen Abständen ihre Frisur von Grund auf ändert, ließ mich ihr blonder Pagenkopf mit dem Septum nicht mehr los. Das Pariser Setting mit Eiffelturm gehörte sozusagen von Anfang an dazu. Nur von oben kann gefallen werden und ich liebe und besuche Paris so oft es mir möglich ist. Diese Stadt ist beinahe vollkommen.

Kits Figur entstand durch die Inspiration einer Netflix-Serie. Die Hintergründe von Kit warteten seit 2010 in einer Datei meines Laptops. Das damalige Erdbeben gab es wirklich und das Paradies Haiti hat es schwer getroffen. So wurden die Scheibchen zusammengeführt und ergaben dieses Herzensprojekt.

Mir sind die blinde Elsa und der zarte Kit schnell ans Herz gewachsen, deshalb habe ich mich sehr über das positive Feedback meiner Agentin und des Verlags gefreut.

Dass Liebe der Schlüssel ist, macht mein Markenzeichen aus. Wie in den vorherigen Romanen nutze ich diese These, um aus einem Konflikt zur Lösung zu gelangen. Dazu spielen oft Wahrheit und Mut, sich der Realität zu stellen, entscheidende Rollen.

Überthema des Romans ist das Leben von Menschen, die erblindet sind.

Laut Universitätsklinikum Würzburg kommen in Deutschland jedes Jahr 200 Kinder mit einer angeborenen Blindheit auf die Welt und etwa fünfmal so viele müssen mit einer hochgradigen Sehbehinderung leben. Hinzu kommen Unfälle, bei denen Babys und Kinder das Augenlicht verlieren, und Erkrankungen, die das Sehvermögen bis zur Erblindung reduzieren.

Durch eigene Erfahrungen aufgrund der Erblindung einer Angehörigen durch eine altersbedingte Makuladegeneration, die Ursache von 48 % aller Erblindungen ab dem 80. Lebensjahres, war ich gezwungen, mich privat mit diesem Thema auseinanderzusetzen. Dass ein Familienmitglied, das zuvor die feinsten kulinarischen Gerichte gezaubert hat und eine gute Beraterin in Sachen Mode und Garten war und die feinsten Staubkörnchen sah, nun wegbricht und selbst in die Abhängigkeit gerät, fällt schwer. Die Betroffenen selbst spüren ihre Ohnmacht, ihre schwindenden Kompetenzen und das Ausgeliefertsein gegenüber den Angehörigen, die doch hoffentlich alles im Interesse der Blinden erledigen.

Eine Sehbehinderung bringt den Alltag des Betroffenen aus dem Gleichgewicht. Räumliche Orientierung, reduzierte Mobilität, mangelnde Sozialkontakte und Kommunikation, Schlaf-Wach-Rhythmusstörungen, infrastrukturelle, gesellschaftliche und kulturelle Hindernisse bilden weitere Erschwernisse und gravierende Beeinträchtigungen.

Die Folgekosten der Blindheit können sich gemäß einer Untersuchung laut Wikipedia auf durchschnittlich über 90.000 € pro Patient belaufen. Nicht selten zählen hierzu die Kosten für medizinische Aufwendungen, Anpassung der Wohnsituation, Pflegegeld und Hilfsmittel.

Statt diese Patienten zu entlasten, kommt zur Erblindung noch etwas Entscheidendes hinzu, das den Betroffenen das Leben zusätzlich erschwert. Sehbehinderte Menschen bekommen nur eine minimale finanzielle Unterstützung und die Anträge für Hilfsmittel sind lang und undurchsichtig. Nicht selten werden ärztliche Gutachten angezweifelt und erschweren die neue Herausforderung zusätzlich. Der Umgang mit Erblindeten ist bisweilen diskriminierend und rücksichtslos. Und unwissend.

Eine Möglichkeit, das zu ändern, wäre eine breitgefächerte Aufklärung über Sehbehinderungen und ein homogener Zugang zu Hilfsmitteln und Möglichkeiten, die ein Betroffener mit der Diagnose selbstständig erreichen kann.

Pauschalisieren lässt sich Erblindung trotz ihrer vorhandenen Minderheit dennoch nicht. Denn Blinde sind vor allem eins: Persönlichkeiten wie wir alle. Und wie es alte Griesgrame gibt, gibt es auch alte blinde Griesgrame. So wie mutige junge Blinde heranwachsen, tun dies auch mutige junge Sehende. Ein großes Stück weit ist das Handicap, wie es positiv eingestellte Blinde gerne nennen, Betrachtungssache und ein Baustein, der das Leben zwar beeinflusst, aber nicht unbedingt ein unlösbares Problem ohne Aussicht darstellt. Es gelingt nicht jedem Menschen, die tausend Dinge zu erkennen, die man auch ohne Augenlicht durchführen kann, und nach Lösungen zu suchen.

Das kleine Restaurant an der Champs-Élysées ist wirklich in der Straße, nur der nette, überschwängliche Emmanuel ist erfunden.

Chloé ist übrigens meine persönliche Konstante, die ab sofort in jeder Geschichte von mir zu finden sein wird, ganz gleich ob Novelle, Roman oder Kurzgeschichte. Chloé wird dabei sein und ich hoffe, ihr findet Gefallen an ihr und entdeckt sie immer wieder.

Das Hotel La Lanterne mit seinem Pool und dem Balkon gibt es ebenso. Die Mitarbeiter sind frei erfunden. Ich könnte mir vorstellen, meinen nächsten Paris-Besuch in diesem Hotel zu verbringen und schmunzelnd in Gedanken an Elsa und Kit das Schwimmbad zu nutzen.

Traurige Realität sind die Verhältnisse von Obdachlosen, kriminelle Übergriffe und die Touristenabzocke der Fahrradkutschen. Paris ist weltweit mit rund 15,6 Millionen Besuchern jährlich, Tendenz steigend, das Touristenziel Nummer eins. Zudem kommt eine Dunkelziffer von Menschen, die sich illegal in der Stadt aufhalten.

Ich selbst habe eine Familie auf einer Matratze leben sehen und live miterlebt, wie ein Kind zum Betteln gezwungen wurde, um anschließend obdachlos auf der Straße zu schlafen. Dies habe ich beim Vermieter gemeldet, wo das Kind Morgen für Morgen davongejagt wurde. Eine Änderung fängt auch hier wieder bei jedem Einzelnen an. Es sind die eigenen Werte, die uns den Weg zeigen. Sind diese auf Kosten anderer Lebewesen gesetzt, wird eine Veränderung solcher Umstände schwer werden.

Apropos Werte. In diesem Roman gibt es keine Unterschiede zwischen arm und reich, dunkel- und hellhäutig, blind und sehend. Alle meine Protagonisten sind gleichwertige Menschen. Erkennen wir die Liebe als Schlüssel zum Frieden, werden wir diesen erreichen und alle unsere Merkmale und Handicaps lösen sich in Luft auf. Ein wunderschöner Gedanke. Ich hoffe, er wird irgendwann wahr werden.

Bei „Emmanuel" würde ich auf jeden Fall gerne mal eine Pizza Elsa essen bzw. sie ihm ans Herz legen. Vielleicht komme ich eines Tages bei ihm vorbei und lese diese Kreation auf der Speisekarte. Ich wette, sie schmeckt *fantastique!*

Danksagung

Ich finde eine Danksagung meist schwer, weil so viele Menschen an diesen Projekten beteiligt und involviert sind. Es ist stets eine Co-Kreation, bei der alle ihren bestmöglichsten Anteil für das Ergebnis beitragen.

Meine Familie trägt einen enormen Anteil, weil sie mich für die Zeit des Schreibens entbehrt und dabei niemals meckert. Ihr wisst ja, dass die Ideen aus meinem Kopf müssen, damit er nicht explodiert. Wahrscheinlich ist deshalb bei der Akzeptanz auch ein wenig Selbstzweck dabei. Lach ...

Danke, dass ihr das mittragt und euch an meinen Werken erfreut.

Viel Zeit und Engagement habe ich auch von meiner lieben Lektorin Daniela Guse erhalten, die in Ontario/Kanada lebt, und wir immer im Zeitabstand von 6 Stunden zusammenfinden mussten. *Unbelievable* – ich werde international!!!!

Wenn es einen Lektoren-Award geben würde, sie wäre meine Top-Kandidatin. Wir haben wirklich viel gelacht, Elsa, Kit und alle Details schwer unter die Lupe genommen und ja ... manchmal habe ich die Kommentare mit in den Schlaf genommen.

Dani, danke für deinen herzlichen und professionellen Umgang mit den Protagonisten, mit mir und dem Projekt. Ich habe mich unfassbar gut aufgehoben gefühlt und viel von dir gelernt. Ab jetzt nickt bei mir so schnell kein Prota mehr.

Dem dp Verlag und der lieben Stephanie Schönemann gilt mein nächster Dank. Vor allem in das Vertrauen, das in mich und mein Projekt gesetzt wurde. Ich hoffe, euch gefällt das Ergebnis und es wird viele Leserherzen erreichen.

Das wunderschöne Cover habt ihr mit viel Liebe zum Detail gestaltet. Ich liebe es!

Nach langer Suche nach einem Menschen, der mir das Vorwort schreibt, habe ich diesen durch meine Lektorin gefunden. Eine junge Kanadierin, die selbst *visually impaired* ist.

Ich wollte jemandem eine Stimme und Möglichkeit geben, das zu sagen, was ihm auf dem Herzen liegt. Ich hoffe, es ist gelungen. Und dass dieses junge Mädchen mit Jason Momoa in der Apple TV-Serie „See – Reich der Blinden" mitgespielt hat, finde ich definitiv erwähnenswert. Danke dir liebe Abby für die eindrucksvollen Worte, aber vor allem für deine außergewöhnliche Persönlichkeit. *Stay healthy and tough!*

Vanny, dachtest du, ich habe dich vergessen? Nein. Du hast mich während des gesamten Schreibprozesses begleitet und mir wertvolle Tipps für Blinde gegeben. Gleichzeitig meinen Wunsch unterstützt, mit Klischees über Erblindung aufzuräumen. Du meintest in einer PN, die ich zitieren darf:

„Elsa zeigt im Laufe des ganzen Buches, dass einfach nichts unmöglich ist. Dass eine Behinderung kein

Grund oder Hindernis darstellt, das zu tun, was man tun möchte, seine Träume zu leben. Das Buch, insbesondere die Protagonistin, zeigt ein wundervolles, nicht klischeehaftes Bild von blinden Menschen." Ein mega Kompliment und der Beweis, wie gut du meine Bedürfnisse verstanden hast. Dass du auch noch zwischen Masterarbeit und Blindenalltag Zeit gefunden hast, Betaleserin bzw. -hörerin zu sein, hat mich schwer beeindruckt. Du hast mir Francine geschenkt und mich zu anderen tollen Gedanken inspiriert. Danke dir vielmals für dein Engagement und die selbstlose Bereitschaft, der Geschichte Authentizität einzuhauchen. Ich hoffe, mit meinem Roman einen kleinen Beitrag zur Aufklärung beizutragen und die Community zu erfreuen.

Besucht Vanny doch bei Instagram unter @meinblindesleben.

Erwähnen werde ich am Ende der Danksagung noch Links und Hilfsmittel, die mir während der Recherche in die Finger gefallen sind. Einige können ältere Menschen leider nicht nutzen, da auch die Leistungen im Gehirn nachlassen und der Umgang mit Veränderungen nicht mehr erlernt werden kann oder will. Danke an dieser Stelle an die vielen Organisationen, die sich für eine Verbesserung und Erleichterung für Blinde einsetzen.

Fenja … gefällt dir Elsa? Irgendwie habe ich immer dich im Kopf, wenn ich an Elsa denke. Ich freue mich, dass aus dir eine toughe junge Frau geworden ist. Danke für die Vernetzung!

Ach, und nun fällt mir noch etwas ein, das vielleicht auch erwähnt werden sollte. Unter den visuell beeinträchtigten Kontakten hatte nicht jeder die freundliche Bereitschaft das Projekt zu unterstützen. Umso mehr freue ich mich über all die anderen, die mit Hingabe und Interesse an der Geschichte gefeilt haben.

Meine Leserschaft, neu und alt, hat hoffentlich mit Elsa und Kit geweint, gelacht und ihr Herz für den Roman und seine Themen geöffnet. Ich danke euch, dass ihr die Zeit für die Geschichte gefunden habt und freue mich auf Feedbacks und wenn ihr den Roman anderen Menschen ans Herz legt.

Danke auch allen Medien, Bloggern und Rezensenten, die meine Bücher in den Fokus rücken, darüber sinnieren, sie weiterempfehlen und auch ein Dankeschön an alle engagierten Buchhändler, die meine Werke in ihren Räumen positionieren, Empfehlungen aussprechen und mich zu Lesungen oder Signierstunden einladen.

Falls ihr Fragen zum Buch oder Interesse an meinen Projekten habt, folgt mir bei Instagram, Facebook oder schaut auf meine Webseite. Ich freue mich auf persönliche Nachrichten.

Instagram: @nenasiara
www.facebook.com/nena.siara.5/
www.nena-siara.de

Bleibt alle gesund und findet die Liebe als Schlüssel für euer Leben!

Eure Nena im November 2023

Anhang

Anlaufstellen:
https://sbs-frankfurt.de/
https://frankfurt.de/service-und-rathaus/verwaltung/aemter-und-institutionen/stadtbuecherei/besondere-services/blinde-und-sehbehinderte
https://blindenfreunde.de/fahr-begleitservice/

Die folgenden Links habe ich zur Vereinfachung aus der Homepage von Orcam für euch zusammengestellt:
https://orcam.com/de/blog/beratung-fuer-blinde-und-sehbehinderte-diese-anlaufstellen-gibt-es/

Diese Anlaufstellen für Blinde und Sehbehinderte gibt es laut Orcam:
Deutscher Blinden- und Sehbehindertenverband e.V.
http://www.dbsv.org/
Verein zur Förderung der selbständigen Lebensführung Blinder und Sehbehinderter e.V.
https://www.fokus-ev.de/
Rechtsberatung: Rechte behinderter Menschen gGmbH
http://www.rbm-rechtsberatung.de/

Deutsche Blindenstudienanstalt e.V.

https://www.blista.de/

Seh-Net e.V.

https://www.seh-netz.info/

Selbsthilfevereinigung von Menschen mit Netzhautde-
generationen

https://www.pro-retina.de/

Verzeichnis anerkannter Hilfsmittel

http://www.rehadat-gkv.de/

Beratung zu Hilfsmitteln

https://helptech.de/

Plattform für Betroffene, Angehörige etc. zum Aus-
tausch

https://saliyafoundation.de/

Integrationsämter für das Arbeitsleben

https://www.integrationsaemter.de/

Deutsche Zentralbücherei für Blinde

http://www.dzb.de/

Gesetzliche Regelungen

http://www.gesetze-im-internet.de/

Verbandszeitschrift des Deutschen Blinden- und Seh-
behindertenverbandes e.V. über aktuelle Themen rund
um Teilhabe und Barrierefreiheit

http://www.dbsv.org/verbandszeitschrift-sichtwei-
sen.html

Zeitschrift über Hilfsmittel

http://www.iscb.de/

Das coolste Hilfsmittel ist meiner Meinung nach der
„Milchwächter" und die App *Be my eyes*.